Diogenes Taschenbuch 23775

de te be

Früher war mehr Bescherung

Hinterhältige
Weihnachtsgeschichten

Ausgewählt von
Daniel Kampa

Diogenes

Nachweis am Schluss des Bandes
Umschlagzeichnung von Tomi Ungerer

Originalausgabe

Alle Rechte an dieser Ausgabe vorbehalten
Copyright © 2008
Diogenes Verlag AG Zürich
www.diogenes.ch
20/11/36/7
ISBN 978 3 257 23775 7

Inhalt

Andrea Camilleri	*Und das Rentier nahm den Weihnachtsmann auf die Hörner* 7
Vicki Baum	*Der Weihnachtskarpfen* 11
David Sedaris	*Frohe Weihnachten allen Bekannten und Verwandten!!!* 34
John Irving	*Weihnachtsüberraschung* 66
Luciano De Crescenzo	*Krippenliebhaber und Baumliebhaber* 80
Michel Faber	*Weihnachten in der Silver Street* 87
Lord Dunsany	*Das doppelte Weihnachtsessen* 103
Jana Hensel	*Die hässlichen Jahre* 109
Frank Goosen	*Jobs* 112
Jaroslav Hašek	*Ein Weihnachtsabend im Waisenhaus* 121
Robert Gernhardt	*Die Falle* 127

Roland Topor	*Fest- und Feiertage*	141
Ingrid Noll	*Weihnachten im Schlosshotel*	153
John Waters	*Warum ich Weihnachten liebe*	163
O. Henry	*Die Weihnachtsansprache*	181
Ray Bradbury	*Der Wunsch*	200
Sean O'Faolain	*Ein feines Pärchen*	216
Nancy Mitford	*Tante Melitas Weihnachtsparty*	227
Joseph Roth	*Heimkehr*	237
Ernest Hemingway	*Weihnachten in Paris*	247
Evelyn Waugh	*Miss Bella gibt eine Gesellschaft*	250
John Updike	*Das Weihnachtssingen*	270
Muriel Spark	*Weihnachtsfuge*	279
Gert Heidenreich	*Leiser konnte Gott nicht*	293
Gert Heidenreich	*Ich war nicht da*	302
Nachweis	307	

Andrea Camilleri

Und das Rentier nahm den Weihnachtsmann auf die Hörner

Der vierzigjährige James Emery aus Belleforche in South Dakota lebt offenbar in dem festen Glauben, ein waschechter Weihnachtsmann zu sein. Nun tauchen ja, wenn es auf den 25. Dezember zugeht, zwischen den Vereinigten Staaten und Canicattì Zehntausende von Weihnachtsmännern auf. Allerdings handelt es sich bei ihnen sozusagen um Reserveweihnachtsmänner. Sie schlüpfen für ein paar Tage in die Uniform und ermuntern die Kinder, sich beschenken zu lassen, aber wenn das Fest vorbei ist, ziehen sie die Uniform wieder aus und kehren in ihren Zivilberuf zurück. Nicht so Emery, der als Profi im Dauereinsatz ist. So wird berichtet, dass er 1975 beim Nationalfeiertag am 4. Juli den ersten Preis für den schönsten Festwagen gewann. Und wissen Sie, wie er gekleidet war? Als Weihnachtsmann. Am 4. Juli! Wir sind zwar in South Dakota, aber Juli ist Juli! Er hätte eine Tapferkeitsmedaille verdient, weil er den Mut hatte, in dieser Bruthitze Klamotten für Schneewetter zu tragen!

James Emery besaß drei Rentiere, ein Männchen und zwei Weibchen. Was wäre er auch sonst für ein Weihnachtsmann gewesen? Nur zweitklassige oder Amateurweihnachtsmänner können es sich erlauben, mit einem Auto oder einem Mofa durch die Gegend zu fahren. Selbstverständlich kümmerte sich Mister Emery gewissenhaft um seine Rentiere, er ließ es ihnen an nichts fehlen und fütterte sie mit Leckerbissen. Doch ganz besonders schlug James' Herz für eine der beiden Rentierdamen, mit der er zwar auch nicht mehr schmuste als mit den beiden anderen, doch einem wachsamen Auge entging die zärtliche Zuneigung nicht. Und das wachsamste Auge hatte natürlich Casper, das einzige Männchen des Trios. Die Brunftzeit kam, in der die Männchen launisch werden und beim geringsten Anlass in Wut geraten. Als James eines Tages einer von Caspers Frauen ein bisschen zu lange die Schnauze streichelte, ging Casper auf den Weihnachtsmann los und nahm ihn aufs Geweih. Wer buhlen will, muss leiden viel (das Sprichwort habe ich gerade erfunden).

Der arme James versuchte vergeblich, sich aus dem Hörnergezweig zu befreien – ohne Erfolg, je mehr er sich wand, desto mehr verfing er sich darin.

Er musste um Hilfe rufen und schämte sich zu Tode. So eine Blamage, als Weihnachtsmann von einem Rentier aufs Geweih genommen zu werden, damit war man auf Lebenszeit disqualifiziert. Schließlich kam jemand angelaufen und versuchte ihm zu helfen. Nichts zu wollen. Noch mehr Leute kamen herbei, und endlich fand man eine echt amerikanische Lösung: Ein Lasso wurde Casper ums Geweih geschlungen, und er musste die Waffen strecken (im wahrsten Sinne des Wortes).

Doch die Geschichte hat ein trauriges und, wie mir scheint, auch erzieherisches Nachspiel. Während James, als wäre nichts geschehen, wieder Weihnachtsmann spielte, zog der arme Casper die Konsequenzen aus dem Ereignis: Er hatte in einem Anfall von Eifersucht einen Mann angegriffen, war besiegt (wenn auch nur weil die anderen in der Überzahl gewesen waren) und entthront worden, er war also ein Verlierer und musste das Feld räumen. Er wurde krank und starb wenige Tage nach dem Vorfall an gebrochenem Herzen. Ein Muster an moralisch konsequentem Verhalten, im Gegensatz zu vielen Männern, die nicht nur den Kürzeren ziehen, sondern auch noch kühn behaupten, sie hätten gewonnen. Doch einmal abgesehen von dieser Geschichte – um die Weihnachtsmänner ist es heutzutage nicht gut bestellt. Nein, liebe Eltern, Sie dürfen sich keine falschen Hoffnungen machen, die Nachfrage der Kinder nach Geschenken lässt nicht nach, ganz im Gegenteil. Aber in den großen amerikanischen Einkaufszentren hält man es mittlerweile anscheinend für überflüssig, dass ein Weihnachtsmann Glöckchen schwingend vor den Schaufenstern auf und ab geht. Und wissen Sie, warum? Weil die amerikanischen Kinder nicht mehr wie früher einen Wunschzettel schreiben, sondern sich an den Computer setzen, aussuchen, was sie am liebsten haben möchten, es bestellen und von der Kreditkarte der Eltern abbuchen lassen. Von den Vereinigten Staaten entmachtet, hält sich der Weihnachtsmann noch in weniger computerisierten Breitengraden. Aber seine Tage sind sicher gezählt. Künftig wird man wohl nur noch in Lapplands Wäldern den einen oder anderen überlebenden Weihnachtsmann antreffen. Wie den Yeti, von dem ich allmählich glaube, dass er ein Vorfahr unseres Weihnachtsmannes ist.

Vicki Baum

Der Weihnachtskarpfen

Für die Lanner-Kinder fing Weihnachten am 6. Dezember an, weil das der Tag war, an dem Santa Claus kam. Natürlich wurde er in Wien nicht Santa Claus, sondern mit seinem italienischen Namen genannt: Nikolaus. Der Nikolaus war ein freundlich aussehender alter Herr mit einem gütigen Lächeln, das hinter einem langen weißen Bart versteckt war; er war mit dem Festgewand eines Bischofs bekleidet und trug einen Bischofsstab in der Hand. Das Aufregende für alle österreichischen Kinder war, dass mit dem Sankt Nikolaus – und als sein böses Pendant – ein haariger schwarzer Gefährte kam, der Ruprecht genannt wurde. Der Knecht Ruprecht war ein Teufel mit Hörnern; er hatte eine lange feurige Zunge, die aus seinem schwarzen Gesicht heraushing, und einen höllisch aussehenden Dreizack in der Hand, mit dem er böse Kinder aufspießen konnte. Lange vor Dezemberanfang konnte man Nikolaus und Ruprecht in allen Schaufenstern sehen, doch in der Nacht zum sechsten kamen sie wirklich in der Stadt an. An dem Abend stellten die Lanner-Kinder ihre Schuhe ins Fenster, ihre kleinen Hände zitterten, ihre Herzen pochten. Sie fürchteten das Schlimmste, hofften aber das Beste. Denn war man artig gewesen, würde man die Schuhe am Morgen voller kandierter Früchte, Datteln, Feigen und Nüsse finden; war man jedoch böse gewesen, würde Nikolaus den Schuh leer lassen und Ruprecht eine Birkenrute hineinstecken, um darauf hinzuweisen, dass die Eltern sie besser einmal auf dem Hinterteil gebrauchten.

Im Lanner-Haus gab es drei Kinder. Friedel, der Älteste, ein kleiner wilder Kerl mit blauen Augen, schwarzem Haar und glühenden Wangen, und die Zwillinge Annie und Hans. Annie war ein fröhliches, emsiges, geschäftiges kleines Frauchen, und Hans war ihr schüchterner und ergebener Schatten. Für alle drei bedeutete der sechste Dezember nicht nur Nikolaus und Ruprecht, Süßigkeiten oder Rute, sondern viel wichtiger noch: es war der Tag, an dem Tante Mali vom Land kam. Lange Zeit betrachteten die Lanner-Kinder Tante Mali sogar beinahe als die dritte Person in dieser Dreiheit, und es war ihnen nie ganz klar, ob Tante Mali ihnen vom Himmel oder von der Hölle geschickt wurde.

Tante Mali war ein Original: Sie war groß und dünn und von solcher Geschwindigkeit und Energie, als wäre sie nicht mit dem Zug nach Wien gekommen, sondern auf einer Rakete in die Stadt geschossen worden. Soweit die Kinder sich zurückerinnern konnten, war sie immer grau und alt gewesen; aber während sie selbst heranwuchsen, verschiedene Stadien von Schulschwierigkeiten, unreiner Haut, tagträumender Adoleszenz und erster Backfischliebe durchmachten, schien Tante Mali nie einen Tag älter zu werden, als sie immer gewesen war.

Tante Mali kam vom Land; sie war tief religiös und sehr streng; sie ließ nicht zu, dass ihr widersprochen wurde, nicht einmal von Dr. Lanner, der einer der besten Chirurgen Wiens und eine Kapazität war und es selbst nicht mochte, wenn ihm widersprochen wurde. Tante Malis Launen waren von der ganzen Familie gefürchtet, und alles wurde getan, um ihren Zorn zu besänftigen. Kurz, Tante Mali war ein Diktator, lange bevor die Welt sich der Diktatur bewusst geworden war.

Erst nachdem Tante Mali angekommen war, ihre große Schürze umgebunden und in der Küche das Regiment übernommen hatte, konnte Wien sich ernsthaft dem Geschäft der Weihnachtsvorbereitungen widmen – so kam es zumindest den Kindern vor. Es konnte kein reiner Zufall sein, dass jedes Jahr am Tag der Ankunft Tante Malis der Weihnachtsmarkt sich auf dem dafür vorgesehenen Platz in der Stadt ausbreitete – ein glitzerndes, klirrendes, duftendes Durcheinander von Ständen und Buden, gefüllt mit all dem Drum und Dran für die Feiertage und voller Süßigkeiten, Kerzen, Schmuck, Verheißung und Aufregung.

Tante Mali richtete sich in der Küche ein, öffnete ihre schwarze Wundertasche und zauberte eine Fülle von Gewürzen und Zutaten daraus hervor, eine Wolke von Weihnachtsgerüchen, und, das Faszinierendste von allem, das BUCH. Das Buch war sehr alt, und manche Seiten waren von Generationen ehrgeiziger Frauen der Lanner-Familie so oft durchgeblättert und abgegriffen worden, dass sie nur noch Fetzen waren. Das Buch war am 25. Dezember 1798 von einer Anna Maria Amalia Lanner, der Urgroßmutter Tante Malis, begonnen worden. Das Datum konnte man noch auf der ersten Seite sehen, in Anna Maria Amalias schnörkeliger Handschrift niedergeschrieben und gefolgt von einem schön gemalten: »!!!Gott sei mit uns!!!«

Das erste Rezept, das sie in ihr Buch eingetragen hatte, war für einen Kuchen mit dem Namen Guglhupf, unerlässlich bei jeder festlichen Gelegenheit in Wien, und es erforderte so viele Eier und so viel Butter, dass es Mutter schwindlig machte, oder zumindest behauptete Frau Lanner es. (Mutter, Dr. Lanners Frau, war diejenige, von der der kleine

Hans sein feines und schüchternes Betragen und seine gefügige kleine Seele geerbt hatte.) Diesem ersten Rezept folgten andere, niedergeschrieben von Anna Maria Amalias Töchtern und Schwiegertöchtern, von Nichten, Enkelinnen und Urenkelinnen, von einer Kette weiblicher Nachkommen, alle gute Köchinnen, wie die meisten Österreicherinnen.

In gewisser Weise spiegelte das Buch die Hochs und Tiefs der Familie wie der Zeiten wider, und mancher junge Soziologe hätte es gut als Grundlage einer Magisterarbeit verwenden können. Den Kindern bereitete es unendlichen Spaß, sich von ihrer Mutter aus den bekritzelten Seiten vorlesen zu lassen. Sie konnten über die zwölf Eier und fünf Pfund Butter, die in Anna Maria Amalias einfachen kleinen Guglhupf kamen, genauso lachen wie über die Rezepte, die Tante Mali persönlich während des Weltkriegs eingetragen hatte, als es in Österreich keine Lebensmittel gab und die Leute Kuchen aus Möhren und schwarzen Bohnen machten.

Tante Mali machte sich mit klappernden Töpfen und Pfannen in Wolken von Mehl grimmig an die Arbeit. Mehl bedeckte ihre Wimpern, Schokolade war über ihre gestärkte weiße Schürze gekleckert, der Geruch von Zimt umhüllte sie, und ihre nackten Arme waren bald von Brandwunden so scheckig wie die Arme eines alten Kriegers von ehrbaren

Narben. Frau Lanner wagte nicht, die Küche zu betreten, wo Tante Mali mit der verheerenden Kraft eines Hurrikans arbeitete; und Kati, das Dienstmädchen, das sonst kochte, ging auf sein Zimmer, von Weinen und Wut geschüttelt, in seinen Gefühlen verletzt. Die Wochen zwischen dem 6. Dezember und dem 24. Dezember waren für alle eine Zeit der Spannung, der Furcht, des Schreckens und der Hoffnung.

Tante Mali backte Weihnachtsplätzchen.

Sie backte Zimtsterne und Schokoladenringe und Anna Maria Amalias Husarenkrapferln, die einem im Mund zergingen und immer besser schmeckten, je länger man sie in dem großen Steinguttopf bewahrte. Sie backte knusprige braune Buchstaben – ein ganzes Alphabet davon –, die Patience hießen, und kleine Kügelchen von leichtem weißem Schaum, die Spanischer Wind hießen; sie machte Marzipan und Quittengelee und Rumtrüffel. Sie backte Brote und Kuchen aller Formen und Geschmacksrichtungen und verschiedener Süße; und der gute warme Geruch von Hefe zog in jeden Winkel und jede Ecke und hielt die Lanner-Kinder in einem stetigen Zustand von Verlangen und hungriger Vorahnung. Der kleinen Annie wurde gelegentlich Zutritt zur Küche gewährt und erlaubt, Teig zu rühren oder Eiweiß auf die Plätzchen zu streichen – denn man konnte nicht früh genug anfangen, wenn man eine gute Köchin werden wollte. Die beiden Jungen wurden dem heiligen Reich strikt ferngehalten, aber jeden Abend servierte Tante Mali ihnen ein paar winzige Kostproben der zu erwartenden Freuden. Ihr großer Tag kam, wenn sie sie zum Markt begleiteten, um den Karpfen zu kaufen; denn der ganze Aufruhr des Kochens und Backens und Vorbereitens steigerte sich immer mehr und erreichte dann seinen Gipfel in dem, was man in Wien *Fasten* nannte. Und das Fasten wiederum hatte seinen eigenen Höhepunkt am Heiligabend, wenn der Weihnachtskarpfen serviert wurde.

Der Kauf dieses Karpfens war eine fieberhaft erwartete Zeremonie. Am Morgen des 24. Dezember, und keinen Tag früher, gingen die Kinder mit Tante Mali zum Markt. Kati bildete als beratende und unterstützende Kraft die Nachhut in der wichtigen Schlacht um den besten Karpfen, den es gab. Weil jede Familie in Wien den besten Karpfen für ihr Essen am Heiligen Abend wollte und jede Familie eine erfahrene Einkaufstruppe zum Markt schickte, war das Schieben, Kreischen und Raffen heftig und erbittert. Und da waren sie, Tausende von Karpfen, die sich in ihren Wannen und Bottichen wanden, planschten und schlängelten, eine fette, lebendige, ergiebige und reiche Überfülle silbriger Fische.

Tante Mali hatte harte, energische Ellbogen, und sie bahnte sich ihren Weg von Wanne zu Wanne, immer auf der Suche nach dem einen, dem besten, dem vollkommenen, dem Superweihnachtskarpfen.

Es musste ein Spiegelkarpfen sein, nackt bis auf vier Reihen silbriger Schuppen die Flanke hinunter. Er sollte groß sein, aber nicht zu alt, sonst würde er brackig schmecken. Er sollte auf jeden Fall männlich sein, weil der Laich in einem ausgewachsenen männlichen Karpfen eine Delikatesse für sich war. Seine Kiemen mussten rot sein, und seine Augen mussten hervorstehen und lebendig aussehen. Der ganze Fisch musste vor Leben und Kraft beben; und wenn Tante Mali endlich den richtigen fand und er ihrer Hand mit dem Schwanz einen Schlag versetzte und mit der Sprungkraft und Grazie eines Trapezkünstlers im Zirkus in die Wanne zurückschnellte, lachte sie laut auf und zahlte jeden Preis, den Jakob Fisch dafür verlangte. Nun traf es sich, dass Tante Mali letzten Endes immer bei Jakob Fisch kaufte, weil er zweifelsohne die besten Karpfen auf dem Markt hatte. »Ich kenne mich aus mit Fisch, weil ich selbst ein Fisch bin«, sagte er jedes Jahr und kostete seinen ewigen Witz aus. Ganz gewiss kannte er sich mit Fisch aus; er reiste, wenn das Wasser aus den großen Karpfenteichen abgelassen wurde, bis nach Ungarn und in die Tschechoslowakei, um sich die besten der Ausbeute auszusuchen. Er war der beste Fischhändler auf dem Markt, und es kümmerte niemanden, dass er Jude war. In Österreich feierte niemand Weihnachten mit mehr Leidenschaft und Begeisterung als die Juden. Sie gingen am Weihnachtsmorgen sogar in die Kirche, weil der Gottesdienst so herrlich und die Musik so schön war.

Dann kam der Augenblick, in dem der Karpfen getötet werden musste – der Augenblick, den die Zwillinge fürchteten und Friedel liebte. Mit einem Holzhammer schlug Jakob Fisch den Fisch geschickt bewusstlos, schlitzte ihn auf und grub in ihm nach dem Laich und der Leber. »Vorsicht, Vorsicht, die Galle –« Tante Mali und Kati schrien jedes Mal, und jedes Mal antwortete Jakob Fisch herablassend: »Meine Damen, ich habe Karpfen getötet und ausgenommen, als Sie noch in den Windeln lagen.« Darüber kicherte Kati, und Tante Mali lachte, und für Annie war es das Zeichen, die Hände von den Augen zu nehmen, denn dann konnte sie sicher sein, dass der Karpfen tot war. Das Schreckliche war, dass er sich in dem Korb, in dem Kati ihn nach Hause trug, weiter wand und zitterte, mit Petersilie gefüllt und mausetot wie er war.

»Stell dich nicht so dumm an«, sagte Friedel zu

seiner Schwester. »Das sind nur Reflexe.« Ihm machte es nichts aus, Frösche zu töten oder Tiere zu sezieren, weil sein Vater Chirurg war und er eines Tages auch Chirurg werden wollte. Wenn sie nach Hause kamen, roch das Haus nach Weihnachtsbaum und Überraschungen. Dieser Nachmittag kam den Kindern, im Kinderzimmer eingeschlossen, endlos vor. Selbst Friedel ließ sich dazu herab, mit ihnen Domino zu spielen, um die Zeit zu vertreiben. Endlich wurde es dunkel. Endlich wurden sie gewaschen und angezogen. Endlich steckte ihre Mutter den Kopf ins Zimmer und flüsterte, sie glaube, sie habe das Christkindl einige Päckchen bringen sehen, und sie sollten bitte nicht so viel Krach machen. Endlich klingelte die Weihnachtsglocke, und sie stürmten ins Wohnzimmer und hielten an der Tür, überwältigt von der ganzen Herrlichkeit.

Da war der Weihnachtsbaum, ein wirklich großer, der vom Boden beinahe bis zur Decke reichte. Ein kleiner Engel glitzerte von seiner Spitze, und unter seinen untersten Zweigen war der Stall mit dem Christkindl – das kleine Kind in der Krippe –, Maria kniete an seiner Seite, und Joseph stand dahinter. Da waren die Heiligen Drei Könige, die Hirten, die Ochsen, der kleine Esel und noch mehr Engel, und alle sahen auf das Christkindl. Die Zweige des Baums waren beladen mit Äpfeln und vergoldeten Nüssen und Tante Malis Meisterwerken, der Patience, dem Spanischen Wind, den Schokoladenringen, den Zimtsternen. Da brannten außerdem Wachskerzen – es sah aus, als wären es tausend – und der süße Geruch des Wachses machte den Heiligen Abend für die Lanner-Kinder vollkommen und vollendet. Kati, steif wie ein Wachtposten und mit einem nassen Lappen in ihren großen roten Händen, stand dabei und passte auf jeden Zweig auf, der Feuer fangen könnte. Tante Mali, in schwarze Seide gehüllt und gekrönt mit einem überwältigenden Teil falscher brauner Locken auf dem grauen Kopf, forderte die Kinder in strengem Flüsterton zu singen auf. Sie fassten einander an den Händen, und mit ihren Diskantstimmen fingen sie an zu singen, während der Widerschein der tausend Wachskerzen in ihren Augen funkelte und sie vor Aufregung kalte Füße bekamen, weil an der Wand drei Tischchen standen, jedes mit einem weißen Damasttuch bedeckt, unter denen sich ihre Geschenke verbargen. Aber erst nachdem Annie, die nach allgemeiner Übereinkunft zur jüngeren der Zwillinge erklärt war, das Lukasevangelium aufgesagt hatte, wurde ihnen erlaubt, die Tische aufzudecken. Gewöhnlich machte Dr. Lanner ihrer Spannung plötzlich ein Ende, indem er direkt nach: »Ehre sei Gott in der Höhe. Und

Friede auf Erden den Menschen, die guten Willens sind« vom Klavier aufstand und rief: »Stürzt euch drauf, Blagen!« Und mit diesem Zeichen war der feierliche Teil des Abends vorüber, und der Rest war reines Vergnügen. Die Kinder tranken süßen Wein zu ihrem Weihnachtsessen, und der Doktor gab einen humorvollen Trinkspruch zum Besten. Während der Suppe wurde Tante Mali sentimental und erinnerte sich ihres verstorbenen Ehemanns, fing sich jedoch wieder und rückte in die Küche ab, denn es war Tradition, dass sie selbst den Karpfen hereintrug. Sie kam damit herein: ein Berg goldenen gebratenen Karpfens, hoch aufgeschichtet auf der alten Wiener Servierplatte mit handgemaltem Rosenmuster. Die Kinder stießen mit ihren Messern gegen die Weingläser, sie trampelten mit den Füßen und machten jeden nur erdenklichen Lärm. Der Doktor tat einige Schuppen in seine Geldbörse, damit er das ganze Jahr über Geld haben würde, und Frau Lanner sagte: »Nun esst, und redet nicht, Kinder, und seid vorsichtig mit den Gräten.«

Und Tante Mali, zum Teil vom Ofen und zum Teil von ihrem Erfolg mit dem Karpfen rot glühend, entspannte sich und erzählte ihnen noch einmal, wie es in der Weihnachtsnacht auf dem Lande war, wo man um Mitternacht zur Mette ging und alle Bauern mit ihren kleinen Laternen über die verschneiten Hügel kamen und jeder seine besonderen Weihnachtsfilzpantoffeln mitbrachte, damit seine Füße in der Kirche nicht zu kalt wurden.

Die Kinder wurden nie müde, dem zuzuhören, und alles verschmolz mit dem guten vollen Geschmack des Karpfens, der Wärme des süßen Weins, dem Geruch der Wachskerzen, den Geschenken auf den Tischchen im Wohnzimmer und dem merkwürdigen Gefühl, mehr gegessen zu haben, als einem guttat, und der ganzen grenzenlosen Freude und Herrlichkeit des Heiligen Abends.

Zuerst kam dies und dann das. Dann kam der *Anschluss*. Dann kam der Krieg. Dr. Lanner war sehr ruhig geworden, und Frau Lanner, die immer ruhig gewesen war, hatte sich ein nervöses kleines Zittern der Hände und ein nervöses kleines Zucken der Augenlider angewöhnt. Friedel war Flieger geworden, und sie glaubte, dass er seit diesem Absturz etwas merkwürdig sei, oder vielleicht war der Druck all dieser Bombenangriffe zu viel für den Jungen. Annie war mit einem Leutnant verlobt, der im besetzten Frankreich stationiert war, und Hans, der Apotheker werden sollte, arbeitete in einer Munitionsfabrik. Er war etwas zu mager und zu lang, und sein Vater neigte zu der Ansicht, dass seine Lungen nicht ganz in Ordnung seien.

Ja, alles hatte sich verändert, außer Tante Mali. Pünktlich am 6. Dezember tauchte sie in der Stadt auf, komplett mit schwarzer Tasche und dem Buch, bereit, sich in der Küche an die Arbeit zu machen.

»Du hättest das Buch genauso gut zu Hause lassen können«, sagte Frau Lanner resigniert. Und der Doktor fügte ein altes österreichisches Sprichwort hinzu: »Aus Pferdeäpfeln kann man bekanntlich keinen Apfelkuchen machen.«

»In dem Buch habe ich mein gutes altes Kriegsrezept für Möhrentörtchen«, sagte Tante Mali unverzagt. »Und für den Bohnenkuchen. Er schmeckt beinahe wie Sachertorte.«

»Ich möchte, dass meine Bohnen wie Bohnen schmecken; aber sie tun's nicht«, erwiderte der Doktor.

»Ich habe auch Butterfett mitgebracht«, sagte Tante Mali. »Zumindest können wir Heiligabend gebratenen Karpfen haben, und das ist die Hauptsache.«

»Gebratener Karpfen! Die Idee!«, sagte Frau Lanner. »Es wird kein einziger Karpfen auf dem Markt zu haben sein. An diesem Weihnachten wird in ganz Wien kein einziger Karpfen zu haben sein.«

»Ja, ich weiß«, sagte Tante Mali. »Deshalb habe ich einen mitgebracht.«

»Du hast was?«

»Ich habe einen Karpfen mitgebracht. Ich habe ihn in der Küche in seinem Eimer gelassen.«

»Wo hast du ihn bekommen?«, fragte Frau Lanner schwach, von Respekt und Bewunderung überwältigt.

»Von unserem alten Freund. Von wem sonst? Von Jakob Fisch. Natürlich hat er keinen Stand mehr auf dem Markt, weil er Jude ist. Aber nichtsdestotrotz hat er mir einen Karpfen besorgt, privat, verstehst du. Er hat ihn von einem Verwandten, der jenseits der ungarischen Grenze lebt. Es ist kein sehr guter Karpfen, aber schließlich ist Krieg, und Weihnachten wird man keinen Karpfen bekommen können. Wir müssen ihn nur bis dahin am Leben halten.«

»Sicher. Das ist einfach, nicht wahr?«, sagte Frau Lanner bitter. »Einen Karpfen drei Wochen lang in einer Vierzimmerwohnung am Leben halten. Wo sollen wir ihn hintun?«

»In die Badewanne«, sagte Tante Mali, von Kopf bis Fuß ein siegreicher Küchen-Napoleon.

Es war sowieso ein schwacher Karpfen, er war jung und dünn und hatte blasse anämische Kiemen. Sein Bauch war platt, ohne Rogen oder Laich, und er gab nur einen schwachen Klaps mit dem Schwanz, als Tante Mali ihn in die Badewanne legte. Aber es war ein Karpfen, und entgegen allen

Erwartungen blieb er am Leben. Seine neue Bleibe schien ihm sogar zu gefallen, und Tante Mali, die ihn eifrig mit Goldfischfutter fütterte, behauptete, dass er zunehme. Sie behauptete auch, dass er die Familie kenne und kommen würde, wenn man seinen Namen rufe.

Dr. Lanner hatte ihm den Namen Adalbert gegeben, und die Beziehung zwischen dem Arzt und dem Karpfen war eine der gegenseitigen Zuneigung. Der Doktor ging jeden Morgen in die Badewanne und drehte die kalte Dusche auf. »Entschuldige, Adalbert«, sagte er. »Ich hoffe, du hast nichts dagegen.« Adalbert hatte nichts dagegen. Im Gegenteil, er schien das kalte Wasser zu mögen, das in die altmodische Badewanne hinunterplatschte. Er schwamm in kräftigen, schnellen Kreisen, immer in der Wanne herum. Seine hervorstehenden Augen richteten sich liebevoll auf des Doktors Beine im Wasser. Nach dem Frühstück fütterte Tante Mali ihn, und eine Stunde danach kam Annie und wechselte das Wasser in der Wanne für ihn. Während dieses Vorgangs blieb Adalbert sehr still, klapste nur mit seinen Flossen und erlaubte Annie, seinen Bauch zu kitzeln. Hans behauptete sogar, Adalbert habe ihm zugelächelt, als er sich rasierte. Obwohl Frau Lanner beinahe eine Woche brauchte, um sich mit der Anwesenheit eines lebenden Karpfens in ihrer schönen sauberen Badewanne abzufinden, gewöhnte auch sie sich am Ende an Adalbert, und man konnte sogar hören, wie sie mit ihm in der Babysprache sprach, die sie nicht mehr gebraucht hatte, seit die Zwillinge drei Jahre alt gewesen waren. Sie verbrachte mehr und mehr Zeit mit Adalbert allein, und einmal gestand sie ihrem Mann, dass die Gesellschaft des Karpfens besänftigend für ihre angespannten Nerven sei. Natürlich konnte in den Wochen von Adalberts Aufenthalt keiner ein heißes Bad nehmen, aber damals konnte man, den neuen Anordnungen entsprechend, ohnehin nur samstagabends warmes Wasser bekommen, und auch dann nur für zwei Stunden, und so störte Adalbert die Lanner-Familie nicht sonderlich.

Je näher Weihnachten heranrückte, desto lieber gewannen sie Adalbert. Er war schließlich etwas Einzigartiges, ihre geheime Freude, ihr versteckter Schatz, ihr großer Stolz. Im streng rationierten Wien gab es sehr wenige Leute, die am Heiligen Abend gebratenen Karpfen würden essen können. Dann jedoch wurde es immer schwerer, an Adalbert als einen Haufen knusprig gebratenen Fischs, eine goldene Köstlichkeit auf der alten Servierplatte mit Rosenmuster zu denken. Es war auch zu bezweifeln, ob Adalbert genug für die ganze Familie hergeben würde, weil sowohl Friedel als auch Paul,

Annies Verlobter, auf Urlaub nach Hause kamen. Beide wurden Adalbert förmlich vorgestellt, der sie mit einem bösen Ausdruck prüfte. Friedel fühlte sich sofort zu ihm hingezogen, während Paul brummte, dass er ihn lieber nicht ungekocht gesehen hätte. Doch auch er beobachtete Adalbert, als er seine bescheidenen kleinen Tricks vorführte. Er sprang und schwamm in Kreisen, wenn der Doktor die Dusche aufdrehte; er schien zu hören, wenn Tante Mali ihn beim Namen rief, und er erlaubte Annie, seinen Bauch zu kitzeln. Als die Familie das Badezimmer verließ, erzählten sie einander, wie großartig es sei, dass sie am Heiligen Abend gebratenen Karpfen bekommen würden und wie gut er schmecken würde. Über ihrer gezwungenen Fröhlichkeit hing jedoch ein kleiner Schatten.

Der Ärger begann am Morgen des 24. Dezember. »Wer tötet mir den Karpfen?«, fragte Tante Mali beim Frühstück. Sie nannte ihn nicht beim Namen, beinahe als wolle sie alle persönlichen Beziehungen zu Adalbert abbrechen.

»Bitte, Tante, bitte –«, weinte Annie und wurde leicht blass, weil sie kein Blut sehen, nicht einmal daran denken konnte, ohne ein komisches Gefühl im Magen zu spüren.

»Bitte, was? Wenn wir ihn essen wollen, müssen wir ihn töten«, sagte Tante Mali ungerührt.

»Was ist mit dir?«, wandte sie sich an den Doktor. »Du bist Chirurg; du weißt genau, wie.«

»Es tut mir leid – äh – ich habe keine Zeit –«, murmelte Dr. Lanner und verschwand schnell. Annie hatte das Zimmer vor ihm verlassen.

»Du, Hans?«

»Ich kann es mir nicht einmal vorstellen. Wir sind Freunde, Adalbert und ich. Mich musst du entschuldigen, Tante.«

»Paul? Friedel?«

Beide jungen Männer, schneidig in ihren Uniformen, weigerten sich. Sie sagten, sie könnten es nicht. Man könne nicht einfach hingehen und ein Schoßtier töten, sagten sie. Darüber wurde Tante Mali wütend. »Wollt ihr mir erzählen, dass ihr Städte bombardieren und Häuser niederbrennen könnt, aber Weichlinge seid, die keinen Fisch töten können?«, brüllte sie sie an. Die beiden Offiziere zuckten mit den Achseln. »Das ist etwas anderes, Tante Mali –«, sagte Friedel zuletzt mit einem unbehaglichen Lächeln. »Wir liegen nicht mit dem Karpfen im Krieg.«

Am Ende befahl Tante Mali Kati, die Sache zu erledigen, und Kati verschwand nörgelnd und protestierend im Badezimmer. Es folgten eine kurze unheilvolle Stille und dann ein Schrei, ein Platschen, ein Klatschen, gefolgt von einem komischen klatschenden Geräusch. Als Tante Mali Kati zu Hilfe eilte, fand sie das Mädchen in der Badewanne, durchnässt und fluchend, und Adalbert wand sich und hüpfte auf dem Linoleumboden. Tante Mali sagte einige unfreundliche Dinge, zog Kati aus ihrem kalten Bad und tat den Karpfen wieder in die Wanne. Dann biss sie die Zähne zusammen, holte einen Hammer und ein Messer, kehrte ins Badezimmer zurück und schloss die Tür hinter sich ab.

Niemand wagte sie zu fragen, was mit Adalbert geschehen sei.

An dem Abend gab es keine Wachskerzen am Baum, keine Plätzchen, keine Patience, keinen Spanischen Wind. Die Geschenke auf den kleinen Tischen waren kärglich, und der weiße Damast, der sie bedecken sollte, war so schäbig, dass Frau Lanner sich entschuldigen musste. Annie fragte ihren Vater, ob er wolle, dass sie das Evangelium aufsage, doch der Doktor antwortete nur mit einer schlaffen, resignierten Handbewegung, und sie gingen alle ins Esszimmer und setzten sich. Da war der Festtagsgeruch brutzelnder Butter, und der Doktor richtete sich auf und zog ihn tief ein. »Riecht gut, nicht wahr?«, sagte er händereibend.

»Beinahe wie in den alten Zeiten –«, sagte seine Frau, hielt jedoch sofort inne, als hätte sie eine peinliche Bemerkung gemacht.

»Hier kommt Adalbert –«, bemerkte Hans in die Stille, die der ungeschickten Bemerkung folgte. Das hätte er nicht sagen sollen. Die Tür ging auf, und Tante Mali trat ein, hielt die alte Servierplatte mit dem Rosenmuster hoch, auf der in einem kleinen Haufen die sterblichen Überreste Adalberts ruhten, braun, knusprig und vollkommen. Sie alle schlugen die Augen nieder, und Annie wurde wieder einmal blass und griff unter dem Tisch nach der Hand ihres Verlobten. Friedel machte einen schwachen Versuch, an sein Glas zu klopfen und zu applaudieren, wie er es als kleiner Junge getan hatte, aber das kleine Klingeln erstarb sofort.

»Nehmt ein Stück, es gibt genug«, drängte Tante Mali. »Hier, das ist aus der Mitte. Nehmt es, esst es, es ist eine Delikatesse, ich habe ihn in reinem Butterfett gebraten – hier, Paul, Friedel, Annie – esst. Es gibt heute Abend in Wien nicht viele Leute, die einen Weihnachtskarpfen essen können.«

Alle versuchten zu essen, und alle gaben auf. »Ich kann nicht –«, sagte der Chirurg. »So wahr mir Gott helfe, ich kann nicht. Er kannte mich, er mochte mich. Erst heute Morgen – ihr hättet ihn sehen sollen, wie er sprang und hüpfte, als ich die kalte Dusche aufdrehte –«

»Und du bist Chirurg!«, sagte Tante Mali grimmig. »Hansl – was ist mit dir?«

»Danke, Tante – ich bin nicht hungrig.«

»Friedel? Annie?«

»Ich kann nicht – wirklich, ich kann nicht, Tante Mali.«

»Du, Paul?«

»Danke. Ich habe mir nie was aus Karpfen gemacht –«

Der junge Flieger, der junge Leutnant, der junge Apotheker – alle schoben ihre Teller weg und legten ihre Gabeln nieder. Dann geschah etwas völlig Unerwartetes. Tante Mali fing an zu weinen.

Tante Mali, der Fels, die eiserne Frau, der Küchendiktator, warf die Arme auf den Tisch, legte das Gesicht darauf und schluchzte laut. Die Lanner-Kinder starrten sie an, wie man auf eine Naturkatastrophe starrt, einen Erdrutsch, einen brechenden Damm, einen Hurrikan. Sie klopften ihr auf die Schulter, streichelten ihre falschen braunen Locken und versuchten, sie zu trösten. Schließlich konnten sie die Worte, die sie schluchzte, verstehen.

»Wozu haben wir ihn dann getötet? Könnt ihr mir das sagen? Wozu haben wir ihn getötet?«, schluchzte Tante Mali.

Sie schauten einander und dann den Doktor sprachlos an. Er saß aufrecht auf seinem Stuhl und sah über die Servierplatte, über den Tisch hinweg, er sah durch den Raum hindurch, er sah durch eine große weite Leere, die sie nicht sehen konnten, und er sagte langsam: »Ja – wozu töten? Wozu? Wozu?«

Und sie waren sich nicht sicher, ob er von dem Weihnachtskarpfen sprach.

David Sedaris

Frohe Weihnachten allen Bekannten und Verwandten!!!

Viele von Euch, liebe Freunde und Familienmitglieder, kriegen jetzt wahrscheinlich einen Schreck, wenn sie unseren jährlichen Feiertags-Rundschrieb in Händen halten. Ihr habt von der Tragödie, die uns jüngst ereilte, in der Zeitung gelesen und habt bestimmt geglaubt, wenn man plötzlich so viele juristische Sorgen und »Scherereien« hat, steckt der Dunbar-Klan einfach den Kopf in den Sand und schwänzt die gesamten bevorstehenden Weihnachtsfeiertage!

Ihr sagt: »Wie soll denn die Familie Dunbar ihren schrecklichen Verlust betrauern *und* die Traditionen der Weihnachtsfeiertage hochhalten. So stark ist *keine* Familie«, denkt Ihr bei Euch.

Dann denkt lieber nochmal nach!!!!!!!!!!!!!!

Zwar hat dies vergangene Jahr beim »Geben« unserer Familie ein schlechtes »Blatt« voll Weh und Ach zugeteilt, aber wir haben (bisher!) das Unwetter überlebt und werden das auch weiterhin so halten!

Unser Baum steht im Wohnzimmer wie eine 1, die Strümpfe sind aufgehängt, und wir erwarten ungeduldig die Ankunft eines gewissen wohlbeleibten Herrn, der vorne auf den Namen »Weih« und hinten auf den Namen »Nachtsmann« hört!!!!!!!!!!!!!

Unser treuer PC hat schon vor Wochen unsere Wunschzettel ausgedruckt, und jetzt werfen wir ihn wieder an, um Euch und Euren Lieben ganz heftig die Allerfrohesten Weihnachten von der gesamten Familie Dunbar zu wünschen: Clifford, Jocelyn, Kevin, Jacki, Kyle und Que Sanh!!!!!

Einige von Euch lesen dies jetzt wahrscheinlich und kratzen sich beim Namen »Que Sanh« den Kopf. »Der passt doch gar nicht zu den anderen Vornamen in der Familie«, sagt Ihr Euch. »Haben sich diese verrückten Dunbars etwa eine Siamkatze zugelegt?«

Nicht schlecht geraten.

Gestattet uns, denen von Euch, die in einer Höhle hausen und nichts mitgekriegt haben, Que Sanh Dunbar vorzustellen, die, im Alter von zweiundzwanzig Jahren, das neueste Familienmitglied ist.

Erstaunt?

DAMIT STEHT IHR NICHT ALLEIN!!!!!!!

Es scheint nämlich, als habe Clifford, Gatte der Schreiberin dieser Zeilen und Vater unserer drei natürlichen Kinder, vor zweiundzwanzig Jahren aus

Versehen die Saat für Que Sanh während seines kleinen Abstechers nach, na, wohin? gelegt...? Na, wohin wohl?

VIETNAM!!!!

Das war natürlich Jahre, bevor Clifford und ich geheiratet haben. Als er eingezogen wurde, waren wir vorverlobt, und der lange Zeitraum der Trennung forderte von uns beiden seine Opfer. Ich habe regelmäßig korrespondiert. (Jeden Tag habe ich ihm geschrieben, sogar wenn mir nichts Interessantes einfiel. Seine Briefe kamen sehr viel seltener, aber ich habe alle vier aufbewahrt!)

Während ich sowohl Zeit wie Neigung hatte, meine Gefühle in Briefumschläge zu stecken, kannte Clifford, wie Tausende anderer amerikanischer Soldaten, einen solchen Luxus nicht. Während wir Übrigen in unseren sicheren und behaglich eingerichteten Häusern die Abendnachrichten verfolgten, *kam* er in den Abendnachrichten *vor*, bis zur Hüfte in einem Schützengraben voll abgestandenem Wasser. Die Risiken und die Qualen des Krieges sind etwas, was die meisten von uns sich glücklicherweise auch nicht in Ansätzen vorstellen können, und da können wir, finde ich, von Glück sagen.

Clifford Dunbar hat, vor zweiundzwanzig Jahren, ein junger Mann in einem vom Krieg zerrissenen Land, einen Fehler gemacht. Einen schrecklichen, verabscheuungswürdigen Fehler. Einen dummen, unüberlegten, permanenten Fehler mit furchtbaren, quälenden Folgen. Aber wer seid Ihr, wer sind wir, dass wir über ihm den Stab brechen? Besonders jetzt, wo Weihnachten unmittelbar bevorsteht. Wer sind wir, dass wir ein Urteil fällen?

Als seine Versetzung um war, kehrte Clifford nach Hause zurück, wo er den zweitschlimmsten Fehler seines Lebens machte (ich beziehe mich auf seine kurze ((acht Monate)) »Ehe« mit Doll Babcock), und danach waren wir wieder vereint. Wir wohnten damals, wie Ihr Euch vielleicht erinnert, in diesem winzigen Apartment drüben in der Halsey Street. Clifford hatte gerade seine ihn ausfüllende Karriere bei der Vereinigten Sampson auf Gegenseitigkeit begonnen, und ich arbeitete Teilzeit in der Buchhaltung von Hershel Beck, als... auch schon die Kinder kamen!!!!!! Wir haben gekämpft und gespart und uns irgendwann dann (endlich!!) unser Haus am Tiffany Circle gekauft, Nummer 714, wo der Dunbar-Klan bis zum heutigen Tage seinen Nistplatz hat!!!!

Hier war es, Tiffany Circle 714, wo ich zum ersten Mal Que Sanh sah, die zu (wie es das Schicksal wollte) Halloween auf unserer Schwelle stand!!!

Zuerst hielt ich sie für eins dieser Halloween-Kinder, die »Gib mir was, sonst setzt es was!«

rufen! Sie trug, erinnere ich mich, einen Rock von der Größe eines Bierwärmers, eine kurze Pelzjacke und, im Gesicht, genug Rouge, Lidschatten und Lippenstift, um unser gesamtes Haus anzustreichen, innen wie außen. Sie ist sehr klein, und ich dachte, sie wäre ein Kind. Ein Kind, das sich als Prostituierte verkleidet hat. Ich gab ihr eine Handvoll Schokolade-mit-Nougats und hoffte, dass sie, wie die anderen Kinder, rasch zum nächsten Haus weiterzieht.

Aber Que Sanh war kein Kind, das »Gib mir was, sonst setzt es was!« ruft.

Ich wollte die Tür wieder schließen, wurde daran aber von ihrem Dolmetscher gehindert, einem sehr feminin aussehenden Mann, der einen Aktenkoffer trug. Er stellte sich auf Englisch vor und sprach dann mit Que Sanh in einer Sprache, die ich inzwischen auf die harte Tour als Vietnamesisch zu identifizieren gelernt habe. Während uns die Sprache aus dem Mund fließt, hört sich die vietnamesische Sprache an, als würde sie dem Sprecher durch eine Serie schwerer und gnadenloser Schläge in die Magengrube abgepresst. Die Wörter als solche sind Schmerzenslaute. Que Sanh antwortete dem Dolmetscher, und ihre Stimme war so hoch und gnadenlos wie eine Autosicherung. Die beiden standen vor meiner Tür, kreischten auf Vietnamesisch drauflos, und ich stand dabei, verängstigt und verwirrt.

Bis zum heutigen Tage bin ich verängstigt und verwirrt. Sehr sogar. Es ist beängstigend, dass ein voll ausgewachsener Bastard (ich verwende das Wort im technischen Sinne) die Meere überqueren und es sich in meinem Haus gemütlich machen kann, und das alles mit dem Segen unserer Regierung. Vor zweiundzwanzig Jahren konnte Onkel Sam die Vietnamesen nicht ausstehen. Jetzt verkleidet er sie als Prostituierte und setzt sie uns ins Haus!!!! Aus dem Nirgendwo ist diese junge Frau so machtvoll und unerklärlich wie die Schweinepest in unser Leben getreten, und es scheint nichts zu geben, was wir dagegen unternehmen können. Aus dem Nirgendwo klopft diese Tretmine an unsere Tür, und von uns erwartet man, dass wir sie als unser Kind anerkennen!!!!???????

Clifford sagt gern, die Dunbar-Kinder hätten das Aussehen von der Mutter und den Verstand vom Vater geerbt. Das stimmt: Kevin, Jackelyn sehen alle so gut wie nur möglich aus! Und schlau? Naja, schlau genug, genauso schlau wie ihr Vater, ausgenommen unser ältester Sohn Kevin. Nachdem er in der Moody High School mit Auszeichnung bestanden hatte, ist Kevin jetzt im dritten Jahr auf dem Feeny State College, mit Chemotechnik als

Wahlfach. Bisher hat er jedes Semester »sehr gut« gekriegt, und offenbar gibt es nichts, was ihn aufhalten kann!!! Noch anderthalb Jahre hat er vor sich, und jetzt bekommt er bereits massenhaft Stellenangebote!

Wir lieben dich, Kevin!!!!!!!!!!!!!!!!!!!!

Manchmal machen wir ganz gern den Scherz, dass, als Gott den Dunbar-Kindern Verstand gegeben hat, Er Kevin ganz vorne in der Schlange sah, und zur Belohnung konnte Kevin gleich den ganzen Sack behalten!!! Was den anderen Kindern an Verstand fehlt, machen sie aber offenbar auf die eine oder andere Weise wieder wett. Sie haben Qualitäten und eine Persönlichkeit und machen sich ihr Bild von der Welt, ganz im Gegensatz zu Que Sanh, die zu glauben scheint, sie kann sich nur mit ihrem Aussehen durchs Leben mogeln!! Sie hat nicht mal den Ehrgeiz, den Gott einem Sperling geschenkt hat! Vor sechs Wochen tauchte sie in diesem Haus auf und beherrschte nur die Vokabeln »Daddy«, »glänzt« und »fünf Dollar jetzt«.

Was für ein Wortschatz!!!!!!!!!

Während ein einigermaßen aktiver Mensch sich vielleicht mal dahinterklemmt und ernsthaft die Sprache des Landes, das ihm seit neustem Gastrecht gewährt, erlernt, schien Que Sanh es damit überhaupt nicht eilig zu haben. Wenn man ihr eine simple Frage stellte, wie zum Beispiel: »Warum gehst du nicht dahin zurück, wo du hergekommen bist?«, berührte sie meine Hand und verfiel in krampfartigen vietnamesischen Kokolores – als wäre ich der Außenseiter, von dem man erwartet, dass er *ihre* Sprache erlernt! Mehrmals besuchte uns dieser Lonnie Tipit, dieser »Dolmetscher«, dieser »Mann«, der Que Sanh bei ihrem ersten Besuch begleitet hatte. Mr Tipit schien den Eindruck zu haben, dass die Tür der Dunbars ihm immer offensteht, sei es nun Tag oder Nacht. Er schaute einfach vorbei (meistens während der Abendbrotzeit), und zwischen zwei Portionen *meiner* guten Hausmannskost (vielen herzlichen Dank) pflegte er seine »Freundin« Que Sanh in aller Ruhe »auszuhorchen«. »Ich glaube nicht, dass sie genug Kontakt mit dem Leben ringsum bekommt«, sagte er. »Warum nehmt ihr sie nicht mit in die Stadt, zu kirchlichen Veranstaltungen und Volksfesten?« Na, *er* konnte sowas leicht sagen! Das habe ich ihm auch gesagt, ich habe gesagt: »Nehmen *Sie* mal ein Mädchen, das obenrum nur BH mit Nackenband anhat, in den Konfirmationsunterricht mit. Nehmen *Sie* sie doch mit zu Kunst & Krempel zum Jahresausklang, wenn sie jeden Gegenstand klaut, der glänzt und ihr ins Auge sticht. Ich habe meine Lektion bereits gelernt.« Dann konferierte er mit Que Sanh auf Vietnamesisch, und wenn er lauschte, sah er mich so starr an, als wäre ich eine Hexe, von der er mal in Büchern gelesen hatte, die er aber ohne brodelnden Kessel und Besen nicht erkannte. Oh, ich kannte diesen Blick!

Lonnie Tipit ging so weit, uns vorzuschlagen, wir sollten ihn als Que Sanhs Englischlehrer einstellen, und zwar zu, stellt Euch das mal vor, siebzehn Dollar die Stunde!!!!!!!!!! Siebzehn Dollar pro Stunde, damit sie Lispeln und Zwitschern lernen kann und Mit-den-Händen-Flattern wie zwei kleine Vögel? NEIN, VIELEN DANK!!!!!!! Oh, ich habe Lonnie Tipit sofort durchschaut. Während er so tat, als sorge er sich um Que Sanh, war mir natürlich klar, dass er sich eigentlich für meinen Sohn Kyle interessierte. »Na, was macht die Arbeit in der Schule, Kyle? Arbeitest du schwer, oder arbeitest du schwerlich?« und »Sag mal, Kyle, was hältst du von deiner neuen Schwester? Ist sie ganz irre oder echt toll?«

Es war nicht schwierig, Lonnie Tipit zu durchschauen. Er wollte nur das Eine. »Wenn Sie mich nicht wollen, kann ich einen anderen Lehrer empfehlen«, sagte er. Jemanden wie wen? Jemanden wie ihn? Egal, wer der Englischlehrer war, es ist nun mal nicht meine Gewohnheit, Geld zum Fenster rauszuschmeißen. Und genau darauf, meine Freunde, wäre es hinausgelaufen. Warum engagiert man nicht einen teuren Privatlehrer, um den Eichhörnchen Französisch beizubringen! Jemand muss lernen *wollen.* Das weiß ich. In Ho-Chi-Minh-Stadt wurde Ihre Majestät offenbar behandelt wie eine Königin und sieht jetzt keinen Grund, warum sie sich ändern sollte!!!!! Ihre Hoheit erhebt sich gegen Mittag, schlingt einen bis zwei Fische herunter (sie isst ausschließlich Fisch und Hühnerbrüstchen), lässt sich vor dem Schminkspiegel nieder und wartet, dass ihr Vater von der Arbeit nach Hause kommt. Wenn sie sein Auto in der Einfahrt hört, spitzt sie die Ohren und rast wie ein Spaniel an die Tür und keucht und macht und tut und wedelt vor Begeisterung mit dem Schwanz! Plötzlich ist sie bemüht und versucht sich in Konversation!!! Na, ich weiß nicht, wie sie sich in Vietnam benehmen, aber in den Vereinigten Staaten ist es nicht üblich, dass eine halbangezogene Tochter ihrem Vater eine Fünf-Dollar-Massage anbietet!!! Nachdem ich einen anstrengenden Tag damit verbracht habe, Que Sanh eine Liste einfachster Aufgaben zu übermitteln, stehe ich fassungslos dabei, wenn Que Sanh plötzlich angesichts ihres Vaters Englisch versteht.

»Daddy happy fünf Dollar glänzt jetzt okay?«

»Du Daddy warum weshalb warum Daddy lieb bleibt dumm.« Offensichtlich hat sie ein paar Wörter aus der »Sesamstraße« aufgeschnappt.

»Daddy lieb ohne Werbeunterbrechung Klassik pur glänzt.«

Sie hat mit Radiohören angefangen.

Que Sanh behandelt unseren jüngsten Sohn Kyle total gleichgültig, was wahrscheinlich ein Segen ist. Diese gesamte Episode ist für Kyle sehr schwierig, er ist jetzt fünfzehn und der einsame Künstler der Familie. Er ist gern allein, verbringt viele Stunden auf seinem Zimmer, wo er Räucherstäbchen abbrennt, Musik hört und aus Seife Gnome schnitzt. Kyle sieht sehr gut aus und ist sehr begabt, und wir freuen uns schon auf den Tag, an dem er sein Taschenmesser und das Stück Irischer Frühling aus der Hand legt und anfängt, an seiner Zukunft zu »schnitzen« und nicht an einem verschrumpelten Troll! Er ist in diesem sehr schwierigen Alter, aber wir beten, dass er daraus herauswächst und auf der Straße zum Erfolg in die Fußstapfen seines Bruders tritt, bevor es zu spät ist. Hoffentlich werden ihm die Katastrophen, die seine Schwester Jackelyn erlebt hat, die Augen öffnen, was die Gefahren der Drogen, das Desaster einer unüberlegten, voreiligen Ehe und das Herzeleid ungewollten Kindersegens betrifft!

Wir hatten unsere Tochter natürlich davor gewarnt, Timothy Speaks zu heiraten. Wir haben gewarnt, gedroht, belehrt, beraten, was nicht alles –, aber es hat nichts genützt, denn ein junges Mädchen, da kann das Beweismaterial so knüppeldick sein, wie es mag, sieht nur, was es sehen *will*. Die Ehe war schon schlimm genug, aber die Nachricht von ihrer Schwangerschaft traf ihren Vater und mich mit der Wucht eines Orkans.

Timothy Speaks als Vater unseres Enkelkinds? Wie war das möglich????

Timothy Speaks, der so viele Löcher in seine Ohren gepiercet hatte, dass man ihm *so* das Ohrläppchen hätte abreißen können, ohne Anstrengung ratsch runter, wie man eine Briefmarke vom Bogen abtrennt. Timothy Speaks, der leuchtende Flammen auf Rücken und Hals tätowiert hatte. *Und* Hals!!!

Wie haben Jacki gesagt: »Eines Tages wird er erwachsen werden und sich einen Job suchen müssen, und wenn es so weit ist, werden diese Personalchefs sich fragen, warum er einen Rollkragenpullover unter dem korrekten Straßenanzug trägt. Menschen mit tätowierten Hälsen bekleiden in aller Regel keine hochbezahlten Posten«, haben wir gesagt.

Sie rannte zu Timothy zurück und wiederholte ihm unsere Warnung... und siehe da, zwei Tage später kreuzte *sie* auch noch mit tätowiertem Hals auf!!!!!! Sie planten sogar, ihr Baby tätowieren zu lassen!!!! Eine Tätowierung auf einem Kleinkind!!!!!!!!!!!!

Timothy Speaks hielt unsere Tochter in einem Netz des Wahnsinns gefangen, in dem sich die ganze Familie Dunbar zu verstricken drohte. Es war, als halte er sie unter einem perversen Bann und überzeuge sie, nach und nach, davon, dass sie das Leben all derer zerstören müsse, die um sie seien.

Die Jackelyn Dunbar-Speaks, die mit Timothy in dieser verwahrlosten »Bude« in der West Vericose Avenue zusammenlebte, hatte keine Ähnlichkeit mehr mit dem schönen Mädchen, das in unseren Fotoalben abgebildet war. Die sensible und rücksichtsvolle Tochter, die wir einst gekannt hatten, wurde, unter seiner unnachgiebigen Anleitung, zu einem gehässigen, unzuverlässigen und schwangeren Gespenst, welches irgendwann einer tickenden Zeitbombe das Leben schenkte!!!!!

Wir hatten es natürlich kommen sehen. Das Kind, am 10. September unter Drogeneinfluss geboren, verbrachte die ersten zwei Monate seines Lebens auf der Intensivpflegestation im St. Joe's Hospital. (Was eine schöne Stange Geld gekostet hat, und ratet mal, wer *die* auftreiben musste?) Mit der konkreten Verantwortung der Vaterschaft konfrontiert, ließ Timothy Speaks kranke Frau und krankes Kind im Stich. Ganz plötzlich. Weg. Peng!

Überrascht?

Wir haben es kommen sehen und freuen uns,

berichten zu können, dass wir, während ich dies niederschreibe, immer noch keine Ahnung haben, wo er ist oder was er vorhat. (Wir könnten natürlich raten, aber wozu?)

Wir alle haben die Studien gelesen und wissen, dass ein drogensüchtiges Baby eine schwere Schlacht vor sich hat, noch dazu bergauf, was eine normale Lebensführung angeht. Dieses Kind, dem der amtliche Name »Satan Speaks« gegeben wurde, würde es, das spürten wir, schwerer haben als die meisten. Wir hatten ja noch Glück, dass wir Jacki unter der Bedingung, dass das Kind hier bei uns bleibt, bis sie (falls je) vollverantwortlich für es sorgen kann, in einem schönen Therapiezentrum unterbringen konnten. Das Kind kam am 10. November bei uns zu Hause an, und bald darauf, nach ihrer ersten Entzugsphase, gab Jacki uns die Erlaubnis, es »Don« zu nennen. Don, ein schöner, einfacher Name.

Durch die Namensänderung konnten wir unbefangener an das Baby herangehen, ohne sofort an seinen Vater, Timothy Speaks, dieses Schreckgespenst, denken zu müssen. Das war doch gleich ganz was andres, glaubt mir.

Zwar könnte ich ihn nicht als »normales« Baby beschreiben, aber es hat mir doch viel Freude gemacht, für den kleinen Don zu sorgen. Schrecklich penetrant, zu bösartigen Ausschlägen neigend, ein Vierundzwanzig-Stunden-rund-um-die-Uhr-Schreier, war er unser kleiner Enkelsohn, und wir hatten ihn lieb. Zu wissen, dass er physisch zum Erwachsenen heranwachsen und dabei die Aufmerksamkeitsspanne einer gemeinen Stubenfliege beibehalten würde – das hat uns in den Gefühlen, die wir für ihn hegten, nicht im Mindesten beeinträchtigt.

Clifford scherzte manchmal, Don sei ein »Crack Baby«, weil er einen vom Herein*brechen* der Dämmerung bis Tagesan*bruch* weckt!

Dann ergriff ich die Gelegenheit, um zu erwähnen, dass Que Sanh ebenfalls so etwas wie ein »Crack Baby« war, so, wie sie zu jeder Tages- und Nachtstunde in unserem Haus herumwanderte, mit nichts am Leibe als Hot Pants und einem besseren BH. In den meisten Nächten hätte die Serviette, die sie immerhin bei den Mahlzeiten verwendete, mehr verhüllt als das, was sie normalerweise anhatte!!! Clifford schlug vor, dass ich ihr ein paar anständige Kleider und Jeans kaufe, und genau das habe ich versucht, oh, wie sehr ich es versucht habe! Ich saß neben ihr, blätterte die Kataloge durch und beobachtete, wie sie die Abbildungen der teuren Designerklamotten begrabschte. Ich war mit ihr bei Discount Plus und in Rudi's Resterampe und musste mit ansehen, wie sie angesichts der dort zu vernünftigen Preisen erhältlichen Kleidungsstücke das Näschen rümpfte. Ich weiß nicht, wie es bei Euch ist, aber in *dieser* Familie werden die Kinder für harte Arbeit belohnt. Nennt mich ruhig altmodisch, aber wer einen Pullover zu fünfzig Dollar will, muss beweisen, dass er ihn verdient! Es steht mir bis hier, aber ich sage es gern nochmal: »Eine Familie ist kein Wohltätigkeitsunternehmen.« Que Sanh wollte etwas ohne Gegenleistung, aber ich habe mein Portemonnaie zugeknöpft und gesagt, das schwerste Wort, das Eltern aussprechen können, ist »Nein!«. Ich habe ihr mehrere Kleider genäht, mit meinen eigenen Händen, wunderschöne bodenlange Kleider aus Sackleinen, aber hat sie sie etwa angezogen? Natürlich nicht!!!

Sie machte weiter wie üblich und trabte in Unterwäsche durch das Haus! Als die Winterwinde zu wehen begannen, hüllte sie sich in eine Bettdecke, schön nah an den Kamin gekauert. Mit dieser »Das Mädchen mit den Streichhölzern«-Nummer könnte sie zwar am Broadway einen »Tony« gewinnen, aber nicht hier, auf den billigen Plätzen!

Sie machte immer so weiter, folgte Clifford auf den Fersen, bis Erntedank, als sie unserem Sohn Kevin vorgestellt wurde, der über Thanksgiving nach Hause gekommen war. Ein Blick auf Kevin, und Clifford war abgemeldet. »Clifford? Welcher

Clifford?« Ein Blick auf unseren hübschen Sohn, und das »Fröstelnde Opfer« ließ die Bettdecke fallen und zeigte ihr wahres Gesicht. Sie erschien doch tatsächlich bei unserem Erntedankessen im Strippen-Bikini bei Tische!!!!!!!!!

»Nicht in *meinem* Haus«, sagt da die Verfasserin dieser Zeilen! Als ich verlangte, dass sie eins der Kleider anzieht, die ich für sie genäht habe, zog sie ihrer Preiselbeersauce einen Flunsch und tat, als hätte sie nicht verstanden. Clifford und Kevin versuchten, mich davon zu überzeugen, dass es in Vietnam bei Frauen Brauch ist, zum Erntedankfest in Badekleidung zu erscheinen, aber ich glaube trotzdem kein Wort. Seit wann feiern die Vietnamesen Erntedank? Für welche Ernten sollen diese Leute dankbar sein?

Sie ruinierte unseren Festtagsschmaus mit ihrem blöden, koketten Gekicher. Erst saß sie neben Kevin, bis sie darauf bestand, sie habe auf ihrem Stuhl eine Spinne gesehen, und auf Kevins Schoß umzog!! »Du neue Party-Evergreens non-stop Spinne bleibt dumm glänzt fünf Dollar Big Bird.«

Diejenigen von Euch, die Kevin kennen, wissen, dass er, so genial er bei manchen Sachen ist, bei anderen Sachen furchtbar naiv sein kann. Groß und gutaussehend, mit einem Lächeln und einem guten Wort schnell bei der Hand, war Kevin schon für so manche Jägerin willkommenes Wildbret. Er ist so klug und doch zugleich so töricht: Das ist seine Gabe und seine Schwäche, eng miteinander verbunden und stets um Vorherrschaft ringend. Er hatte ständig unter einem gerüttelt Maß an Glücksritterinnen zu leiden, auf der Moody High wie am Feeny State. Immer ganz Gentleman, behandelte er die jungen Damen wie Glas, was, rückblickend, völlig angemessen war, denn jede Einzelne war ja *so* leicht zu durchschauen. Als er fragte, ob er zum Erntedank eine Freundin mit nach Hause bringen kann, sagte ich, ich fände das keine gute Idee, weil wir ja ohnehin schon genug Stress hatten. Rückblickend wünschte ich mir, er *hätte* eine mitgebracht, dass dies den himmelhohen Hoffnungen und Erwartungen seiner Halbschwester vielleicht einen kleinen Dämpfer versetzt hätte!!!!!!!!!!

»Ich finde große große Kartoffel Löffel Gabel morgen? Kevin glänzt groß Gesicht wie Hand von Huhn die Zeit es ist Sesamstraße jammy jam.«

Es gelang mir kaum, meine Mahlzeit herunterzuwürgen, und ich merkte, wie ich die Minuten zählte, bis Kevin, die größte Freude unseres Lebens, endlich den privaten Englischunterricht, den er Que Sanh auf ihrem Zimmer gab, abbrach, ins Auto stieg und zum Feeny State zurückfuhr.

Wie ich bereits erwähnte, war Kevin schon immer

ein sehr fürsorglicher Mensch, jederzeit sofort zur Hand, wenn es irgendwo anzupacken oder einem Fremden behilflich zu sein gilt. Wie er nun so ist, kehrte er an die Uni zurück und begann dort offenbar, mit Que Sanh zu telefonieren, wobei er manchmal mit Hilfe eines vietnamesischen Studenten sprach, der als Dolmetscher fungierte. Er versuchte auf seine Weise, wenn auch ungeschickt, sie in ihrem neuen, hochentwickelten Heimatland willkommen zu heißen und ihr bei der Eingewöhnung zu helfen. Er war sogar sofort zur Hand und fuhr den ganzen weiten Weg nach Hause, um mit ihr auszugehen und sie in das Nachtleben einzuführen, wie es in diesem – ihrem neuen – Land üblich ist. Das ist der Kevin, wie wir ihn alle kennen und lieben, immer gern bereit, jemandem zu helfen, der weniger intelligent ist als er selbst, immer zu Verrenkungen bereit, um jemandem ein Lächeln abzuringen!

Unglücklicherweise interpretierte Que Sanh sein Interesse fälschlich als Erklärung romantisch gefärbter Anteilnahme. Sie gewöhnte sich an, vierundzwanzig Stunden am Tag das Telefon zu »bedienen«, indem sie es belauerte und ansah, als wäre es ein lebendiges Geschöpf. Wenn jemand (Gott behüte!) Clifford, Kyle oder mich sprechen wollte, legte sie einfach auf!!!!

Was haltet Ihr von *so* einem Anrufbeantworter!!!!!!!!!!!!!!

Irgendwann erkannte ich, dass ihr Betragen an Wahnsinn grenzte, und redete ihr gut zu.

»ER IST NICHTS FÜR DICH«, schrie ich. (Man hat mich wegen meines Geschreis kritisiert, hat mir gesagt, es hat keinen echten Sinn, wenn man mit einem Ausländer spricht, aber immerhin erregt man damit ihre Aufmerksamkeit!) »ER IST MEIN SOHN AM COLLEGE. MEIN SOHN EINSERSTUDENT, NICHT FÜR DICH.«

Sie kauerte mit einem Lockenstab neben dem Telefon. Beim Klang meiner Stimme richtete sie ihre Aufmerksamkeit instinktiv woandershin.

»MEIN SOHN UND MEIN MANN SIND FÜR DICH OFF-LIMITS. HAST DU DAS VERSTANDEN? SIE SIND BEIDE AUF DIE EINE ODER ANDERE WEISE MIT DIR VERWANDT, UND DADURCH IST DAS FALSCH. AUTOMATISCH FALSCH. SCHLECHT, SCHLECHT, FALSCH! SOWOHL FALSCH ALS AUCH SCHLECHT FÜR DIE QUE SANH, MIT SOHN ODER MANN VON DER JOCELYN ZUSAMMENZUSEIN. SCHLECHT UND FALSCH. VERSTEHST DU, WAS ICH JETZT SAGE?«

Sie sah kurz auf und widmete ihre Aufmerksamkeit wieder der elektrischen Schnur.

Ich gab's auf. Que Sanh moralische Prinzipien zu erklären, war, als überprüfte man seine Steuererklärung (Standardformular 1040) mit einer Hauskatze! Sie versteht nur, was sie als verstehenswert erachtet. Sagt man das Wort »Shopping«, sitzt sie schneller, als man zwinkern kann, vorne rechts im Auto! Versucht man es mit einem komplizierteren Wort wie »fegen« oder »bügeln«, zuckt sie die Schultern und zieht sich auf ihr Zimmer zurück.

»STAUBSAUGEN«, sage ich zum Beispiel. »STAUBSAUGE DEN TEPPICH.«

Als Reaktion klimpert sie mit ihrem Armband oder betrachtet ihre Fingernägel. Verzweifelt bestrebt, mich verständlich zu machen, hole ich dann den Staubsauger und demonstriere es.

»SIEH DIR JOCELYN AN. JOCELYN SAUGT DEN TEPPICH STAUB. LA LA LA!! STAUBSAUGEN MACHT SEHR VIEL SPASS. ES IST EIN VERGNÜGEN UND EIN GENUSS, MEIN HAUS MIT EINEM STAUBSAUGER ZU REINIGEN. LA LA LA!!«

Ich versuchte es ihr als lohnende Übung zu vermitteln, aber als ich schließlich einen Funken Interesse in ihr wachgerufen zu haben glaubte, war ich mit Staubsaugen fertig. Wie ich schon sagte, versteht Que Sanh nur, was sie verstehen will. Rückblickend hatte ich wahrscheinlich keinen vernünftigen Grund, ihr zu glauben, als sie plötzlich einwilligte, im Haushalt zu helfen, aber an dem fraglichen Tag war ich mit meinem Latein am Ende.

Wir näherten uns Weihnachten, es war der 16. Dezember, als ich den unüberlegten Fehler machte, sie darum zu bitten, dass sie auf das Kind aufpasst, während ich Besorgungen mache. Mit einem pflegebedürftigen, verschrumpelten Neugeborenen, einem Sohn im schwierigen Alter und einer zweiundzwanzigjährigen halbnackten »Stieftochter« im Haus hatte ich ständig gut zu tun, achtundzwanzig Stunden am Tag!!!! Es war neun Tage vor Weihnachten, und, beschäftigt, wie ich war, hatte ich noch kein einziges Geschenk gekauft. (Weihnachtsmann, wo bist du, wenn man dich braucht????????)

An jenem frühen Nachmittag war Kyle in der Schule, Clifford war im Büro, und Que Sanh saß neben dem Telefon und puhlte mit bloßen Händen an einem Bratfisch vom Vortag herum.

»PASS AUF DAS BABY AUF«, sagte ich. »PASS AUF DON, DAS BABY, AUF, WÄHREND ICH WEG BIN.«

Sie betrachtete ihre Fettfinger.

»DU PASST AUF BABY DON AUF, WÄHREND JOCELYN SHOPPING GEHT, UM WEIHNACHTSGESCHENKE FÜR DIE QUE SANH ZU BESORGEN, HO, HO!«

Bei der Erwähnung des Wortes »Shopping« straffte sie sich und schenkte mir ihre ungeteilte Aufmerksamkeit. Nachdem sie Radio gehört und ferngesehen hatte, verstand sie Weihnachten als Gelegenheit, Geschenke zu empfangen, und hatte sich angewöhnt, über Versandhauskatalogen zu hocken und ihre Wünsche mit den Worten »Ho, ho, ho« auszudrücken.

Ich entsinne mich noch deutlich meiner Wortwahl an jenem kalten und bewölkten Dezembernachmittag. Ich verwendete nicht das Wort »Babysitten«, weil ich fürchtete, sie könnte mich beim Wort nehmen und buchstäblich auf dem Baby sitzen wollen.

»PASS AUF DAS BABY AUF«, sagte ich, als wir die Treppe zum Schlafzimmer, das sie sich mit Don teilte, hinaufgingen. Que Sanh hatte in Kevins leerstehendem Zimmer geschlafen, bis ich sie, nach ihrem Erntedankeinsatz, zu Don ins Kinderzimmer umquartierte.

»PASS AUF DAS BABY AUF«, wiederholte ich, als wir uns über das Kinderbettchen beugten und den plärrenden Säugling betrachteten. Ich hob ihn hoch und wiegte ihn sanft, während er in meinen Armen strampelte. »AUF BABY AUFPASSEN«, sagte ich, »*WATCH BABY.*«

»*WATCH BABY*«, erwiderte Que Sanh und streckte die Arme aus, um ihn entgegenzunehmen. »Watch Baby für Jocelyn holt Shopping spezial, HO, HO, HO, Que Sanh frisch glänzt.«

»Genau«, sagte ich und legte ihr die Hand auf die Schulter.

Wie töricht von mir, ehrlich zu glauben, dass sie endlich was kapierte! Ich war, damals, von ihrer Aufrichtigkeit und Ernsthaftigkeit überzeugt. Ich war großmütig genug, den ganzen Ärger, mit dem sie unseren Haushalt heimgesucht hatte, beiseitezuwischen und ihr eine zweite Chance zu geben! *Das liegt jetzt alles hinter uns*, sagte ich mir und sah ihr zu, wie sie das plärrende Kindlein wiegte.

Oh, was war ich doch für eine Närrin!!!!!!!!!!!!!!

Als ich das Haus verließ und zum EKZ White Paw fuhr, verspürte ich ein Gefühl der Erleichterung wie schon lange nicht mehr. Seit Wochen war dies das erste Mal, dass ich mir ein Momentchen Alleinsein gönnte, und mit sechs Dunbar-Wunschzetteln, die mir ein Loch in die Tasche brannten, hatte ich fest vor, das Beste draus zu machen!!!

Ich kann nicht über jeden einzelnen Augenblick meines Nachmittags Rechenschaft ablegen. Nie wäre es mir in den Sinn gekommen, dass ich eines Tages genau dazu aufgefordert werden würde, da dies aber der Fall ist, werde ich berichten, woran ich mich erinnere. Ich kann mühelos bezeugen, dass ich am fraglichen Nachmittag des 16. Dezember das EKZ White Paw aufgesucht habe, wo ich eine kurze Zeitspanne in Der HosenLaden verbrachte, um ein Geschenk für Kyle zu suchen. Ich fand, was er sich gewünscht hatte, aber nicht in seiner Größe. Dann verließ ich Der HosenLaden und ging zu ——— & —— ———, wo ich einen ————————— für meine Tochter Jacki kaufte. (Ich werde hier niemandem die Weihnachtsüberraschung ruinieren. Wozu auch?) Ich schaute kurz im RollkragenBär vorbei und sah mich bei Wachs-Max nach passenden Kerzen um. Im ————— kaufte ich ein Geschenk für Clifford und stöberte, glaube ich, noch ein bisschen herum. Es sind fast hundert Läden im EKZ White Paw, und Ihr müsst mir schon vergeben, wenn ich nicht detailliert auflisten kann, wie viel Zeit ich in diesem oder jenem Laden verbracht habe. Ich kaufte ein, bis ich dachte, jetzt wird es aber langsam Zeit. Auf dem Heimweg hielt ich kurz beim SchlemmerMarkt und kaufte in der FrischeInsel noch ein paar Lebensmittel. Es wurde bereits dunkel, das muss so gegen halb fünf gewesen sein, als ich in die Einfahrt unseres Hauses am Tiffany Circle einbog. Ich holte meine Pakete aus dem Wagen und betrat mein Haus, wo mich sofort die unheimliche Stille überraschte. »Das kommt mir gar nicht geheuer vor«, erinnere ich mich zu mir selbst gesagt zu haben. Es war nur so ein Gefühl, das Gefühl einer Mutter, diese unerklärliche Sprache der Sinne. Ich legte meine Einkäufe ab und war bestürzt über den Lärm, den sie verursachten – das trockne Rascheln von Papier auf

Fußboden. Das Problem war, dass ich das Geräusch überhaupt hören konnte! Normalerweise hätten das chronische Geblöke von Baby Don und das unablässig plärrende Radio von Que Sanh alles übertönt.

Hier stimmt doch etwas nicht, sagte ich mir. *Hier stimmt doch etwas auf geradezu entsetzliche Weise nicht.*

Bevor ich nach Que Sanh rief oder das Baby suchte, rief ich instinktiv die Polizei an. Dann stand ich mucksmäuschenstill im Wohnzimmer und starrte auf meine Einkaufstüten, bis die Polizei (siebenundzwanzig Minuten später!!) kam.

Als sie den Streifenwagen in der Einfahrt hörte, hatte Que Sanh ihren Auftritt, sie paradierte mit einem Halb-Slip aus schwarzer Spitze und einem Halsband, das sie sich aus Kevins altem Chor-Talar geschneidert hatte, die Treppe herunter.

»WO IST DAS BABY?«, fragte ich sie. »WO IST DON?«

Von der Polizei begleitet, gingen wir hinauf ins Kinderzimmer und sahen das leere Kinderbettchen.

»WO IST MEIN ENKEL DON? WAS HAST DU MIT DEM BABY GEMACHT?«

Que Sanh sagte natürlich nichts. Es gehört zu ihrer Nummer, dass sie erstmal an ihrem Saum zupft und die Schüchterne markiert, wenn sie mit Fremden konfrontiert wird. Wir ließen sie da stehen, während die Polizisten und ich mit der Suche begannen. Wir kämmten das gesamte Haus durch, die Beamten und ich, bevor wir schließlich das Baby in der Waschküche fanden, warm, aber leblos in der Trockenschleuder.

Die Autopsie ergab später, dass Don auch den Waschgang durchgemacht hatte – heiß waschen, kalt spülen. Er starb lange vor dem Schleudergang, was, glaube ich, der einzige Segen an dieser ganz hässlichen Episode ist. Bis auf den heutigen Tag verfolgt mich das Bild vor meinem geistigen Auge, wie mein Enkelkind Opfer einer solchen Brutalität geworden ist. Die erbarmungslosen Schläge, die er während seiner fünfundvierzig Minuten in der Trockenschleuder einstecken musste, sind etwas, worüber ich lieber nicht nachdenke. Der Gedanke daran sucht mich heim wie ein Alptraum! Er kommt mir immer wieder in den Sinn, und dann fasse ich mich am Kopf, versuche verzweifelt, ihn zu vertreiben. Man wünscht sich doch für den einzigen Enkel, dass er herumrennt und spielt, einen Collegeabschluss macht, heiratet und Erfolg hat und nicht... (seht Ihr, ich kann es nicht mal sagen!!!!!!)

Der Schock und der Schrecken, die auf Dons Tod folgten, sind etwas, was ich lieber nicht wiedergebe: Die Kinder anrufen, um ihnen zu berichten, sehen, wie die Leiche des Babys, so klein wie ein Laib Brot, in einen schweren Plastiksack mit Reißverschluss gesenkt wird –; diese Bilder haben nichts mit dem Frohsinn von Weihnachten zu schaffen, und ich hoffe, der Umstand, dass ich sie doch erwähne, wird Eure Laune zu dieser so ganz besonderen und funkelnden Zeit des Jahres nicht trüben.

Der Abend des 16. Dezember war eine sehr dunkle Stunde für die Familie Dunbar. Immerhin konnten wir, da Que Sanh sich in polizeilichem Gewahrsam befand, privatim trauern und uns mit dem guten Glauben trösten, dass der Gerechtigkeit Genüge getan werden wird.

Wie töricht wir doch waren!!!!!!!!!!!!

Die bittern Tränen waren immer noch nass auf unseren Wangen, als die Polizei in den Tiffany Circle zurückkehrte, wo sie die Verfasserin dieser Zeilen schonungslos zu verhören begann!!!!!!!!!!!! Mit Hilfe eines Dolmetschers hatte Que Sanh eine schlaflose Nacht auf dem Revier verbracht und eine Geschichte aus unsagbarem Lug und Trug zusammengezimmert! Zwar steht es mir nicht frei, zu ihrer genauen Zeugenaussage Stellung zu nehmen, aber erlaubt mir doch, meiner Enttäuschung darüber Ausdruck zu verleihen, dass irgendjemand (von der Polizei ganz zu schweigen!) auch nur daran *denkt*, Que Sanhs Worten mehr Glauben zu schenken als meinen. Wie hätte ich denn wohl ein hilfloses Kind in eine Waschmaschine stopfen können? Selbst wenn ich grausam genug wäre, so etwas zu tun, wann hätte ich die Zeit dafür finden sollen? Ich war einkaufen.

Ihr habt vielleicht gelesen, dass unsere sogenannte »Nachbarin« Cherise Clarmont-Shea zu Protokoll gegeben hat, sie habe gesehen, wie ich am 16. Dezember gegen 13.15 Uhr mein Haus verlassen, dann, zwanzig Minuten später, meinen Wagen angeblich ganz hinten an der Ecke Tiffany Circle / Papageorge Street geparkt hätte und dann, mit ihren Worten, über ihren Hinterhof »gekrochen« sei und mich dort in die Büsche »geschlagen« und mein Haus durch die Kellertür betreten hätte!!!!!! Cherise Clarmont-Shea versteht gewiss die Bedeutung der Wörter »gekrochen« und »geschlagen«, denn oft genug kam sie bei mir an*gekrochen*, wenn ihr Mann sie mal wieder *geschlagen* hatte, mit geschwollenem und senffarbenem Gesicht! Sie ist so oft vermöbelt worden, dass sie von Glück sagen kann, wenn sie durch diese geschwollenen Augen überhaupt noch was sieht! Wenn ihr Make-up in irgendeiner Weise auf ihre Sehschärfe schließen lässt, kann man, glaube ich, getrost davon ausgehen, dass sie keine zwei

Zoll weit gucken kann, und schon gar nicht kann sie die Identität von jemandem bezeugen, den sie beim Überqueren ihres Hinterhofs gesehen haben will. Sie nimmt Tabletten, das weiß jeder. Sie bettelt verzweifelt um Aufmerksamkeit, und unter anderen Umständen würde ich sie bemitleiden. Ich bin nicht vorzeitig nach Hause gekommen und über den ungepflegten Hinterhof der Sheas gekrochen, und selbst wenn, welches Motiv hätte ich denn wohl gehabt? Warum würde ich, wie gewisse Leute angedeutet haben, mein eigenes Enkelkind ermorden wollen? Das ist doch Wahnsinn, schlicht und einfach. Das erinnert mich an einen immer wiederkehrenden Alptraum, in dem ich verzweifelt versuche, mich gegen eine schwerbewaffnete Kasperpuppe zu wehren. Die groteske Puppe beschuldigt mich, Slogans auf ihr Auto gesprüht zu haben. So etwas habe ich selbstverständlich nie getan. *Das ist doch Wahnsinn, das ist doch absurd*, denke ich dann. »Das ergibt doch keinen Sinn«, sage ich, lasse die geladene Waffe in den kleinen Puppenhänden nicht aus den Augen und bete, dass dieser Alptraum bald vorüber ist. Cherise Clarmont-Shea hat nicht mehr Verstand als eine Kasperpuppe. Sie hat drei Namen! Und die anderen, die gegen mich ausgesagt haben, Chaz Staples und Vivian Taps, waren beide an einem Werktagnachmittag zu Hause und haben, ratet mal, was! getrieben, während ihre jeweiligen Ehegatten stramm auf Arbeit waren. Was haben *die* denn zu verbergen? Ich finde, es ist von größter Wichtigkeit, auch mal die Quellen zu betrachten, aus denen so was fließt.

Diese Anschuldigungen sind lachhaft, und doch muss ich sie ernst nehmen, da mein Leben als solches von ihnen abhängen könnte! Nachdem sie sich die Tonbandaufzeichnungen von Que Sanhs Verhör angehört hat, versteht die Familie Dunbar die volle Bedeutung der Wörter »Kontrolle«, »nachtragend«, »manipulieren«, »habgierig« und, im spirituellen Sinne, »hässlich«.

Nicht gerade Wörter, mit denen man in der Vorweihnachtszeit gern um sich wirft!!!!!!!!!

Für den 27. Dezember wurde eine Anhörung angesetzt, und weil ich weiß, wie ausgegrenzt Ihr, unsere Freunde, Euch sonst fühlen würdet, habe ich am Schluss dieses Briefes Zeitpunkt und Adresse angegeben. Die Anhörung ist für Euch eine Gelegenheit, nachträglich etwas vom Geist der Weihnacht in Form von guten Taten zu vermitteln. Böte man mir die Gelegenheit, *Euren* Charakter zu verteidigen, würde ich keine Sekunde zögern, und ich weiß, dass Ihr mir gegenüber genauso empfindet. Diese von Herzen kommende mitmenschliche Sorge, dieses Verlangen, seinen Freunden und seiner

Familie beizustehen, ist doch die eigentliche Grundlage dessen, was wir als das Christfest begehen, stimmt's?

Zwar wird Weihnachten dieses Jahr für die Dunbars von Verlust und Trauer gekennzeichnet sein, aber wir werden auch das überstehen und sehen gefasst dem Tag der Tage entgegen, dem 27. Dezember – 13.45 Uhr, im Bezirksgericht von White Paw, Saal 412.

Ich werde Euch noch mal anrufen, um Euch an diese Information zu erinnern, und freue mich schon darauf, mit Euch über die festlichen Erträge Eurer Feiertage zu plaudern.

Bis dahin wünschen wir Euch und den Euren das Allerbeste.

Frohe Weihnachten.

Die Dunbars.

John Irving
Weihnachtsüberraschung

»Wie kommst du voran mit dem Hund, Frank?«, fragte ich meinen Bruder immer wieder, als Weihnachten über uns hereinzubrechen begann.

Weihnachtsgeschenke waren bei uns keine große Sache – es ging darum, irgendetwas Albernes zu verschenken. Ich glaube, ich kaufte Vater eine Schürze, die er hinter der Bar im Hotel New Hampshire tragen sollte; es war eine dieser Schürzen mit einem dämlichen Spruch drauf. Ich glaube, ich kaufte Mutter einen Porzellanbären. Frank kaufte Vater immer eine Krawatte und Mutter ein Halstuch, und Mutter gab die Halstücher an unsere Schwester Franny weiter, die sie sich auf jede nur denkbare Weise umband, und Vater gab die Krawatten Frank zurück, der gerne Krawatten trug.

1956 bekam unser Großvater Iowa-Bob ein besonderes Weihnachtsgeschenk von uns: eine gerahmte und vergrößerte Aufnahme von Junior Jones, wie er gerade Dairys einzigen Touchdown gegen Exeter erzielt. Das war nicht so albern, aber alles andere umso mehr. Franny kaufte Mutter ein sexy Kleid, das Mutter nie anziehen würde. Franny hoffte, Mutter würde es ihr geben, aber Mutter hätte es auch Franny nie tragen lassen.

»Sie kann es ja für Vater tragen, wenn sie mal wieder Zwei E besuchen«, sagte mir Franny in mürrischer Stimmung.

Vater kaufte Frank eine Busfahreruniform, weil Frank eine Vorliebe für Uniformen hatte; Frank trug sie, wenn er im Hotel New Hampshire den Türsteher spielte. Bei den seltenen Gelegenheiten, wenn wir mehr als einen Übernachtungsgast hatten, tat Frank gern so, als gebe es im Hotel New Hampshire einen ständigen Türsteher. Die Busfahreruniform hatte das gute alte Leichengrau der Dairy School; die Hosenbeine und die Ärmel waren zu kurz für Frank, und die Mütze war zu groß, so dass Frank bedenklich an den Angestellten eines schäbigen Bestattungsinstituts erinnerte, wenn er die Gäste empfing. »Willkommen im Hotel New Hampshire«, übte er als Begrüßung ein, aber es klang immer, als meine er das Gegenteil.

Keiner von uns wusste, was er unserer kleinsten Schwester Lilly schenken sollte – jedenfalls keinen Zwerg oder Kobold oder sonst etwas Kleines.

»Gebt ihr was zu *essen*!«, schlug Iowa-Bob ein paar Tage vor Weihnachten vor. Meine Familie hielt auch nie was von sorgfältig geplanten Weihnachtseinkäufen und diesem ganzen Quatsch. Wir ließen es immer auf die allerletzte Minute ankommen, auch wenn Coach Bob viel Theater um den Baum machte, den er eines Morgens im Elliot Park geschlagen hatte: er war so groß, dass er halbiert werden musste, ehe er im Restaurant des Hotels New Hampshire aufgestellt werden konnte.

»Du hast diesen schönen Baum im Park umgemacht!«, sagte Mutter.

»Der Park gehört doch uns, oder?«, sagte Coach Bob. »Was willst du schon anderes machen mit Bäumen?« Er kam eben aus Iowa, wo man kilometerweit in die Ferne blicken kann – und manchmal ist weit und breit kein Baum zu sehen.

Unser Bruder Egg wurde als einziger mit Geschenken überhäuft, denn er war derjenige von uns, der in diesem Jahr das ideale Weihnachtsalter hatte. Und Egg war ganz versessen auf *Dinge*. Alle schenkten ihm Tiere und Bälle und Spielzeug für die Badewanne und Spielsachen für den Sommer – fast alles Ramsch, der noch im Laufe des Winters verlorenoder kaputtging, für Egg zu kindisch oder vom Schnee zugedeckt wurde.

In einem Antiquitätenladen in Dairy fanden Franny und ich einen Glasbehälter mit Schimpansenzähnen, und wir kauften die Zähne für Frank.

»Er kann sie bei einem seiner Ausstopfexperimente verwenden«, sagte Franny.

Ich war heilfroh, dass wir Frank die Zähne nicht schon *vor* Weihnachten gaben, denn ich fürchtete, Frank könnte versuchen, sie bei seiner Version unseres verstorbenen Hundes Kummer zu verwerten.

»Kummer!«, schrie Iowa-Bob in einer Nacht kurz vor Weihnachten laut auf, und uns allen sträubten sich die Haare, als wir in unseren Betten hochfuhren. »Kummer!«, rief der alte Mann in seinem Zimmer; seine Hanteln rollten lärmend über den Boden. Seine Tür ging auf, und wir hörten ihn auf den verlassenen Flur im zweiten Stock hinausbrüllen. »Kummer!«, rief er.

»Der alte Schwachkopf hat einen bösen Traum«, sagte Vater und polterte in seinem Bademantel die Treppe hinauf, doch ich ging zu Frank ins Zimmer und starrte ihn an.

»Schau mich nicht so an«, sagte Frank. »Kummer ist immer noch drüben im Labor. Er ist noch nicht fertig.«

Und wir gingen alle nach oben, um nachzusehen, was Iowa-Bob hatte.

Er hatte Kummer »gesehen«, sagte er. Coach Bob hatte den alten Hund im Schlaf gerochen, und als er aufwachte, stand Kummer auf dem alten Perserteppich – seinem Lieblingsplätzchen – in Bobs

Zimmer. »Aber er hat mich dermaßen *drohend* angesehen«, sagte der alte Bob. »Er sah aus, als wolle er mich *angreifen!*«

Ich starrte Frank wieder an, aber Frank zuckte mit den Achseln. Vater verdrehte die Augen.

»Du hast eben einen Albtraum gehabt«, sagte er zu seinem alten Vater.

»Kummer stand in diesem Zimmer!«, sagte Coach Bob. »Aber er hat nicht *ausgesehen* wie Kummer. Er hat ausgesehen, als wolle er mich *umbringen.*«

»Ist ja gut«, sagte Mutter, und Vater schickte uns mit einer Handbewegung aus dem Zimmer; ich hörte, dass er mit Iowa-Bob so zu reden anfing, wie ich ihn sonst mit Egg oder mit Lilly hatte reden hören – und wie er mit uns allen geredet hatte, als wir jünger waren –, und mir ging auf, dass Vater mit Bob oft so redete – als glaube er, sein Vater sei ein Kind.

»Es ist dieser alte Teppich«, sagte Mutter flüsternd zu uns Kindern. »Da sind so viele Hundehaare drauf, dass euer Großvater auch im Schlaf noch Kummer riechen kann.«

Lilly sah erschreckt aus, aber Lilly sah oft erschreckt aus. Egg taumelte umher, als schlafe er im Stehen.

»Kummer ist tot, nicht wahr?«, fragte Egg.

»Ja, ja«, sagte Franny.

»Was?«, sagte Egg, so laut, dass Lilly einen Satz machte.

»Na schön, Frank«, flüsterte ich im Treppenhaus. »Welche *Pose* hast du jetzt Kummer gegeben?«

»Die ›Angriff‹-Pose«, sagte er, und ich schauderte.

Ich dachte, der alte Hund sei aus Wut über die fürchterliche Pose, zu der er verdammt worden war, zurückgekommen, um im Hotel New Hampshire zu spuken. Er war in Iowa-Bobs Zimmer gegangen, weil Bob Kummers Teppich hatte.

»Legen wir doch Kummers alten Teppich in Franks Zimmer«, schlug ich beim Frühstück vor.

»Ich will den alten Teppich nicht«, sagte Frank.

»Und ich *will* den alten Teppich«, sagte Coach Bob. »Er ist ideal für meine Hanteln.«

»Das war ja vielleicht ein schlimmer Traum letzte Nacht, was?«, sagte Franny vorsichtig.

»Das war kein Traum, Franny«, sagte Bob finster. »Das war Kummer – wie er leibt und lebt«, sagte der alte Coach, und bei seinen letzten Worten begann Lilly so heftig zu zittern, dass sie ihren Haferflockenlöffel klirrend zu Boden fallen ließ.

»Was heißt *leibt*?«, fragte Egg.

»Hör mal zu, Frank«, sagte ich ihm, draußen im eisigen Elliot Park – am Tage vor Weihnachten.

»Ich glaube, es ist besser, du lässt Kummer drunten im Labor.«

Frank ging bei diesem Vorschlag in ›Angriff‹-Pose. »Er steht bereit«, sagte Frank, »und heute Abend kommt er nach Hause.«

»Tu mir einen Gefallen und wickle ihn nicht in Geschenkpapier, okay?«, sagte ich.

»In Geschenkpapier?«, fragte Frank, nur mäßig angewidert. »Glaubst du, ich spinne?«

Darauf gab ich ihm keine Antwort, und er sagte: »Begreifst du denn nicht, was los ist? Ich habe Kummer so gut hingekriegt, dass Großvater eine *Vorahnung* davon hatte, dass Kummer heimkommen wird«, sagte Frank.

Es war und blieb erstaunlich, wie Frank es immer wieder schaffte, dass auch der reine Schwachsinn irgendwie logisch klang.

Und so kam die letzte Nacht vor Weihnachten, alles schlief, wie es heißt, einsam wachte nur der eine oder andere Suppentopf. Max Uricks stetiges Rauschen. Ronda Ray war in ihrem Zimmer. Und in 1 B war ein Türke – ein türkischer Diplomat, der seinen Sohn an der Dairy School besuchte; er war der einzige Dairy-Schüler, der über Weihnachten nicht nach Hause (oder *zu jemand* nach Hause) gefahren war. Alle Geschenke waren sorgfältig versteckt. Es war in unserer Familie Tradition, am

Weihnachtsmorgen alles herzuholen und unter den nackten Baum zu legen.

Mutter und Vater, das wussten wir, hatten unsere ganzen Geschenke in 2 E versteckt – in einem Raum, den sie oft und mit Freuden besuchten. Iowa-Bob hatte seine Geschenke im dritten Stock versteckt in einem der winzigen Badezimmer, von denen keiner sagte, sie seien passend für Zwerge – keiner *mehr*, seit der zweifelhaften Diagnose von Lillys möglichem Leiden. Franny zeigte mir all die Geschenke, die sie besorgt hatte – und führte mir auch das sexy Kleid vor, das sie für Mutter gekauft hatte. Das brachte mich dazu, ihr das Nachthemd zu zeigen, das ich für Ronda Ray gekauft hatte, und Franny führte mir auch das bereitwillig vor. Als ich sie darin sah, wusste ich, ich hätte es für Franny kaufen sollen. Es war schneeweiß, eine Farbe, die in Rondas Kollektion nicht vorkam.

»Das hättest du für *mich* kaufen sollen!«, sagte Franny. »Es gefällt mir unheimlich!«

Aber bei Franny kam ich nie rechtzeitig drauf, was ich tun sollte; wie Franny sich ausdrückte: »Dir werd ich immer ein Jahr voraus sein, Kleiner.«

Lilly versteckte ihre Geschenke in einer kleinen Schachtel; ihre Geschenke waren alle klein. Egg hatte für niemand Geschenke, aber er war im ganzen Hotel New Hampshire endlos auf der Suche nach all den Geschenken, die die anderen für ihn besorgt hatten. Und Frank versteckte Kummer in Coach Bobs Schrank.

»*Warum?*«, frage ich ihn später immer wieder.

»Es war doch nur für eine Nacht«, sagte Frank. »Und ich wusste, dass Franny dort nie nachsehen würde.«

Am Heiligabend 1956 gingen alle früh ins Bett, und keiner schlief – auch das eine Familientradition. Wir hörten das Eis ächzen unter dem Schnee im Elliot Park. Es gab Zeiten, da knarrte der Elliot Park bei einem Temperatursturz wie ein Sarg, der in die Erde gesenkt wird. Wie kam es, dass 1956 sogar an Weihnachten eine Spur von Halloween in der Luft lag?

Sogar ein Hund bellte mitten in der Nacht, und obwohl es nicht Kummer sein konnte, dachte jeder von uns, der noch wach lag, an Iowa-Bobs Traum – oder seine »Vorahnung«, wie Frank das genannt hatte.

Und dann kam der Weihnachtsmorgen – klar, windig und kalt –, und ich lief meine vierzig oder fünfzig Sprints durch den Elliot Park. Nackt war ich längst nicht mehr so rundlich, wie ich in meinem Trainingsanzug wirkte – was mir Ronda Ray immer wieder bestätigte. Die Bananen waren dabei, hart zu werden. Und Weihnachtsmorgen hin oder her, ein Programm ist ein Programm: ich ging zu Iowa-Bob, um ein bisschen mit den Gewichten zu arbeiten, bevor sich die Familie zum weihnächtlichen Frühstück versammelte.

»Nimm du die Kugelhanteln, und ich mach meine Nackenbrücken«, sagte Iowa-Bob zu mir.

»Ist gut, Großvater«, sagte ich und folgte seinen Anweisungen. Die Füße gegeneinander gestemmt, machten wir auf Kummers altem Teppich unsere Sit-ups, Kopf an Kopf unsere Liegestützen. Es gab nur die eine lange Scheibenhantel und die zwei kurzen Kugelhanteln für die Übungen mit einem Arm. Wir wechselten uns ständig ab mit den Gewichten – für uns war das so etwas wie ein wortloses Morgengebet.

»Deine Oberarme, deine Brust, dein Hals – das sieht alles ziemlich gut aus«, sagte mir Opa Bob, »aber deine Unterarme könnten ein bisschen mehr Training vertragen. Und vielleicht legst du dir so'n Zwanzigpfünder auf die Brust, wenn du deine Sit-ups machst – sie sind sonst zu leicht für dich. Und die Knie anziehen.«

»Mach ich«, schnaufte ich in meiner Ronda-Ray-Manier.

Bob nahm sich die Scheibenhantel vor; er brachte sie mühelos etwa zehnmal zur Hochstrecke und drückte sie dann noch ein paarmal von der Schulter nach oben – nach meiner Schätzung hatte er 70 oder 80 Kilo draufgepackt, als die Gewichte von dem einen Ende der Hantel rutschten, und ich sprang zur Seite; und dann rutschten vielleicht 25 oder 30 Kilo vom anderen Ende der Hantel, und Iowa-Bobs schrie: »Scheiße! Verdammtes Scheißding!« Die Gewichte rollten durchs Zimmer. Von unten schimpfte Vater zu uns herauf.

»Jessas Gott, ihr verrückten Gewichtheber!«, brüllte er. »Zieht doch mal diese *Schrauben* an!«

Und eine der Scheiben rollte gegen Bobs Schrank, und natürlich ging die Tür auf, und heraus kamen der Tennisschläger, Bobs Wäschesack, ein Staubsaugerschlauch, ein Squash-Ball – und Kummer, ausgestopft.

Ich versuchte etwas zu sagen, obwohl mich der Hund fast ebenso sehr erschreckte, wie er Iowa-Bob erschreckt haben musste; ich wusste wenigstens, was es war: Kummer in Franks ›Angriff‹-Pose. Es war tatsächlich eine recht gut gelungene Angriffsstellung, und vom Ausstopfen schwarzer Labradors verstand Frank offenbar mehr, als ich ihm zugetraut hätte. Kummer war auf einem Kiefernbrett festgeschraubt – wie Coach Bob gesagt hätte »Alles ist festgeschraubt im Hotel New Hampshire; im Hotel New Hampshire sind wir *lebenslänglich* festgeschraubt!« Der grimmige Hund glitt beinahe elegant aus dem Schrank, landete sicher auf allen vier Füßen und schien drauf und dran loszuspringen. So wie sein schwarzes Fell glänzte, war es wohl kurz zuvor noch geölt worden; seine gelben Augen fingen das helle Morgenlicht ein, und im Licht blitzten auch seine alten gelben Zähne, die Frank zur Feier des Tages weiß poliert hatte. Die Lefzen des alten Hundes waren weiter nach hinten gezogen, als ich das je zu Lebzeiten des alten Kummer gesehen hatte, und eine speichelähnliche Flüssigkeit – sehr überzeugend – glitzerte auf dem Zahnfleisch des alten Hundes. Seine schwarze Schnauze sah feucht und gesund aus, und ich konnte fast riechen, wie Iowa-Bob und mir sein übler Mundgeruch entgegenschlug. Doch *dieser* Kummer sah viel zu gefährlich aus für einen Furzer.

Diesem Kummer war es bitter ernst, und bevor ich die Sprache wiederfand und meinem Großvater sagen konnte, dass es nur ein Weihnachtsgeschenk für Franny war – dass es nur eines von den schrecklichen Projekten war, mit denen sich Frank drüben im Biologie-Labor abgab –, schleuderte der alte Coach seine Hantel gegen den wilden Angreifer und warf seinen prächtigen Footballerkörper zurück auf mich (um mich zu beschützen, ohne Frage; das muss seine Absicht gewesen sein).

»Heiliger Strohsack!«, sagte Iowa-Bob mit einer

merkwürdig kleinen Stimme, und die Eisengewichte landeten links und rechts von Kummer krachend auf dem Boden. Der knurrende Hund ließ sich nicht irritieren; er war nach wie vor bereit zum todbringenden Sprung. Und Iowa-Bob, der seine letzte Saison hinter sich hatte, sank tot in meine Arme.

»Jessas Gott, schmeißt ihr eure Gewichte jetzt *absichtlich* durch die Gegend?«, brüllte Vater zu uns herauf. »Jessas Gott!«, schrie Vater. »Setzt mal einen Tag aus, ja? Es ist immerhin Weihnachten, Herr Gott noch mal. Fröhliche Weihnachten! Fröhliche Weihnachten!«

»Fröhliche verfickte Weihnachten!«, rief Franny, von unten.

»Fröhliche Weihnachten!«, sagten Lilly, und Egg – und sogar Frank.

»Fröhliche Weihnachten!«, rief Mutter mit sanfter Stimme.

Und hörte ich nicht auch Ronda Ray einstimmen? Und die Uricks – die bereits das Weihnachtsfrühstück im Hotel New Hampshire auftischten? Und ich hörte etwas Unaussprechliches – es könnte der Türke in 1 B gewesen sein.

In meinen Armen, die – wie ich jetzt merkte – sehr stark geworden waren, hielt ich den ehemaligen Star aus der Liga der ›Großen Zehn‹, der für mich ebenso viel Gewicht und Bedeutung hatte wie unser Familienbär, und ich starrte in den kleinen Zwischenraum, der uns von Kummer trennte.

Luciano De Crescenzo

Krippenliebhaber und Baumliebhaber

»Da sind wir, Professore, wie geht es Ihnen?«, sagt Salvatore beim Betreten von Bellavistas Haus.

»Wir haben den Ingenieur De Crescenzo mitgebracht, der ein großer neapolitanischer Wissenschaftler ist: Es heißt, er sei der Erfinder der amerikanischen Elektronengehirne.«

»Was erzählen Sie da«, versuche ich Saverios Vorstellung meiner Person zu unterbrechen. »Ich bin doch kein Wissenschaftler, und erfunden habe ich auch nichts.«

»Hören Sie nicht auf ihn, Professore«, fährt Saverio unerschütterlich fort. »Dieser Ingenieur da ist nur zu bescheiden: Es heißt, dass damals, als er seinen Doktor gemacht hat, ein strenger Befehl aus Amerika kam, ihn um jeden Preis einzustellen, damit ihn nicht irgendeine feindliche Nation wegschnappte.«

»Lieber Gott!«, protestiere ich. »Was erzählen Sie da nur für einen Mist zusammen!«

»Die Tür«, sagt Saverio, als er die Klingel hört. »Das wird Luigino sein, ich mache auf.«

Luigino kommt herein, allgemeine Begrüßung und Vorstellung. Saverio bringt einen kleinen Sessel für Luigino und ein Glas Wein für sich.

»Mein lieber Luigino, wie geht es dir?«, fragt der Professor. »Die ganze Woche hört und sieht man nichts von dir.«

»Ja, diese Woche hatten wir viel zu tun, am Dienstag kam Professor Buonanno, der vom Konservatorium, der Geige spielt. Der Professor Buonanno ist sehr befreundet mit dem Baron, und von Zeit zu Zeit kommt er und spielt uns etwas vor, aber diesmal hat er sich selbst übertroffen, ganz bestimmt; er hat da unter anderem etwas von Bach gespielt, ich kann mich jetzt nicht genau erinnern, was es war. Tatsache ist jedenfalls, dass es etwas sehr Schönes war …«

»Luigino«, fragt Saverio, »könnte dieser Professor nicht manchmal mitkommen und uns etwas vorspielen?«

»Nun, ich könnte ihn fragen.«

»Ja, aber bald, weil unser Gast hier nur über Weihnachten in Neapel bleibt.«

»Apropos Weihnachten, ich und der Baron haben wie jedes Jahr angefangen, die Krippe aufzubauen, und wir haben zwei Tage gebraucht, um alle Schachteln mit den Hirten aufzumachen, sie abzustauben und abgebrochene Arme und Beine mit Fischleim anzukleben.«

»Die Krippe ist für uns Neapolitaner etwas wirklich Wichtiges«, sagt der Professor. »Und Sie«, wendet er sich an mich, »entschuldigen Sie die Frage, aber ist Ihnen die Krippe lieber oder der Weihnachtsbaum?«

»Natürlich die Krippe.«

»Das freut mich sehr für Sie«, sagt der Professor und drückt mir die Hand. »Sehen Sie, die Menschheit lässt sich in Krippenliebhaber und Baumliebhaber einteilen, und das ist eine Folge der Unterteilung der Welt in eine Welt der Liebe und eine Welt der Freiheit, aber um das zu erklären, müsste ich weiter ausholen, lassen wir das für ein andermal. Heute möchte ich lieber etwas über die Krippe und die Krippenliebhaber sagen.«

»O ja, erzählen Sie von der Krippe, Professore«, sagt Salvatore, »hier sind Ihre Kinder und hören Ihnen zu!«

»Also, die Einteilung in Krippenliebhaber und Baumliebhaber ist, wie ich schon sagte, so entscheidend, dass sie meiner Meinung nach so wie Geschlecht und Blutgruppe in die Personalausweise eingetragen werden müsste. Naja, sonst entdeckt doch so ein armer Teufel vielleicht erst nach seiner

Heirat, dass er sich mit einem Christenmenschen zusammengetan hat, der ganz andere Weihnachtsgewohnheiten hat. Das klingt jetzt vielleicht übertrieben, aber es ist etwas Wahres dran: Der Baumliebhaber hat in seinem Leben eine ganz andere Wertskala als der Krippenliebhaber. Für den Ersteren sind vor allem die Form, das Geld und die Macht entscheidend; für den Letzteren dagegen die Liebe und die Poesie.«

»Wir alle hier in diesem Haus sind Krippenliebhaber, nicht wahr, Professore?«, sagt Saverio.

»Nein, nicht alle. Meine Frau und meine Tochter zum Beispiel sind, wie fast alle Frauen, Baumliebhaberinnen.«

»Meiner Assuntina gefällt auch der Weihnachtsbaum mehr«, sagt Saverio halblaut.

»Die beiden Gruppen können sich nicht verstehen. Wenn der eine etwas sagt, weiß der andere nicht, was er meint. Die Ehefrau sieht, dass ihr Mann die Krippe aufbaut, und sagt: ›Warum kaufst du nicht, statt hier das ganze Haus mit deinem Fischleim zu verpesten, die Krippe fix und fertig im Kaufhaus UPIM?‹ Der Mann antwortete nicht. Denn bei UPIM kann man vielleicht den Weihnachtsbaum kaufen, der erst dann schön wird, wenn er geschmückt ist und man die Lichter anzünden kann, bei der Krippe aber ist es anders, die Krippe ist schön, während man sie macht oder sogar während man an sie denkt: ›Jetzt kommt Weihnachten, also bauen wir die Krippe auf.‹ Diejenigen, denen der Weihnachtsbaum gefällt, sind einfach Konsumliebhaber, der Krippenfreund dagegen ist, egal ob er Geschick hat oder nicht, kreativ tätig, und sein Evangelium heißt *Natale in casa Cupiello**.«

»Das habe ich gesehen, Professore, und ich erinnere mich, wie Eduardo sagte: ›Die Krippe habe ich ganz allein gemacht und im Kampf gegen die ganze Familie.‹«

»Die Hirten«, fährt Bellavista fort, »müssen diese handgemachten, ein wenig hässlichen aus Gips sein und vor allem aus dem Herzen Neapels stammen, aus San Gregorio Armeno, und nicht aus Plastik, wie man sie bei UPIM bekommt und die alle so unecht wirken; die Hirten müssen die aus den früheren Jahren sein, und es macht nichts, wenn sie alle ein bisschen zerbrochen sind, entscheidend ist, dass der Familienvater sie alle mit Namen kennt und zu jedem Hirten eine schöne Geschichte erzählen kann: ›Dies hier ist Benito, der keine Lust hatte zu arbeiten und immer schlief, dies ist der Vater von Benito, der seine Schafe auf den Bergen wei-

---

* Stück von Eduardo De Filippo, in dem es um eine Weihnachtskrippe geht.

dete, und dies ist der Hirte, der das Wunder erlebte.‹ Und so der Reihe nach, wie sie aus der Schachtel kommen, werden die Hirten vorgestellt. Der Vater stellt sie den kleineren Kindern vor, die sie auf diese Weise jedes Jahr an Weihnachten wiedererkennen und sie liebhaben wie Familienangehörige. Das sind Leute aus dem wirklichen Leben, auch wenn sie historisch gar nicht stimmen, wie der Mönch oder der Jäger mit dem Gewehr.«

»Dann gibt es da ja auch noch den Koch, den Tisch mit den zwei sitzenden Paaren, den Melonenverkäufer, den Gemüsemann, den Kastanienverkäufer, den Weinhändler, den Fleischer.«

»Naja«, sagt Salvatore, »auch damals mussten die Leute eben schon bis in die tiefe Nacht schuften, um durchzukommen.«

»Außerdem ist da auch noch die Wäscherin«, fährt Saverio fort, »der Hirt, der die Hühner trägt, der Fischer, der in ganz richtigem Wasser fischt, das aus der Wanne hinter der Krippe kommt.«

»Mein Papa«, sagt Luigino, »schaffte es immer, die ein bisschen angeknacksten Figuren so aufzustellen, dass kein Mensch merkte, dass ihnen ein Arm oder ein Bein fehlte; er sagte zu mir: ›Luigino, jetzt findet dein Papa ein Plätzchen für diesen armen kleinen Hirten, der einen Schenkel verloren hat‹ und stellte ihn hinter einer Hecke oder einem Mäuerchen auf, und dann erinnere ich mich auch, dass wir einen Hirten hatten, der jedes Jahr irgendein Stückchen verlor, sodass am Schluss nur noch der Kopf da war, und den stellte mein Papa dann in das Fensterchen eines Hauses.«

Michel Faber

Weihnachten in der Silver Street

Schließen Sie die Augen. Vergessen Sie eine Weile lang die Zeit – gerade so lange, um sich von hundertdreißig Jahren überholen zu lassen. Es ist Dezember 1872. Flaumiger Schnee fällt auf jenen fragwürdigen Teil Londons zwischen Regent Street und Soho, ein Mischmasch aus Läden und Häusern, eingezwängt zwischen den Prachtalleen der Begüterten und dem schwärenden Gewirr der Armen. Willkommen in der Silver Street. Hier leben die Schirmmacher, die Schreiber, Klavierstimmer, erfolglosen Dramatiker, die Schneider und Prostituierten dicht an dicht, und alle gehen sie ihrem Gewerbe in immer schlechterem Wetter nach. Der Schnee lässt jeden und alles gleich aussehen, als hätte ein gütiger Gott eine dünne weiße Zuckergussschicht auf Dächer, Straßenstände, Kutschen und die Köpfe von Bettlern aufgetragen. Unter solch einer hübschen Decke sind Leid und Hinfälligkeit kaum zu erkennen.

An diesem kalten Dezembermorgen haben Sie

ein Bordell, allseits bekannt als Castaway's, betreten und schauen oben in ein Schlafzimmer. Was haben Sie vor sich? Ein Mädchen namens Sugar. Sie ist siebzehn, und Sie sehen, wie sie in einem Handspiegel ihre Zunge begutachtet.

Kennen Sie Sugar? Wenn Sie ein Mann sind, ist es gut möglich, dass Sie sie, im biblischen Sinn, erkannt haben. Sie ist Prostituierte, und zu dieser Zeit, in der Regentschaft Königin Viktorias, beträgt das Verhältnis von Prostituierten zur Gesamtbevölkerung 1:36 oder eine auf zwölf männliche Erwachsene.

Sind Sie eine ehrbare Frau, dann sollten Sie so tun, als hätten Sie von einer solchen Statistik nie gehört, und auf der Straße an Sugar vorbeieilen aus Angst, Ihr guter Ruf könnte Schaden nehmen. Aber vielleicht sind Sie gar nicht so ehrbar, denn Sie sind nicht vorübergegangen. Sie sind hier und sehen Sugar zu, wie sie in einem Bordell ihre Zunge begutachtet. Seien Sie nicht über Sugars Alter schockiert. Mädchen werden mit zwölf Jahren ehemündig. In zwei Jahren sollen sie es erst mit dreizehn werden. Sugar ist in diesem Metier ein alter Hase.

Sie sitzt auf ihrem zerwühlten Bett und hält sich den Spiegel vors Gesicht. Ihre Zunge ist, wie ihr auffällt, in der Mitte grau, nicht hellrosa, wie es sein sollte. Die Nacht davor hat sie zu viel getrunken, und das ist der Beweis.

Die Nacht davor war Heiligabend, jetzt ist der Morgen danach. Der 25. Dezember, ein Tag wie jeder andere. Sugar hat die Lampen brennen, weil ihr Schlafzimmerfenster klein ist und die Sonne sich hinter dem grauen Schneetreiben verliert. Der Kamin spuckt und zischt; die Dielen knarren von selbst. Die altmodischen erotischen Drucke sind, wie stets, der einzige Wandschmuck; Mrs. Castaway ermuntert ihre Mädchen nicht, ihr Zimmer mit Stechpalmenzweigen zu verzieren.

Ehrlich gesagt ist keines der schäbigen georgianischen Häuser, die hinter der Silver Street durcheinanderstehen, besonders geeignet, um Anzeichen von Weihnachtsfestlichkeiten zu erkennen. Nur in der Pracht der Burlington Arcade kann das Schenken ausgiebig zelebriert werden, nur in den Villen der Ehrbaren können Märchen von der jungfräulichen Geburt bestehen.

Sugar wirft einen letzten Blick in ihren Mund. Wie seltsam, denkt sie, dass Rotwein eine rosa Zunge grau färben kann. Das Wunder der Perversität des Körpers.

Es klopft an die Tür, sie erschrickt. Zu dieser Tageszeit, das weiß sie, kann es kein Gast sein. Es muss der kleine Christopher sein, der das Bettzeug holen will.

»Ich komm die Laken holen«, sagt der Junge, als

sie ihm die Tür öffnet. Er ist blond, blauäugig und sieht so unschuldig aus wie ein Schäferbursche aus einer Krippenszene. Nicht gerade in Lumpen gehüllt, auch wenn Hemd und Hose hier und da Nadel und Faden vertragen könnten. Doch Amy, seine Mutter, schwingt lieber andere Dinge. Ihre Spezialität ist es, erwachsene Männer zu verdreschen, bis sie um Gnade winseln.

Wie alt ist der kleine Christopher? Sugar weiß es nicht. Viel zu jung, um Kuli in einem Bordell zu sein, aber Amy hat ihm diese Arbeit zugewiesen, und er wirkt dankbar, dass er zu etwas gut ist. Vielleicht wird er, wenn er eine Million Bettlaken wäscht und trocknet, seine Erbsünde – geboren zu sein – schließlich verbüßt haben.

»Danke, Christopher«, sagt Sugar.

Er antwortet nichts, macht sich einfach nur daran, die schmutzigen Laken zusammen- und auf einen Stapel zu legen, den er forttragen kann. Draußen auf der Straße erklingt eine sonore Stimme:

»*Am ersten Weihnachtstage, da schickt' mein Liebchen mir*
Ein Rebhuhn in 'nem Birnbaum...«

»Es ist also Weihnachten«, sagt der Junge und hebt den Wäschestapel an die Brust.

»Ja, Christopher.«

Er nickt, als bestätigte er etwas, was er in- und

auswendig kennt, etwas, was er nur um der Konversation willen erwähnt hat. Das Kinn auf dem Haufen schmutziger Laken geht er zur Tür und will schon hinaus, aber dann dreht er sich noch einmal um und fragt:

»Was ist Weihnachten?«

Sugar blinzelt, einigermaßen verblüfft. »Das ist der Tag, an dem Jesus Christus geboren wurde«, antwortet sie.

»Das hab ich gewisst«, sagt der Junge.

Von draußen: »*Vier Colliehund', drei welsche Hühner, zwei Turteltauben und ein Rebhuhn in 'nem Birnbaum...*«

»Der ist in einer Krippe geboren«, setzt Sugar hinzu, um die Geschichte für ihn interessanter zu machen. »Ein großer Holztrog, aus dem Tiere fressen.«

Christopher nickt. Zurechtkommen und Armsein, so läuft die Welt, weiß er.

»*...mein feins Liebchen schenkt mir fünf goldne Ring'...*«

»Manche Leut'«, bemerkt der Junge, »machen an Weihnachten Geschenke. Für 'nander so.«

»Das tun sie, Christopher.«

Das Kind schüttelt den Kopf wie ein kleiner alter Mann, der verwirrt ist von der Sinnlosigkeit, jemandem einen Sixpence im Tausch gegen einen Sixpence zu geben. Er drückt die Laken an die Brust und verlässt das Zimmer, reckt dabei den Kopf zur Seite, damit er sich auf der Treppe nicht den Hals bricht.

»*Sechs Gäns', die legen*«, singt die Stimme draußen auf der Straße, »*fünf goldne Ring', vier Colliehund', drei welsche Hühner...*«

Sugar schließt die Zimmertür, es hat hereingezogen. Sie wirft sich wieder auf das halb abgezogene Bett, gereizt, wünscht sich, der Tag sei schon vorbei, statt kaum erst begonnen zu haben. Die Kissenbezüge riechen nach Männerhaaröl und Branntwein; sie hätte sie mit der anderen Wäsche nach unten schicken sollen.

Der Weihnachtssänger auf der Straße vor Mrs. Castaway's ist offenbar unermüdlich. Der Schnee wirbelt weiter vom Himmel, die Fensterscheiben rappeln und knarren, aber noch immer tummeln sich diese verdammten Rebhühner und Turteltauben. Bestimmt werfen Passanten diesem plärrenden Ärgernis Münzen hin; Steine wären besser.

Nach einigen weiteren Minuten hält Sugar es nicht mehr aus. Sie springt auf, kleidet sich ordentlich an, ein Korsett, frische, warme Strümpfe, ein sittsames Kleid mit gestepptem Oberteil, dann ein schickes violettes Jäckchen. Sie bürstet sich die Haare und dreht sie zu einem festen Chignon, dann steckt sie eine anthrazitviolette Haube daran fest. So könnte sie eine elegante Witwe in Halbtrauer sein.

Als Sugar schließlich aus Mrs. Castaway's auf das schneebedeckte Pflaster der Silver Street tritt, fällt kein Schnee mehr, und der Weihnachtssänger hat sich verzogen.

Nicht alle Läden haben geöffnet, sieht Sugar. Eine beunruhigende Entwicklung. Steuern wir auf eine Zukunft hin, in der an Weihnachten alles geschlossen hat? Gott behüte.

Dennoch haben genügend Geschäfte für ihre Zwecke geöffnet. Der Papierwarenladen hat ein reichhaltiges Angebot an Weihnachtskarten im Schaufenster, alles mit Lametta, Watteschnee und aus Stoffresten gebastelten Rotkehlchen geschmückt. Nach langem Überlegen entscheidet sich Sugar für eine Karte, die ein lustiges Kunststück macht, wenn man an einem Papierzipfel zieht – ein Engel, der mit den Flügeln schlägt. Solche schlauen Sachen machen sie heutzutage; die modernen Erzeugnisse werden offenbar immer raffinierter.

In einer Zuckerbäckerei ein paar Türen weiter erwägt sie ernsthaft, eine hübsch verpackte Schachtel Konfekt zu kaufen, fürchtet jedoch, die Mischung entspreche nicht ihrem Geschmack. Stattdessen lässt sie den Inhaber eine Papiertüte mit dunklen Schokoladenpralinen füllen, die mag sie am liebsten.

Im Vergleich dazu hält der Geflügelhändler eine leise Enttäuschung bereit. All die schönen, fleischigen Vögel, die, wie sie sich erinnert, noch vor wenigen Tagen bei ihm hingen – Hühner mit einer Rosette an der Brust, mächtige Truthähne mit komisch baumelndem Kopf, Scharen von Entchen –, sind jetzt fort, verschluckt von den Röhren der Reichen. Bestimmt erfüllen sie in diesem Augenblick die betriebsamen Küchen in den ehrbaren Häusern mit dem Geruch gebratenen Fleischs und würziger Füllung. Hier beim Geflügelhändler am Weihnachtsnachmittag sind nur noch ein paar magere Vögel übrig. Sugar sucht sich den besten aus, ein Huhn.

Auf der Straße verkaufen fliegende Händler, die Impulsiven und die Bettelarmen lockend, Spielzeug und Schnickschnack – Ballons, Papierwindmühlen, Mäuse aus süßem Teig. Sugar kauft bei einem lüstern schielenden Alten ein paar Mäuse, beißt einer den Kopf ab, kaut nachdenklich, spuckt ihn wieder aus. Mit jedem Schritt ihrer hochwertigen schwarzen Stiefel dringt Sugar tiefer in das Gewirr ärmlicherer Straßen ein, das sich hinter der Durchgangsstraße verbirgt. Beim Karren eines Gemüsehändlers kauft sie Möhren und Kartoffeln und geht weiter, einen zunehmend schwereren Korb neben ihren Röcken schwingend. Je weiter sie sich von der Regent Street entfernt, desto mehr erscheint ihr der Überfluss des West End wie ein absurder Traum, der vor der Wirklichkeit des Elends zerplatzt.

Endlich findet sie eine Bäckerei, deren Warenangebot nicht aus ausgefallenen Kuchen und Pasteten, sondern aus reichlich billigem Brot besteht. Ihre Klientel sind die armen Teufel, die in den heruntergekommenen Fremdenheimen und Schuppen hier in der Gegend hausen. Eine Kundentraube – Gassenkinder, Straßenhändler, Irinnen – drängt sich im Eingang und reicht bis auf die Straße; dieser Bäcker backt nicht nur Brot, sondern kocht auch ganze Mahlzeiten für Familien, die keinen eigenen Herd haben. Garstunden gibt's für wenige Pennys, und für einen weiteren halben noch einen großzügigen Schlag von der speziellen Bratensoße aus des Bäckers eigener Herstellung dazu.

Sugar steht anderthalb Stunden bei dem Bäcker herum. Sie hätte auch nach Hause gehen und dort warten können, aber auf der Straße stehen, das kann sie gut. Eine Weile nimmt sie bei einem Kerzenmacher Zuflucht, zeigt geheucheltes Interesse an gestohlener Ware. Als ihre Zehen wieder aufgetaut sind und der Kerzenmacher sie zunehmend plagt, zieht sie weiter. Drei Passanten wollen ihre Liebesdienste in Anspruch nehmen; sie lehnt ab.

Zur vereinbarten Zeit kehrt sie zu ihrem Weihnachtsmahl zurück. Der Bäcker grüßt sie mit zerstreutem Lächeln; sein brauner Bart ist mit weißem Mehl gepudert. Ah, ja, das Mädel mit dem Huhn, erinnert er sich.

Die Schüsseln und Schalen, in die das siedend heiße Essen gegeben worden ist, sind angeschlagen und fleckig, kaum geeignet für den Straßenstand eines Säufers, aber dennoch verlangt der Bäcker einen Shilling von Sugar, als Pfand, falls sie sie nicht mehr zurückbringt. Er sieht, dass sie so etwas noch nie gemacht hat; andere Kunden bringen ihre eigenen Töpfe und Schüsseln mit.

»Dass Sie mir auch morgen wiederkommen«, droht er. Sugar nickt, obwohl sie nicht die mindeste Absicht hat, dieses erbärmliche Geschirr zurückzubringen. Einen Shilling kann sie in zehn Minuten auf ihrem Bett verdienen.

»Frohe Weihnachten«, zwinkert sie und hängt sich ihren schwer beladenen Korb in die Armbeuge.

Als Sugar bei Mrs. Castaway's angekommen ist, hat das Essen einen Gutteil seiner Wärme verloren. Dieses Backofenmieten ist schließlich ein Dienst, der für die Arbeiterfamilien gedacht ist, die gleich beim Bäcker um die Ecke hungrig warten, nicht für Prostituierte aus der Silver Street. Bis Sugar dann auch noch Christopher ausfindig gemacht und auf ihr Zimmer bestellt sowie den Korbinhalt schließlich vor dem erstaunten Jungen enthüllt hat, ist das Huhn kaum noch lauwarm. Gleichwohl verströmt es einen köstlichen Geruch, und das gegarte Gemüse blinkt in seinen saftigen Schüsseln. Es mag kein Festmahl sein, das von dampfumhüllten Dienern hereingetragen wird, aber für Mrs. Castaway's an einem verschneiten Nachmittag ist es eine exotische Überraschung.

Sugar schneidet ein Stück von der Hühnerbrust ab, ein weiteres vom Bein und legt beides mit ein paar Kartoffeln und Möhren auf einen frischen Teller. Dazu gibt sie einen großen Löffel von der Spezialfüllung des Bäckers und kratzt etwas Soße vom Schüsselboden.

»Hier«, sagt sie ruhig und reicht Christopher den Teller. »Frohe Weihnachten.«

Das Gesicht des Jungen ist untergründlich, als er das Essen von ihr entgegennimmt; fast ebenso gut könnte es ein Stapel Wäsche sein. Gleichwohl sitzt er auf einem Schemel und balanciert den Teller auf den Knien. Mit den Fingern führt er das Essen zum Mund.

Sugar isst mit ihm. Das Huhn hat ein feines Hammelaroma, was vermuten lässt, dass die beiden sehr unterschiedlichen Tiere während ihres Aufenthalts in dem Gemeinschaftsofen dicht beieinanderlagen. Trotzdem ist es gut.

»Ich hätte was zum Trinken mitbringen sollen«, murmelt sie. Am Bett steht eine halbe Flasche Wein, die von der letzten Nacht übrig geblieben ist; zu stark für ein Kind, das nur verdünntes Bier gewohnt ist.

»Ich brauch nix«, sagt Christopher und steckt sich eine weitere Röstkartoffel in den Mund.

»Hier hast du auch eine Karte«, sagt Sugar und zieht sie hervor. Da sie sieht, dass seine Finger anderweitig beschäftigt und fettig sind, demonstriert sie ihm den Mechanismus der Flügel des Papierengels, indem sie an dem Zipfel zieht. Christopher lächelt breit. Sie kann sich nicht erinnern, ihn zuvor einmal lächeln gesehen zu haben.

Auf der Straße singt eine unmelodische Frauenstimme. Diesmal sind es nicht »Die zwölf Tage von Weihnachten«, nicht einmal ein Weihnachtslied. Vielmehr versucht diese wackere Frau, mittels ihrer beachtlichen Lungenkraft grölend, die Mauern und Fenster von Mrs. Castaway's zu durchdringen:

»Mein sündig Leben ist dahin,
Und's ist nun mit mir aus.
Werd' ich wohl Einlass finden
In Gottes himmlisch Haus?«

Christophers Lächeln wird breiter. Mit den tiefen Furchen in den Wangen, dem Funkeln in den Augen und dem dunklen Fettschmierer auf der Nase ist er kaum wiederzuerkennen.

»Schluck Wein?«, sagt Sugar und reicht ihm die Flasche. »Aber nicht zu viel, sonst wird deine Zunge grau.«

Christopher trinkt einen Schluck aus der Flasche. Seien Sie nicht schockiert: er trinkt schon sein ganzes Leben starkes Zeug, und Wein ist sauberer als Wasser.

»Und wird das Tor sich öffnen
Für mich, die so gehasst,
Voll Schmutz war und beladen
Mit dieser Sündenlast.«

»Hier, eine Maus«, sagt Sugar und setzt eines der süßen Gebäcke vor ihn auf den Fußboden. »Sind nicht besonders gut. Kaum gut genug für Mäuse.«

Christopher knabbert, nachdem er sein Weihnachtsmahl weggeputzt hat, vorsichtig an der Süßigkeit.

»Is' doch ganz lecker«, verkündet er und beißt die Hälfte des Tieres ab.

Sugar ist erleichtert, dass er es mag; sie wollte ihm eigentlich Schokolade schenken, aber ihre Gier war stärker, und sie hat sie ganz aufgegessen, während sie darauf wartete, dass das Essen fertig wurde.

Die menschliche Großzügigkeit hat Grenzen, selbst an Weihnachten.

»Ich bin fertig«, sagte Christopher plötzlich. »Gib ma' die Kissenbezüge.«

Sugar schaut ihn eine Weile verständnislos an, zieht dann die Bezüge von ihren Kissen ab und reicht sie dem Jungen.

»Vergessen«, bemerkt er. Es wird nicht deutlich, wem er die Schuld für das Versehen gibt.

Etwas verlegen geht er zur Tür, zögert, huscht dann noch einmal zurück, um seine Engelkarte mit den beweglichen Flügeln zu holen.

»Ich bring sie zurück«, versichert er ihr.

Sugar möchte ihm so gern sagen, dass er das nicht muss und dass er Schokolade bekommen hätte, wenn sie nicht so ein gieriges, hartherziges Mädchen wäre, dass er einen ganzen Haufen richtiger Geschenke bekommen hätte, wenn seine Mutter nicht Amy gewesen wäre, dass er ein anständiges Zuhause und einen Vater und hübsche Anziehsachen und eine Schulbildung bekommen hätte, wenn die Welt nicht so ein gnadenloser und niederträchtiger Ort wäre. Sie stellt sich vor, wie sie ihn umarmt, ihn fest an den Busen drückt, seinen Kopf mit Küssen bestreut – all die ungeheuchelten Zuneigungsbezeigungen, von denen sie in Geschichten gelesen hat.

»Nicht nötig«, sagt sie heiser.

*

Nachdem Christopher die Treppe hinunter verschwunden war, legt sich Sugar auf ihr Bett. Die abgezogenen Kissen riechen nach wie vor nach Haaröl und Alkohol; nur mit der Zeit wird der Geruch verschwinden. Die Predigerin draußen hat aufgegeben und ist weitergezogen; man muss Gott auch für kleine Wohltaten danken. Es hat wieder angefangen zu schneien, zögernd, mit den leichtestmöglichen Flocken. In ganz London setzen sich diese fedrigen Büschelchen auf die Dächer von Reich wie Arm, schmelzen sogleich, wo Wärme ist, sammeln sich zu einem weichen, weichen Tuch, wo sie fehlt.

Es ist fast Zeit, dass Sie die Augen öffnen; das einundzwanzigste Jahrhundert erwartet Sie, und Sie waren jetzt schon zu lange unter Prostituierten und merkwürdigen Kindern. Kommen Sie. Sugar ist müde, auch wenn es mitten am Tag ist. Heute Abend wird ihre Arbeit von neuem beginnen, was ist also schlimm daran, dass sie ein wenig döst, solange alles noch ruhig ist? Schon im Halbschlaf beugt sie sich vor den Spiegel, wischt sich mit einem feuchten Lappen das Gesicht und streckt die Zunge heraus.

Na so was: Ihre Zunge ist rosa und sieht gesund aus. Wie schnell der menschliche Körper sich von seinem Missbrauch erholt! Ein Wunder, halleluja. Und nun frohe Weihnachten, und träum schön.

Lord Dunsany
Das doppelte Weihnachtsessen

Die schwerste Arbeit in meinem Leben?, fragte der ältere Ingenieur. Ich habe Sümpfe untertunnelt und an den ungewöhnlichsten Orten Straßen gebaut. Aber das wirkliche Problem sind die Grenzen. Die Grenzen sind es, von denen alles abhängt. Die schwerste Arbeit, die ich jemals gemacht habe, das war an einem Weihnachtsabend vor vielen, vielen Jahren. Damals war ich natürlich noch jünger, sonst wäre es überhaupt nicht möglich gewesen. Aber seinerzeit habe ich es geschafft. Ich will Ihnen erzählen, worum es ging.

Ich verbrachte die Weihnachtsfeiertage bei alten Freunden, die auf dem Land lebten. Es gab keine Party. Es waren nur meine beiden Freunde da und ihre Tochter, die auf die Sechzehn zuging. Ich glaube, im folgenden Jahr sollte sie in die Gesellschaft eingeführt werden. Wir hatten früh gegessen, wie sie es immer taten, wenn sie allein waren. Und weil ich ihr einziger Gast war, sahen sie sich nicht veranlasst, daran etwas zu ändern. Um sieben Uhr abends setzten wir uns zu Tisch. Ich kann mich noch genau erinnern, was es gab, denn ich werde es wohl mein Lebtag nicht vergessen. Meine Gastgeberin gehörte zu jenen brillanten Geistern, die sich nicht übermäßig mit Alltäglichkeiten abgeben, und wenn sie es doch einmal eine kurze Zeit lang tun müssen, vergessen sie es schnell wieder. Die Speiseplanung überließ sie deshalb immer ganz der Köchin. Und da sie eine ausgezeichnete Köchin hatten, gab es daran auch gar nichts auszusetzen. Ganz im Gegenteil – man konnte sicher sein, dass diese Köchin nichts vergessen würde, was immer Alice Etherington auch tun mochte. Und Jack Etherington, mein Gastgeber, wusste ein gutes Essen sehr wohl zu schätzen. Was es an diesem Abend gab, war ganz sicher ein gutes Essen. Ich kann mich erinnern, dass es mit Schildkrötensuppe losging, dann gab es irgendeinen Fisch. Danach ein Entree, zu dem ein leichter Wein gereicht wurde. Als Nächstes kam der Braten, ein Hammelrücken, zu dem sie Champagner servierten. Und danach – denn schließlich war Weihnachten – gab es Truthahn, natürlich mit all den üblichen Beilagen, wozu auch Würstchen gehörten. Zum Dessert dann Plumpudding und ein oder zwei Mincepies. Und zum Abschluss eine pikante Nachspeise. Während Jack und ich noch bei einem Glas Portwein und ein paar gesalzenen

Mandeln saßen, gingen meine Gastgeberin und ihre Tochter in den Salon hinüber. Da läutete es plötzlich an der Tür, und Jack fragte den Butler, was denn los sei. Es stellte sich heraus, dass der Pfarrer gekommen war, um seine Aufwartung zu machen.

»Ach, ja«, sagte Jack. »Es wird sich um den verdammten Basar handeln. Alice hat schon die ganze Zeit versucht, ihm aus dem Weg zu gehen, aber jetzt hat er uns doch erwischt. Wir werden ein paar Preise stiften müssen. Und dann soll sie wohl die Veranstaltung eröffnen und ich eine Rede halten. Nun denn, das ist Kismet.«

»Warum kommt er denn so spät vorbei?«, fragte ich.

»Oh, er ist den ganzen Tag mit irgendetwas beschäftigt«, sagte Jack. »Er kann einfach keine Ruhe geben. Er ist der Fluch unser aller Leben hier. Wahrscheinlich hatte er keine Zeit, früher vorbeizukommen.«

Dann gingen wir in den Salon, wo Alice sich mit dem Pfarrer unterhielt. Ein eigenartiger Ausdruck stand ihr im Gesicht geschrieben. Sie redeten nicht über den Basar, sie sprachen über das Wetter. Ich wurde vorgestellt, und Jack fiel in die Unterhaltung ein. Wir bemerkten, dass der Pfarrer Abendkleidung trug, aber genauso wie Jack nahm ich an, dass er ebenfalls früh gespeist hatte. Schließlich erhob sich Jack und ging zu seinem Schreibtisch hinüber. Als er wieder zurückkam, fragte er den Pfarrer, ob er ihm ein Bild weiter hinten im Salon zeigen dürfe, da er gern seine Meinung dazu hören würde. Als die beiden sich von uns abwandten, ließ Jack einen Umschlag auf die Lehne von Alices Sessel gleiten. »Er muss zum Essen gekommen sein«, war darauf zu lesen. Und dann sagte Alice: »Ich habe ihn eingeladen!«

Mir fehlten die Worte, während sie fortfuhr: »Ich habe ihn eingeladen. Mündlich! Und dann hab' ich's vergessen. Er hatte mich wegen des Basars in die Enge getrieben, und ich musste irgendetwas sagen. Also habe ich ihn gebeten, heute Abend um acht zum Essen zu kommen. Was sollen wir jetzt machen?« Auch dazu fiel mir nichts ein.

Doch Alice mochte vielleicht vergesslich sein, phantasielos war sie nicht. Die Erstarrung wich bald von ihr, und als sie wieder zu reden begann, klang es deutlich und entschlossen. »Wir müssen das ganze Essen wiederholen«, sagte sie. »Lucy, geh bitte und sag in der Küche Bescheid. Und außerdem, Lucy, du wirst neben ihm sitzen. Du musst jeden einzelnen Gang mitessen.«

»Wie wunderbar«, sagte Lucy, und schon war sie in der Küche verschwunden. Dann wandte sich Alice an mich.

»Dich werde ich an seine andere Seite setzen«, sagte sie. »Ich werde so tun, als würde ich essen, und Jack wird auch so tun. Er kann wirklich keinen Bissen mehr hinunterbringen, es wäre sein Tod.«

»Ich kann ganz gut schauspielern«, sagte ich. »Ich werde mein Bestes geben und so tun, als äße ich.«

»Nein, nein«, sagte sie. »Wir können nicht alle so tun als ob. Wenn du nur so tust, als würdest du essen, wird er aufschauen und merken, was hier vorgeht. Du und Lucy, ihr müsst richtig essen. Ihr beide sitzt neben ihm. Ihm gegenüber am Tisch werden drei leere Stühle stehen. Freunde, die aus London kommen wollten und es wohl nicht mehr geschafft haben. Ich werde Lucy ausrichten, es so zu arrangieren. Und ihr müsst essen!«

»Guter Gott«, sagte ich.

Alice sagte nichts.

»Und außerdem bin ich Antialkoholiker«, warf ich ein.

»Das ist ja das Allerneuste«, sagte Alice.

»Irgendwann muss man damit anfangen«, sagte ich, »und ich habe soeben den Vorsatz gefasst. Kein Pfarrer der Welt kann dagegen etwas einzuwenden haben.«

In dieser Beziehung musste Alice nachgeben, aber was das Essen anging, blieb sie hart. Und zwar über jeden einzelnen Gang. Als Jack und der Pfarrer von dem Bild zurückkamen, sagte sie ganz einfach und ohne irgendeinen Unterton zu Jack: »Ich befürchte, die Madge-Collinsons kommen nicht mehr. Gerade habe ich Lucy in die Küche geschickt, damit sie dort ausrichtet, dass wir nicht länger auf sie warten wollen. Ich will auch gehen und ihnen sagen, dass sie die Stühle ruhig stehenlassen sollen, um das Essen nicht noch länger zu verzögern.

Zum Pfarrer sagte sie: »Wir haben noch drei Freunde erwartet, aber sie sind leider nicht gekommen. Ich befürchte, wir werden uns mit dem Essen um fünf Minuten verspäten.« Das war alles.

Und dann begann das Essen wieder von vorn. Lucy hat es sehr genossen.

Jana Hensel
Die hässlichen Jahre

Weihnachten war im Osten der neunziger Jahre ein eigenartiges Fest. Schon nachmittags gegen zwei Uhr, der Baum stand noch verpackt im Garten, konnte es passieren, dass man über die riesengroßen, überall im Haus verteilten Einkaufstüten flog und dabei sehr unsanft auf die Herkunft der noch verpackten Geschenke hingewiesen wurde: Diesmal waren die Eltern also bei Globus gewesen, und uns Kindern wurde wieder einmal klar, dass sie diese Tempel des schlechten Geschmacks, die auf den grünen Wiesen zwischen Rostock, Sonneberg und Görlitz binnen weniger Monate wie Pilze aus dem Boden geschossen waren, wie nichts auf der Welt zu lieben schienen und nicht einmal am Weihnachtsfest auf sie verzichten wollten.

Je nach Sonderangebotslage stellte sich so der Gabentisch zusammen. Beispielsweise bestand er aus vier Stiegen Mandarinen und Apfelsinen, zwei Tüten eingeschweißter Nüsse und zwei Päckchen

Melitta Auslese, vier Tafeln Sarotti-Schokolade und ein paar Flaschen Rotkäppchen-Sekt der Geschmacksrichtung Mild. Letzterer vertrug sich, auch wenn er sich ausschließlich zum Süßen von Kinderbowle eignete, offensichtlich gut mit dem prall gefüllten Werberucksack gleich daneben, aus dem uns zehn Kilogramm Teigwaren Riesaer Provenienz und damit einheimischer Produktion anguckten. Die schöne, bunte Warenwelt konnte manchen überfordern, und so hatte vor allem die ältere Generation sich in den Jahren der Wende, wie sie glaubten, einen Fundus Sicherheit verheißender Kriterien zusammengeklaubt. Quantität dominierte hier eindeutig über Qualität, Pralinenschachteln hatten die Ausmaße von Tischfußballfeldern, mit Keksrollen konnte man gewalttätig werden, und die letzten Lebkuchen würden wir, so viel war sicher, im Sommer am Strand verzehren.

Doch der Nachmittag hatte seinen Höhepunkt noch nicht erreicht. Erst musste an Ort und Stelle eine Flasche Rotkäppchen geköpft werden. Prost. Frohe Weihnachten. Dass alle anderen ihr Glas flugs leeren und auf diese Weise schnell die ganze Flasche killen würden, das kannte ich schon von den letzten Malen. Zum Glück ahnten sie nicht, dass ich mein Glas später in die Spüle kippen und die übrigen Flaschen zu den Vorjahreskontingenten in den Keller schaffen würde und dabei hoffte, dort möge sie irgendwann mal irgendwer finden und einfach mitnehmen. Manchmal ließen sie sich für uns Studentenkinder noch etwas Besonderes einfallen: Sie verzichteten auf Plastiktüten und entschieden sich für die ökologischen Stoffbeutel, die man, hübsch mit dem Namen der Supermarktkette verziert, gleich an der Kasse kaufen konnte, und legten diese dann, wie zur Krönung, obendrauf. Allein und völlig erschöpft, es war noch nicht einmal drei Uhr, stand ich vor dem riesigen Berg mit Geschenken, die niemand brauchte und keiner wollte, und wünschte mich weit weg.

Frank Goosen
Jobs

Es gibt eine Menge öder Jobs in dieser Welt, und in der Weihnachtszeit sind es noch mehr, noch ödere Jobs, und ich hatte schon früh Gelegenheit, die Tiefe dieser Ödnis bis ins Letzte auszuloten.

Einmal habe ich aushilfsweise bei der Telefonauskunft gearbeitet und hatte da immer wieder mit Anrufern zu kämpfen, welche die gesamte Palette des alltäglichen Wahnsinns dieses Landes repräsentierten, Leute, die eigentlich gut weggeschlossen gehören, stattdessen aber die Nachmittagstalkshows bevölkern – oder eben Amok telefonieren.

»Ich habe da vor drei Wochen auf einer Feier mit einer Frau Schmidt gesprochen, die hat gesagt, sie wohnt in Braunschweig, können Sie mir da die Nummer sagen?«

»Haben Sie vielleicht einen Vornamen oder eine Adresse?«

»Hannover!«

»Wie bitte?«

»Es war Hannover. Braunschweig war Lampe.«

»Lampe?«

»Frau Lampe, aber das war auch eine andere Feier. Schmidt war Hannover. Mit dt.«

Ich war verwirrt. »Hannover mit dt?«

»Tja, das weiß ich jetzt auch nicht. Auf jeden Fall Schmidt. Oder Schmitt. Vielleicht auch Schmid. Nein, warten Sie, es war Lorant. Und in Hamburg.«

Am liebsten waren mir die, die genau wussten, was sie wollten: »Finke, Horst, Bochum, Am Kabelbrand 27, zweiter Stock rechts, Nichtraucher, zieht nach einem Arbeitsunfall das linke Bein nach, verheiratet mit Emmy Finke, geborene Anselm, Hausfrau, Hüftprobleme, aber zack, zack!«

Zur Weihnachtszeit legten die Idioten alle noch mal einen Scheit ins Feuer ihres Wahnsinns und setzten echte Glanzlichter.

»Geben Sie mir die Nummer vom Weihnachtsmann!«

»Entschuldigung?«

»Die Nummer vom Weihnachtsmann, aber dalli!«

»Ich weiß nicht, was ...«

»Soviel ich weiß, wohnt er am Nordpol. Die Straße weiß ich jetzt nicht. Aber sehr viele Leute, die Weihnachtsmann heißen, wird es ja wohl nicht geben.«

»Soll das ein Witz sein?«

»Sind Sie die Auskunft?«

»Ja, sicher, aber...«

»Wenn ich einen Witz erzählen will, dann rufe ich die Lachsack-Hotline an. Von Ihnen will ich nur eine Telefonnummer!«

»Der Weihnachtsmann hat kein Telefon«, versuchte ich den Typen loszuwerden, aber ich ahnte schon, dass es so einfach nicht sein würde.

»Ach, kommen Sie mir doch nicht mit *dem* Blödsinn! Er verschenkt die Dinger zu Zigtausenden. Ich wette, er hat einen 1A-ISDN-Anschluss mit Bildtelefon und Rufweiterleitung auf sein internetfähiges Handy und 32 E-Mail-Adressen.«

»Weihnachtsmann, sagten Sie?«

»Genau. Mit einem W wie in... Weiß ich jetzt auch nicht.«

»Tut mir leid, da habe ich keinen Eintrag. Am Nordpol habe ich einen Weigand und zwei Weihermanns, aber keinen Weihnachtsmann.«

»Wollen Sie mich verscheißern?«

»Nein, ich...«

»Na gut, dann geben Sie mir die Nummer vom Christkind, in drei Teufels Namen.«

Ich hätte lieber in Australien einem Dingo Heisenbergs Unschärferelation erklärt, als diesem Deppen den Weihnachtsmann auszureden. »Kristkind sagten Sie? Mit K?«

»Sagen Sie mal«, sagte der Mann, »wissen Sie eigentlich, wer nun wirklich die Geschenke bringt?«

»Wie meinen Sie das?«

»Naja, ich meine, in den Fußgängerzonen lungern doch in der Adventszeit ständig diese fetten Typen mit den Bärten und den roten Kitteln herum und hören sich an, was sich die Kinder zu Weihnachten wünschen. Am Heiligen Abend heißt es aber, das Christkind bringt die Geschenke. Das ist doch komisch, oder?«

»Darüber habe ich mir, ehrlich gesagt, noch keine Gedanken gemacht.«

»Ich meine, ist das Christkind jetzt so eine Art Assistent vom Weihnachtsmann, oder arbeitet der Weihnachtsmann fürs Christkind? In Amerika ist es ja ganz klar, da bringt der Weihnachtsmann die Geschenke, und zwar durch den Kamin, aber was macht der in einem Neubaukomplex in, sagen wir mal: Philadelphia? Da gibt es keine Kamine. Haben Sie sich wenigstens darüber mal Gedanken gemacht?«

»Also, wenn ich ehrlich bin...«

»Außerdem heißt der amerikanische Weihnachtsmann Santa Claus. Und ›Santa‹ ist ein Anagramm von ›Satan‹. Wussten Sie das? Und hinten heißt er auch noch Claus! Da stimmt doch was nicht!«

»Satan, also, ich weiß nicht...«

»Außerdem hat das Wort ›Weihnachtsmann‹ vierzehn Buchstaben, nur einer mehr als dreizehn, das ist doch ein schlechtes Omen. Und vielleicht ist das auch an Anagramm von irgendetwas.«

»Meinen Sie wirklich?«

»Es könnte heißen: ›Wann heist nach m‹, aber das ergibt natürlich keinen Sinn. Ein wenig anders sieht es aus mit ›Mann weist nach‹, aber dann bleibt ein h übrig. Oder auch: ›Heimann wacht sn‹. Aber wer ist Heimann? Und was bedeutet sn? Ist das ein Code oder was? Oder auch ›Hach wein mannst‹ oder ›Hach weis mannt‹ oder ›Heim wach sannt‹, dann bleibt nur wieder ein h übrig, aber das könnte Absicht sein.«

»Wenn Sie meinen...«

»Sehen Sie, und das wollte ich diesen Herrn mal fragen. Da sind einfach zu viele Unklarheiten, was das Weihnachtsfest angeht, und wer sollte mir meine Fragen beantworten können, wenn nicht dieser verdammte Herr Weihnachtsmann? Also rücken Sie jetzt die Nummer raus oder nicht?«

Ich gab ihm dann die Nummer vom Bundeskanzleramt. Das kam dem Weihnachtsmann noch am nächsten.

Ein anderes Mal hielt ich es für eine gute Idee, in der Vorweihnachtszeit einen Job in einem großen

Buchladen anzunehmen. Drei Wochen lang musste ich jeden Tag acht Stunden lang Bücher in Geschenkpapier wickeln. Tesafilm wurde mein zweiter Vorname, und nach zehn Tagen bekam ich Augapfelschleudern von diesen dämlichen Weihnachtsmännern, Engelchen, Rentieren und Schlitten und Schneeflocken auf dem Papier. Und das Einpacken wäre ja noch zu ertragen gewesen. Ganz und gar unerträglich waren die Leute, mit denen ich da zu tun hatte. Die drei Wochen waren eine einzige Abfolge von stressverzerrten Fratzen, die in jeder Stephen-King-Verfilmung eine Hauptrolle bekommen hätten. Zur Weihnachtszeit treiben sich Leute in Buchläden herum, die ansonsten nicht mal die Beipackzettel ihrer Psychopharmaka lesen.

Einmal stand so ein feister Typ mit struppigem Dreijahresbart vor mir, der auch bei Schneeregen und Graupelschauer nicht von seinem violetten Jogginganzug aus Ballonseide lassen wollte, obwohl seine einzige Beziehung zu sportlicher Tätigkeit darin bestand, im Unterhemd vor dem Fernseher zu liegen und zu brüllen: »Lauf, du faule Sau!« Der Feistbauch in der Ballonhülle stemmte die Arme in die Hüften, um mir eine gute Prise von seinem körpereigenen Achselduft zu geben, knallte ein dämliches Zweifünfundneunzig-Popup-Kinderbuch auf den Tisch und schnauzte mich an: »Los, hier, pack ma ein, Kollege, aber mach hin. Nee, nicht dat Papier mit die Sterne, hasse nich wat mit Schnee. Nee, Schnee sieht au scheiße aus, wat is datt denn hier, mit die Engel? Die sind ja nackend! Wat ne Sauerei. Und wie die in die Hörner tröten, nee, dat kann ich meinem Dennis Kevin Pascal nich zumuten. Hasse nich wat neutralet, oder vielleicht mit Tannenbäume? Oder Nüsse drauf?«

»Soll ich deine nehmen?« – dachte ich, hielt aber meinen Mund.

Und dann hatte ich wieder Gelegenheit, mich zu fragen, wann es endlich ein Gesetz gibt, das es Eltern verbietet, ihren Kindern Namen zu geben, die sich anhören wie Damenbinden. Der Kerl drehte sich um und brüllte durch den ganzen Laden: »Kamelia, komm bei mich bei!« Das war der Antichrist, so viel war klar.

Fast noch schlimmer waren Mütter. Mütter mit Kindern. Wer jemals geglaubt hat, Frauen seien das freundlichere, sensiblere, geschmackvollere Geschlecht, wird während der Weihnachtszeit eines viel Besseren belehrt.

»Hier! Einpacken!«

»Dürfte ich bitte Ihre Quittung sehen?«

»Wieso?«

»Damit ich weiß, dass Sie das Buch hier gekauft haben.«

»Ja, was glauben Sie denn, Sie Affenarsch? Dass ich das Buch von zu Hause mitbringe, nur um es mir einpacken zu lassen? Herrgott, Chantal, was soll der Lolli in dem Buch, das kaufen wir doch gar nicht! Also, ich habe dieses Scheißding gerade gekauft und will jetzt, dass Sie mir das einpacken, aber bitte recht hastig!«

»Zuerst muss ich Ihre Quittung sehen.«

»Denise, nimm sofort das Kaugummi aus dem Ohr von dem Jungen! Ich habe keine Quittung, verdammte Kacke noch mal.«

»Dann kann ich Ihnen das Buch nicht einpacken.« Ich kam mir zwar vor wie ein faschistoider Hausmeister, der kleinen Kindern in einer Hochhaussiedlung das Spielen im Hausflur verbietet, aber langsam machte mir die Sache Spaß. Blöde Zicke, dachte ich, du musstest ja unbedingt deinen Genschrott vervielfältigen, jetzt werde auch damit fertig.

»Ich verlange ja nicht von Ihnen, mir dieses verdammte Ding hier in Platin einzuschlagen, Sie sollen mir nur einen scheißbunten Bogen drummachen, damit dieser Mist hier wenigstens ein bisschen nach Furz-Weihnachten aussieht, ist das zu viel verlangt? Olivier, nimm den Finger aus dem Popo deiner Schwester!«

»Nun, ohne Quittung...«

Die Frau holte tief Luft, und dann schnellte ihre sehnige, an den Nägeln rot lackierte Kralle auf mich zu, packte mich am Hemd und zerrte mich halb über den Tisch. Unsere Nasenspitzen berührten sich fast. Der Atem der Frau roch nach etwas, das schon vor Jahren gestorben war. »Also, mein fetter, haarloser Freund, ich kämpfe mich seit vier Stunden mit drei Kindern durch diesen Truppenübungsplatz, den man Weihnachtsmarkt nennt, ich wurde getreten, verprügelt, bespuckt und beschimpft, ich weiß jetzt, wie sich Serienmörder fühlen, bevor sie ihre Opfer aufschlitzen, und wenn dieses beschissene Buch nicht in acht Sekunden in dieses verfickte Papier eingewickelt ist, schwör ich Ihnen, können Sie Ihre Eier am Heiligen Abend zu den anderen Kugeln an den Tannenbaum hängen, haben wir uns da verstanden?«

Ich schaffte es in sechs Sekunden.

Danach verließ ich aufrechten Ganges das Geschäft, wandte mich nach Norden und ging immer weiter geradeaus. Ich war ein armer, einsamer Arbeitnehmer in einem geringfügigen Beschäftigungsverhältnis, weit weg von zu Hause. Und jetzt war ich auf dem Weg an den Nordpol, um dort einem dicken alten Mann mit rotem Mantel und weißem Bart die Hucke vollzuhauen.

Jaroslav Hašek
Ein Weihnachtsabend im Waisenhaus

Der Waisenknabe Pazourek wurde am Weihnachtstag in eine Vorratskammer gesperrt, in der zwei Säcke Mehl und außerdem, wie Pazourek freudig wahrnahm, mehrere Säcke mit getrockneten Pflaumen standen. Diese Entdeckung verbesserte Pazoureks verzweifelte Lage, sodass er beinahe ein Dankgebet wegen dieser Pflaumen gesprochen hätte, wäre er nicht in einer Verfassung gewesen, in der man den lieben Gott eher lästert.

Es war ihm völlig klar, dass er gerade des lieben Gottes wegen eingesperrt blieb. Er setzte sich auf einen Sack Mehl und dachte über den Verlauf des gestrigen Abends nach, wie das Christkind in Gestalt des Herrn Katecheten und des Herrn Direktors zu ihnen gekommen war, gedachte zweier wohlgenährter Herren und eines schmächtigen Mannes, der sich ständig schneuzte und den alle mit Exzellenz anredeten. Die beiden artigsten Waisenkinder brachten aus dem Verwaltungszimmer Pakete mit Halstüchern, legten sie unter den

Weihnachtsbaum und küssten dem Herrn Katecheten die Hand. Dann waren noch mehrere Herren und eine dunkelgekleidete Dame gekommen, die jedem Waisenkind die Wange streichelte und sich nach den verstorbenen Eltern erkundigte.

Tonda Nehovů behauptete, er habe keine Eltern gehabt, worauf alle lachten und Kalous rief: »Du Hurenbengel!«

Das war das Erste, worüber der Herr Katechet sehr ungehalten mit den Zähnen knirschte und sagte, das Christkind verdiene es nicht, dass er an einem so hohen Festtag einen Lausejungen ohrfeige. Er werde das am ersten Feiertage nachholen.

Váša Metzer ließ verlauten, dieser schmächtige Herr, zu dem alle Exzellenz sagten, rieche aus dem Mund. Pivora wettete um eine halbe Zigarette, dass das nicht zutreffe.

Das war im Speisesaal, wo die Kinder hungrig warteten, dass das Christkind sie endlich erlöse, denn sie hatten den ganzen Tag fasten müssen, bis auf zwei Kinder, die in der Küche geholfen und heimlich ein Stück Weihnachtsstriezel genommen hatten, womit sie vor den anderen großtaten. Da sie Pivora nichts abgeben wollten, verriet er sie. Er glaubte, ihnen die Freude damit zu verderben, stattdessen hatten sie den Striezel längst aufgegessen. Nun bekamen sie vom Katecheten Schläge.

»Das Christkind hat ihnen bereits beschert«, grinste Pivora und stieß Pazourek an.

Sie standen noch immer in der Reihe und belächelten die wohlbeleibten Herren, die ständig die Worte im Munde führten: »Arme Kinder, bedauernswerte Waisenkinder!«

Danach begann der Herr Direktor, mit den Händen gestikulierend, zu sprechen und sagte, Gott sei barmherzig und ließe die armen Würmer nicht verkommen. Dabei blickte er wütend auf Winter, weil dieser dem Herrn, der sich immer schneuzte, die Zunge herausstreckte. Der Herr Direktor raunte dem Katecheten etwas zu, der winkte Winter zu sich und verschwand mit ihm in den Nebenraum. Kurz darauf kam Winter zurück, verweint und verstört.

Dann befahl der Herr Katechet den Waisenkindern, in den Saal zu gehen, wo ein großer Weihnachtsbaum stand, auf dem die Kerzen brannten. An der Spitze schwebte ein Engel, dem ein Junge mit Kohlestift einen Bart angemalt hatte, damit er dem Herrn Direktor ähnlich sehe. Hier warteten sie ziemlich lange, bevor sich endlich die Tür auftat und die Herren mit der Dame und die gesamte Lehrerschaft des Waisenhauses eintraten.

Der Herr Katechet bekreuzigte sich und begann mit dem Vaterunser. Alle beteten laut und rasch, um es möglichst bald hinter sich zu haben. Doch es folgten ein Ave-Maria und das Glaubensbekenntnis.

Licer flüsterte seinem Nebenmann zu, das Beten hätte bis nach dem Abendessen Zeit gehabt, so wisse er nie recht, woran er sei – vor lauter Beten und vor lauter Hungern.

Nach drei Ave-Maria trat der Herr Direktor hervor, bekreuzigte sich und sagte: »In Ewigkeit, Amen!«

Darauf sprach er eine halbe Stunde lang über das Christkind. Den Kindern knurrte der Magen immer heftiger, während er ihnen erzählte, wie klein das Jesuskindlein gewesen sei. Er konnte sich daran nicht satt genug reden – wie winzig klein…

Die dunkelgekleidete Dame begann zu schluchzen, und der Herr Direktor erzählte immer mehr von Ochsen im Stall zu Bethlehem, wobei er auffällig auf die Waisenkinder blickte. Dann erwähnte er noch die Halstücher und setzte sich, woraufhin sich der Katechet erhob. Dieser sagte, jedes der Waisenkinder bekäme zum Andenken an die Geburt Christi ein Halstuch geschenkt, und er forderte sie auf, drei Vaterunser, drei Ave-Maria und einen Englischen Gruß zu beten.

Pazourek war bisher sehr still gewesen, obgleich ihn Pivora ständig herausgefordert hatte, aber als er erneut das Vaterunser und das Ave-Maria hörte, vermochte er nicht mehr an sich zu halten und bemerkte zu Pivora: »Diese ewige Beterei wegen jedem Fußlappen!«

Der Herr, der sich immer schneuzte, flüsterte dem Direktor etwas zu, der nickte scheinheilig, ging nach hinten und packte Pivora am Ohr und versetzte ihm einen Rippenstoß.

Pivora fürchtete, dass diese Wendung seiner Weihnachtsstimmung schaden könnte, und sagte daher: »Das war nicht ich, das war Pazourek.« Doch Pazourek rechtfertigte sich, und so entstand ein Tumult, dass der betende Katechet bei den Worten »wie wir vergeben unsern Schuldigern« abbrach. Alle blickten nach hinten.

Die Dame, die leise vor sich hin geschluchzt hatte, schneuzte sich, begann zu seufzen und zu stöhnen. Die anderen schwarzgekleideten Herren blickten abwechselnd zur Decke empor und zum Katecheten, der offensichtlich in Verlegenheit war und sich dadurch half, dass er sein blaues Taschentuch hervorzog und sich vernehmlich die Nase putzte und dabei so blies, dass Voštálek, Blüml, Kačer und Gregor glaubten, draußen gebe bereits der alte Diener Vokřál mit der Trompete das Zeichen zum Singen des gemeinsamen Weihnachtsliedes, und so legten sie wie aus einem Munde los: »O Tannenbaum...«

Der Katechet hob die Hände, um sie zum Aufhören zu veranlassen, doch die übrigen Kinder dachten, er wolle den Takt angeben, und so stimmten sie mit ein.

Während dieses erhabenen Gesanges packte der Direktor den Pazourek – wie ein Tiger seine Beute – und zerrte ihn in die Kammer.

Der geschätzte Leser möge sich nun eine Speisekammer vorstellen, darin unseren Pazourek, zwei Säcke Mehl, mehrere Säcke mit getrockneten Pflaumen und einen Topf mit Milch.

Verständlicherweise war es nicht das Mehl, das Pazourek aß. Was er also zu sich nahm, lässt sich leicht erraten, und die Folgen nach dem ganztägigen Fasten wohl auch.

So kann man sich denken, dass die Säcke Mehl kaum mehr zu verwenden waren und dass der Vorratskammer nach der Christmette, als der Direktor den Pazourek befreite, nicht der gewohnte Geruch einer Speisekammer entströmte.

Robert Gernhardt
Die Falle

Da Herr Lemm, der ein reicher Mann war, seinen beiden Kindern zum Christfest eine besondere Freude machen wollte, rief er Anfang Dezember beim Studentenwerk an und erkundigte sich, ob es stimme, dass die Organisation zum Weihnachtsfest Weihnachtsmänner vermittle. Ja, das habe seine Richtigkeit. Studenten stünden dafür bereit, 25 DM koste eine Bescherung, die Kostüme brächten die Studenten mit, die Geschenke müsste der Hausherr natürlich selbst stellen. »Versteht sich, versteht sich«, sagte Herr Lemm, gab die Adresse seiner Villa in Berlin-Dahlem an und bestellte einen Weihnachtsmann für den 24. Dezember um 18 Uhr. Seine Kinder seien noch klein, und da sei es nicht gut, sie allzu lange warten zu lassen. Der bestellte Weihnachtsmann kam pünktlich. Er war ein Student mit schwarzem Vollbart, unter dem Arm trug er ein Paket.

»Wollen Sie so auftreten?«, fragte Herr Lemm.

»Nein«, antwortete der Student, »da kommt

natürlich noch ein weißer Bart drüber. Kann ich mich hier irgendwo umziehen?«

Er wurde in die Küche geschickt. »Da stehen aber leckere Sachen«, sagte er und deutete auf die kalten Platten, die auf dem Küchentisch standen. »Nach der Bescherung, wenn die Kinder im Bett sind, wollen noch Geschäftsfreunde meines Mannes vorbeischauen«, erwiderte die Hausfrau. »Daher eilt es etwas. Könnten Sie bald anfangen?«

Der Student war schnell umgezogen. Er hatte jetzt einen roten Mantel mit roter Kapuze an und band sich einen weißen Bart um. »Und nun zu den Geschenken«, sagte Herr Lemm. »Diese Sachen sind für den Jungen, Thomas«, er zeigte auf ein kleines Fahrrad und andere Spielsachen –, »und das bekommt Petra, das Mädchen, ich meine die Puppe und die Sachen da drüben. Die Namen stehen jeweils drauf, da wird wohl nichts schiefgehen. Und hier ist noch ein Zettel, auf dem ein paar Unarten der Kinder notiert sind, reden Sie ihnen mal ins Gewissen, aber verängstigen Sie sie nicht, vielleicht genügt es, etwas mit der Rute zu drohen. Und versuchen Sie, die Sache möglichst rasch zu machen, weil wir noch Besuch erwarten.«

Der Weihnachtsmann nickte und packte die Geschenke in den Sack. »Rufen Sie die Kinder schon ins Weihnachtszimmer, ich komme gleich nach.

Und noch eine Frage. Gibt es hier ein Telefon? Ich muss jemanden anrufen.«

»Auf der Diele rechts.«

»Danke.«

Nach einigen Minuten war dann alles so weit. Mit dem Sack über dem Rücken ging der Student auf die angelehnte Tür des Weihnachtszimmers zu. Einen Moment blieb er stehen. Er hörte die Stimme von Herrn Lemm, der gerade sagte: »Wisst ihr, wer jetzt gleich kommen wird? Ja, Petra, der Weihnachtsmann, von dem wir euch schon so viel erzählt haben. Benehmt euch schön brav...«

Fröhlich öffnete er die Tür. Blinzelnd blieb er stehen. Er sah den brennenden Baum, die erwartungsvollen Kinder, die feierlichen Eltern. Es hatte geklappt, jetzt fiel die Falle zu. »Guten Tag, liebe Kinder«, sagte er mit tiefer Stimme. »Ihr seid also Thomas und Petra. Und ihr wisst sicher, wer ich bin, oder?«

»Der Weihnachtsmann«, sagte Thomas etwas ängstlich.

»Richtig. Und ich komme zu euch, weil heute Weihnachten ist. Doch bevor ich nachschaue, was ich alles in meinem Sack habe, wollen wir erst einmal ein Lied singen. Kennt ihr ›Stille Nacht, heilige Nacht‹? Ja? Also!«

Er begann mit lauter Stimme zu singen, doch

mitten im Lied brach er ab. »Aber, aber, die Eltern singen ja nicht mit! Jetzt fangen wir alle noch mal von vorne an. Oder haben wir den Text etwa nicht gelernt? Wie geht denn das Lied, Herr Lemm?«

Herr Lemm blickte den Weihnachtsmann befremdet an. »Stille Nacht, heilige Nacht, alles schläft, einer wacht...«

Der Weihnachtsmann klopfte mit der Rute auf den Tisch:

»Einsam wacht! Weiter! Nur das traute...«

»Nur das traute, hochheilige Paar«, sagte Frau Lemm betreten, und leise fügte sie hinzu: »Holder Knabe im lockigen Haar.«

»Vorsagen gilt nicht«, sagte der Weihnachtsmann barsch und hob die Rute. »Wie geht es weiter?«

»Holder Knabe im lockigen...«

»Im lockigen Was?«

»Ich weiß es nicht«, sagte Herr Lemm. »Aber was soll denn diese Fragerei? Sie sind hier, um...« Seine Frau stieß ihn in die Seite, und als er die erstaunten Blicke seiner Kinder sah, verstummte Herr Lemm.

»Holder Knabe im lockigen Haar«, sagte der Weihnachtsmann. »Schlaf in himmlischer Ruh, schlaf in himmlischer Ruh. Das nächste Mal lernen wir das besser. Und jetzt singen wir noch einmal miteinander: ›Stille Nacht, heilige Nacht.‹«

»Gut, Kinder«, sagte er dann. »Eure Eltern können sich ein Beispiel an euch nehmen. So, jetzt geht es an die Bescherung. Wir wollen doch mal sehen, was wir hier im Sack haben. Aber Moment, hier liegt ja noch ein Zettel!« Er griff nach dem Zettel und las ihn durch.

»Stimmt das, Thomas, dass du in der Schule oft ungehorsam bist und den Lehrern widersprichst?«

»Ja«, sagte Thomas kleinlaut.

»So ist es richtig«, sagte der Weihnachtsmann. »Nur dumme Kinder glauben alles, was ihnen die Lehrer erzählen. Brav, Thomas.«

Herr Lemm sah den Studenten beunruhigt an.

»Aber…«, begann er. »Sei doch still«, sagte seine Frau.

»Wollten Sie etwas sagen?«, fragte der Weihnachtsmann Herrn Lemm mit tiefer Stimme und strich sich über den Bart.

»Nein.«

»Nein, lieber Weihnachtsmann, heißt das immer noch. Aber jetzt kommen wir zu dir, Petra. Du sollst manchmal bei Tisch reden, wenn du nicht gefragt wirst, ist das wahr?« Petra nickte. »Gut so«, sagte der Weihnachtsmann. »Wer immer nur redet, wenn er gefragt wird, bringt es in diesem Leben zu nichts. Und da ihr so brave Kinder seid, sollt ihr nun auch belohnt werden. Aber bevor ich in den

Sack greife, hätte ich gerne etwas zu trinken.« Er blickte die Eltern an.

»Wasser?«, fragte Frau Lemm.

»Nein, Whisky. Ich habe in der Küche eine Flasche ›Chivas Regal‹ gesehen. Wenn Sie mir davon etwas einschenken würden? Ohne Wasser, bitte, aber mit etwas Eis.«

»Mein Herr!«, sagte Herr Lemm, aber seine Frau war schon aus dem Zimmer. Sie kam mit einem Glas zurück, das sie dem Weihnachtsmann anbot. Er leerte es und schwieg.

»Merkt euch eins, Kinder«, sagte er dann. »Nicht alles, was teuer ist, ist auch gut. Dieser Whisky kostet etwa 50 DM pro Flasche. Davon müssen manche Leute einige Tage leben, und eure Eltern trinken das einfach runter. Ein Trost bleibt: der Whisky schmeckt nicht besonders.«

Herr Lemm wollte etwas sagen, doch als der Weihnachtsmann die Rute hob, ließ er es.

»So, jetzt geht es an die Bescherung.«

Der Weihnachtsmann packte die Sachen aus und überreichte sie den Kindern. Er machte dabei kleine Scherze, doch es gab keine Zwischenfälle, Herr Lemm atmete leichter, die Kinder schauten respektvoll zum Weihnachtsmann auf, bedankten sich für jedes Geschenk und lachten, wenn er einen Scherz machte. Sie mochten ihn offensichtlich.

»Und hier habe ich noch etwas Schönes für dich, Thomas«, sagte der Weihnachtsmann. »Ein Fahrrad. Steig mal drauf.« Thomas strampelte, der Weihnachtsmann hielt ihn fest, gemeinsam drehten sie einige Runden im Zimmer.

»So, jetzt bedankt euch mal beim Weihnachtsmann!«, rief Herr Lemm den Kindern zu. »Er muss nämlich noch viele, viele Kinder besuchen, deswegen will er jetzt leider gehen.«

Thomas schaute den Weihnachtsmann enttäuscht an, da klingelte es. »Sind das schon die Gäste?«, fragte die Hausfrau.

»Wahrscheinlich«, sagte Herr Lemm und sah den Weihnachtsmann eindringlich an. »Öffne doch.«

Die Frau tat das, und ein Mann mit roter Kapuze und rotem Mantel, über den ein langer weißer Bart wallte, trat ein. »Ich bin Knecht Ruprecht«, sagte er mit tiefer Stimme.

Währenddessen hatte Herr Lemm im Weihnachtszimmer noch einmal behauptet, dass der Weihnachtsmann jetzt leider gehen müsse. »Nun bedankt euch mal schön, Kinder«, rief er, als Knecht Ruprecht das Zimmer betrat. Hinter ihm kam Frau Lemm und schaute ihren Mann achselzuckend an.

»Da ist ja mein Freund Knecht Ruprecht«, sagte der Weihnachtsmann fröhlich.

»So ist es«, erwiderte dieser. »Da drauß' vom

Walde komm ich her, ich muss euch sagen, es weihnachtet sehr. Und jetzt hätte ich gerne etwas zu essen.«

»Wundert euch nicht«, sagte der Weihnachtsmann zu den Kindern gewandt. »Ein Weihnachtsmann allein könnte nie all die Kinder bescheren, die es auf der Welt gibt. Deswegen hab ich Freunde, die mir dabei helfen: Knecht Ruprecht, den heiligen Nikolaus und noch viele andere...«

Es klingelte wieder. Die Hausfrau blickte Herrn Lemm an, der so verwirrt war, dass er mit dem Kopf nickte; sie ging zur Tür und öffnete. Vor der Tür stand ein dritter Weihnachtsmann, der ohne Zögern eintrat. »Puh«, sagte er. »Diese Kälte! Hier ist es beinahe so kalt wie am Nordpol, wo ich zu Hause bin.«

Mit diesen Worten betrat er das Weihnachtszimmer. »Ich bin Sankt Nikolaus«, fügte er hinzu, »und ich freue mich immer, wenn ich brave Kinder sehe. Das sind sie doch – oder?«

»Sie sind sehr brav«, sagte der Weihnachtsmann. »Nur die Eltern gehorchen nicht immer, denn sonst hätten sie schon längst eine von den kalten Platten und etwas zu trinken gebracht.«

»Verschwinden Sie!«, flüsterte Herr Lemm in das Ohr des Studenten.

»Sagen Sie das doch so laut, dass Ihre Kinder es

auch hören können«, antwortete der Weihnachtsmann.

»Ihr gehört jetzt ins Bett«, sagte Herr Lemm.

»Nein«, brüllten die Kinder und klammerten sich an den Mantel des Weihnachtsmannes.

»Hunger«, sagte Sankt Nikolaus.

Die Frau holte ein Tablett. Die Weihnachtsmänner begannen zu essen.

»In der Küche steht Whisky«, sagte der Erste, und als Frau Lemm sich nicht rührte, machte sich Knecht Ruprecht auf den Weg. Herr Lemm lief hinter ihm her. In der Diele stellte er den Knecht Ruprecht, der mit einer Flasche und einigen Gläsern das Weihnachtszimmer betreten wollte.

»Lassen Sie die Hände von meinem Whisky!«

»Thomas!«, rief Knecht Ruprecht laut, und schon kam der Junge auf seinem Fahrrad angestrampelt. Erwartungsvoll blickte er Vater und Weihnachtsmann an.

»Mein Gott, mein Gott«, sagte Herr Lemm, doch er ließ Knecht Ruprecht vorbei.

»Tu was dagegen«, sagte seine Frau. »Das ist ja furchtbar. Tu was!«

»Was soll ich tun?«, fragte er, da klingelte es.

»Das werden die Gäste sein!«

»Und wenn sie es nicht sind?«

»Dann hol ich die Polizei!«

Herr Lemm öffnete. Ein junger Mann trat ein. Auch er hatte einen Wattebart im Gesicht, trug jedoch keinen roten Mantel, sondern einen weißen Umhang, an dem er zwei Flügel aus Pappe befestigt hatte.

Der Weihnachtsmann, der auf die Diele getreten war, als er das Klingeln gehört hatte, schwieg wie die anderen. Hinter ihm schauten die Kinder, Knecht Ruprecht und Sankt Nikolaus auf den Gast.

»Grüß Gott, lieber...«, sagte Knecht Ruprecht schließlich. »Lieber Engel Gabriel«, ergänzte der Bärtige verlegen. »Ich komme, um hier nachzuschauen, ob auch alle Kinder artig sind. Ich bin nämlich einer von den Engeln auf dem Felde, die den Hirten damals die Geburt des Jesuskindes angekündigt haben. Ihr kennt doch die Geschichte, oder?«

Die Kinder nickten, und der Engel ging etwas befangen ins Weihnachtszimmer. Zwei Weihnachtsmänner folgten ihm, den dritten, es war jener, der als Erster gekommen war, hielt Herr Lemm fest. »Was soll denn der Unfug?«, fragte er mit einer Stimme, die etwas zitterte.

Der Weihnachtsmann zuckte mit den Schultern. »Ich begreif es auch nicht, warum er so antanzt. Ich habe ihm ausdrücklich gesagt, er solle als Weihnachtsmann kommen, aber wahrscheinlich konnte er keinen roten Mantel auftreiben.«

»Sie werden jetzt alle schleunigst hier verschwinden«, sagte Herr Lemm.

»Schmeißen Sie uns doch raus«, erwiderte der Weihnachtsmann und zeigte ins Weihnachtszimmer. Dort saß der Engel, aß Schnittchen und erzählte Thomas davon, wie es im Himmel aussah. Die Weihnachtsmänner tranken und brachten Petra ein Lied bei, das mit den Worten begann: »Nun danket alle Gott, die Schule ist bankrott.«

»Wie viel verlangen Sie?«, fragte Herr Lemm.

»Wofür?«

»Für Ihr Verschwinden. Ich erwarte bald Gäste, das wissen Sie doch.«

»Ja, das könnte peinlich werden, wenn Ihre Gäste hier hereinplatzen würden. Was ist Ihnen denn die Sache wert?«

»Hundert Mark«, sagte der Hausherr. Der Weihnachtsmann lachte und ging ins Zimmer. »Holt mal eure Eltern«, sagte er zu Petra und Thomas. »Engel Gabriel will uns noch die Weihnachtsgeschichte erzählen.«

Die Kinder liefen auf die Diele. »Kommt«, schrien sie, »Engel Gabriel will uns was erzählen.« Herr Lemm sah seine Frau an.

»Halt mir die Kinder etwas vom Leibe«, flüsterte er, »ich rufe jetzt die Polizei an!« – »Tu es nicht«, bat sie, »denk doch daran, was in den Kindern vorgehen muss, wenn Polizisten...« – »Das ist mir jetzt völlig egal«, unterbrach Her Lemm. »Ich tu's.«

»Kommt doch«, riefen die Kinder. Herr Lemm hob den Hörer ab und wählte. Die Kinder kamen neugierig näher. »Hier Lemm«, flüsterte er. »Lemm, Berlin-Dahlem. Bitte schicken Sie ein Überfallkommando.« – »Sprechen Sie bitte lauter«, sagte der Polizeibeamte. – »Ich kann nicht lauter sprechen, wegen der Kinder. Hier, bei mir zu Haus, sind drei Weihnachtsmänner und ein Engel und die gehen nicht weg...«

Frau Lemm hatte versucht, die Kinder wegzuscheuchen, es war ihr nicht gelungen. Petra und Thomas standen neben ihrem Vater und schauten ihn an. Herr Lemm verstummte. »Was ist mit den Weihnachtsmännern?«, fragte der Beamte, doch Herr Lemm schwieg weiter.

»Fröhliche Weihnachten«, sagte der Beamte und hängte auf. Da erst wurde Herrn Lemm klar, wie verzweifelt seine Lage war.

»Komm, Papi«, riefen die Kinder, »Engel Gabriel will anfangen.« Sie zogen ihn ins Weihnachtszimmer.

»Zweihundertfünfzig«, sagte er leise zum Weihnachtsmann, der auf der Couch saß.

»Pst«, antwortete der und zeigte auf den Engel,

der »Es begab sich aber zu der Zeit« sagte und langsam fortfuhr.

»Dreihundert.«

Als der Engel begann, den Kindern zu erklären, was der Satz »Und die war schwanger« bedeute, sagte Herr Lemm »Vierhundert«, und der Weihnachtsmann nickte.

»Jetzt müssen wir leider gehen, liebe Kinder. Seid hübsch brav, widersprecht euren Lehrern, wo es geht, und redet, ohne gefragt zu werden. Versprecht ihr mir das?«

Die Kinder versprachen es, und nacheinander verließen der Weihnachtsmann, Knecht Ruprecht, Sankt Nikolaus und der Engel Gabriel das Haus. »Ich fand es nicht richtig, dass du Geld genommen hast«, sagte Knecht Ruprecht auf der Straße.

»Leute, die sich Weihnachtsmänner mieten, sollen auch dafür zahlen«, meinte Engel Gabriel.

»Aber nicht so viel.«

»Wieso nicht? Alles wird heutzutage teurer, auch das Bescheren.«

»Expropriation der Expropriateure«, sagte der Weihnachtsmann.

»Richtig«, sagte Sankt Nikolaus. »Wo steht geschrieben, dass der Weihnachtsmann immer nur etwas bringt? Manchmal holt er auch was.«

»In einer Gesellschaft, deren Losung ›Hastuwasbistuwas‹ heißt, kann auch der Weihnachtsmann nicht sauber bleiben«, sagte Engel Gabriel.

»Es ist kalt«, sagte der Weihnachtsmann.

»Vielleicht sollten wir das Geld einem wohltätigen Zweck zur Verfügung stellen«, schlug Knecht Ruprecht vor.

»Erst einmal sollten wir eine Kneipe finden, die noch aufhat«, sagte der Weihnachtsmann. Sie fanden eine, setzten sich und spendierten eine Lokalrunde, bevor sie weiter beratschlagten.

Roland Topor
Fest- und Feiertage

Robin Dubois konnte Fest- und Feiertage nicht ausstehen, aber ganz besonders hasste er Weihnachten.

»Alle diese essenden, trinkenden, singenden und tanzenden Leute, einfach schauderhaft...«

Sobald die ersten rotbeschmierten Weihnachtsmänner an den Fenstern der Cafés und Restaurants auftauchten, wurde er griesgrämig wie ein galliger Hagestolz.

Er war jedoch noch nicht dreißig und mit keinem Leberleiden behaftet. In dem kleinen Verlagshaus, wo er unlesbare Manuskripte umschrieb, wurde gemunkelt, dass der Heilige Abend ihn an die Trennung von einer geliebten Frau erinnerte. Doch keiner wusste etwas von einer festen Freundin oder von kurzlebigen Abenteuern. Brigitte, die die Reihe ›Frauen‹ leitete, und Annette, die Pressesprecherin, ließen es sich nie nehmen, ihn ab Anfang Dezember zu bearbeiten:

»Verbringen Sie doch den Heiligen Abend bei

uns, Robin. Wir sind ganz unter Freunden, völlig zwanglos...«

Doch Robin Dubois lehnte die Einladung stets ab. Brigitte und Annette seufzten (Robin hatte etwas von Cary Grant), und jedes Jahr verlebte der junge Mann den gloriosen Heiligen Abend allein zu Hause, wobei ihn noch dazu ein leises Reuegefühl piesackte, denn vielleicht hätte er doch ausgehen sollen, um sich zugleich mit den anderen zu amüsieren.

Die wenigen Male, die er es versucht hatte, waren fürchterlich gewesen. Und da sich dasselbe Problem eine Woche später an Silvester stellte, war Robin allmählich ganz schön mit den Nerven herunter. Doch dieses Jahr keimte in seinem Gehirn eine glänzende Idee. Um das schwierige Kap wie im Traum zu umschiffen, brauchte er nur in der Nacht vom 23. zum 24. so toll auf den Putz zu hauen, dass er in der folgenden Nacht einfach zu müde war, um sich mit der leidigen Frage zu befassen. Allerdings machte er den Fehler, Charles Leslie, den literarischen Direktor des Verlags, in seinen Plan einzuweihen.

»Wenn ich recht verstehe«, sagte dieser, zitternd vor Erregung, »wirst du den Heiligen Abend zu Hause verbringen?«

»Ja, weit entfernt von der lärmenden Menge, in stiller Beschaulichkeit.«

Charles Leslie machte einen Luftsprung.

»Dann kannst du ja Attila hüten... Ich meine, Jérôme. Du bist mein rettender Engel, alter Kumpel. Josettes Eltern sind auf Reisen, die meinen auf dem Land. Wir sind bei Freunden eingeladen und dachten schon, wir müssten absagen. Kannst du den Kleinen einen Abend lang hüten? Würdest du das für uns tun?«

Robin brachte es nicht übers Herz, ihm die Bitte abzuschlagen.

Am Abend des 23. feierte er so lange, dass er den 24. fast völlig verschlief.

Er wurde von der vollzähligen Familie Leslie geweckt.

»Nie werde ich vergessen, was Sie heute für uns tun, Monsieur Dubois«, erklärte Josette. »Jérôme hat versprochen, artig zu sein, nicht wahr, Jérôme?«

Das Kind tat den Mund nicht auf. Mit hinterhältigen Blicken musterte es Robin, um seine Lippen spielte ein grausames Lächeln.

»Nicht wahr, Jérôme?«, sagte nun Charles Leslie in so drohendem Ton, dass er ein störrisches ›Ja‹ zur Antwort bekam.

Das Ehepaar Leslie machte es kurz. Sie murmelten etwas von einem Zug und verschwanden, ohne sich noch einmal umzublicken.

Es war acht Uhr abends.

»Hast du Hunger?«, erkundigte sich Robin.

»Nein. Außerdem esse ich nicht jeden Dreck. Wenn Sie meinten, mich vergiften zu können, dann sind Sie schiefgewickelt.«

»Ich finde dich reichlich erwachsen. Wie alt bist du, Jérôme?«

»Ich bin sechs, und ich gehe in die Schule, aber die Lehrerin ist fies, daher werde ich sie töten. Ich habe eine Pistole, und wenn ich wollte, könnte ich Sie auch töten. Es ist eine Pistole mit Bleikugeln, die sehr wehtun. Mein Name ist Jérôme, aber man nennt mich Attila. Der Weihnachtsmann bringt mir ein großes Gewehr mit einem Bajonett, damit kann ich alle Ihre Bücher aufschlitzen!«

»Bis es so weit ist, gehst du brav schlafen. Ich erzähle dir auch eine Geschichte.«

Nach hartem Feilschen brachten sie schließlich einen Kompromiss zustande. Attila, der das Laken bis unters Kinn gezogen hatte, diktierte seine Bedingungen:

»Ich will weder Rotkäppchen noch Dornröschen und auch nicht Aschenputtel. Sie sollen mir in der Zeitung die Unglücksfälle und Verbrechen vorlesen.«

»Ich habe keine Zeitung.«

»Dann will ich einen Kriminalroman mit einem Haufen Verbrechen.«

»Ich habe keinen Kriminalroman.«

»Dann erzählen Sie mir halt die Geschichte von dem Ungeheuer, das in einer Flasche eingeschlossen war und das zugleich mit der Flasche zerbrochen wurde. Es hatte nur noch eine Hand, einen Beinstummel und...«

Der mordlustige Attila war eingeschlafen. Robin begab sich ins Wohnzimmer, um einen Lektoratsbericht über ein Manuskript abzufassen, das noch schwachsinniger war als das, was er sonst zu lesen bekam.

Mitternacht war schon vorüber, da ertönte ein schriller Schrei im Zimmer, wo Jérôme untergebracht war. Robin stürzte hinein und hätte in der Eile beinahe die Tür eingeschlagen.

Ein Männlein mit rotem Gewand, einem Sack, Stiefeln und einem schief übers Gesicht geklebten Bart, offensichtlich ein Weihnachtsmann, versuchte gerade, in Richtung Kamin zu entfliehen. Robin nahm ihn in den Schwitzkasten.

»Alles in Ordnung, Jérôme? Hat er dir auch nicht wehgetan?«

»Doch«, heulte das Kind und zog seine Schlafanzughose hoch. »Er wollte mich verhauen.«

»Das ist ja die Höhe!«, schrie der Weihnachtsmann mit sich überschlagender Stimme. »Dieser Balg ist eine öffentliche Gefahr. Er hat mich mit seinem Revolver bedroht und versucht, mich auszurauben. Er hat den Moment ausgenutzt, als ich gerade seine Schuhe mit Geschenken füllte, um mir einen Schlag auf den Kopf zu versetzen. Beinahe hätte ich dabei ein Auge verloren...«

»Was treiben Sie überhaupt bei mir? Sind Sie durch den Kamin hereingekommen?«

»Ja, nun ja, ich...«

»Der Weihnachtsmann hat angefangen, Monsieur Dubois, er hatte Geschenke für mich, aber sie sind zu scheußlich, da wollte ich sie umtauschen, aber er hat versucht, mir den Hintern zu versohlen.«

»Was! Diese Spielsachen sollen scheußlich sein? Die schönsten Stücke der Grant-Stiftung? Das geht zu weit! Was wollen Sie denn haben? Vielleicht eine Geruchsklingel? Einen Gelatinezug? Physiologischen Leim? Ein behaartes metrisches System? Eine ordentliche Tracht Prügel wäre das einzig Richtige für Sie!«

Robin Dubois kratzte sich am Kopf.

»Hm... Tja... Attila ist ein recht eigenartiges Kind, aber das scheint mir noch kein Grund, um am Weihnachtsabend bei fremden Leuten einzubrechen. Sie hätten ja auch auf einen bissigen Hund stoßen können!«

»Kein Hund, nicht einmal ein bissiger, ist so schlecht erzogen wie Ihr Sohn.«

»Erstens ist er nicht mein Sohn, zweitens haben

Sie weiß Gott kein Recht, mir die Leviten zu lesen! Und drittens sollten Sie jetzt erst einmal diese lächerliche Verkleidung ausziehen!«

»Nein!«

»Doch.«

Attila packte den Weihnachtsmann am Bart, der sich sofort ablöste, dasselbe geschah mit der Mütze und der Perücke. Robin sperrte Mund und Nase auf.

Sobald die enganliegende Kappe herunter war, strömte eine herrliche blonde Mähne über die Schultern des jungen Mädchens. Geradezu herausfordernd riss sie noch die grotesken Brauen ab, die sie entstellten. Sie hatte wirklich ein bezauberndes Gesicht: eine hübsche, gewölbte Stirn, ein entzückendes Näschen, etwas aufgeworfene, aber frische und wohlgeformte Lippen, ein Kinn, das weder zu groß noch zu klein war... Robin konnte sich nicht erinnern, je ein so niedliches Kinn gesehen zu haben.

»Sie sind eine Frau«, sagte er ein wenig töricht.

»Davon war ich immer überzeugt.«

»Wissen Sie, viel gibt es bei mir nicht zu stehlen.«

»Na klar, sonst wäre ich ja nicht hergekommen.«

Robin war fasziniert. Er bot ihr einen Stuhl an und setzte sich auf die Bettkante.

»Ich verstehe nicht.«

»Das ist ganz einfach. Ich gehöre der Hoscar-Mission an. Mein Name ist Linda Cristal, unverheiratet, Kreditnummer w 2007 y, Fahrzeug zz23.«

Zerstreut blickte er zu Attila hinüber, der mit Feuereifer alle Gegenstände, die der Sack enthielt, zerstörte. Er fürchtete, den Boden unter den Füßen zu verlieren.

»Was ist das, diese Hoscar-Mission?«

»Eine Hilfsorganisation für unterentwickelte Epochen. Natürlich gehört die Ihre dazu. Ich komme aus dem 25. Jahrhundert, ohne jede Zwischenlandung. Wir leben in einigem Wohlstand, ohne dass wir zu Egoisten geworden sind. Die Vorstellung, dass einige Jahrhunderte, einige Stunden von uns entfernt Menschen im Elend leben und sterben, macht uns sehr zu schaffen. Mitfühlende Herzen haben sich erbarmt. So wurde die Hoscar-Mission gegründet. Freilich sind wir nicht in der Lage, den Lauf der Geschichte zu ändern, wir können uns nur in kleinem Rahmen betätigen.«

»Rahmen? Was für ein Rahmen?«

Linda Cristal stieß einen unwilligen Seufzer aus, aber da Robin gar so verdattert dreinsah, fasste sie sich in Geduld.

»Sie wissen doch, die Kinder haben immer am meisten zu leiden, deshalb verkleiden wir uns als

Weihnachtsmänner, um nicht aufzufallen, und bringen ihnen hübsche Geschenke.«

»Die Geschenke sind nicht hübsch, sie sind grässlich«, kreischte Jérôme und schwang die Überreste einer enthaupteten Puppe durch die Luft.

Linda runzelte ihre niedlichen Brauen.

»Man kann euch doch nicht dieselben Geschenke bringen wie den Kindern meiner Epoche! Und wir sind nicht reich. Wir haben uns an alle großzügigen Spender wenden müssen. Übrigens haben sich die Familien als sehr geberfreudig erwiesen, denn im Augenblick gibt es eine starke Welle der Sympathie für das 20. Jahrhundert. Und ihr findet das ungenügend? Ihr seid schlicht undankbar!«

»Ich will einen Gelatinezug«, skandierte Attila. »Sonst ziepe ich dich an den Haaren. Geschieht dir dann ganz recht!«

Die arme Linda brach in Tränen aus.

»Wir wollten Ihnen eine Freude machen, und so danken Sie es uns! Sie wollen mich an den Haaren ziepen. Sie sind ein böser Junge!«

Robin reichte ihr sein Taschentuch. Sie dankte ihm mit einem armseligen Lächeln und tupfte sich die Augen ab, ohne im Sprechen innezuhalten.

»Ein Stück Schokolade oder einen Kaugummi nehmen Sie doch von mir?«

Attila schüttelte den Kopf.

»Das Zeug ist alt, es schmeckt nicht mehr.«

Sie verbarg das Gesicht in den Händen.

»Ihr seid bloß arme, verbitterte, unterentwickelte Menschen. Man hat mich gewarnt, aber ich wollte es nicht glauben. Dabei setzte ich so große Hoffnungen auf diese Reise!«

»Aber wir wollten gar nichts von euch«, sagte Robin leise. »Und doch bin ich sehr glücklich darüber, dass Sie gekommen sind… Wie reisen Sie eigentlich? Wo ist Ihr Fahrzeug?«

Sie holte eine Art Spritze aus ihrer Anzugtasche.

»Es ist ganz einfach, man braucht sich nur…«

Attila spannte den Hahn seines Revolvers und drückte ab. Die Spritze zersprang in tausend Stücke, Tropfen einer blassblauen Flüssigkeit versickerten im Teppichboden.

»Das geschieht dir recht«, jauchzte der reizende Knabe, »du hättest mir eben den Gelatinezug schenken sollen.«

»Meine Maschine«, jammerte Linda. »Nie mehr werde ich ins 25. Jahrhundert zurückkehren können. Nie mehr werde ich meine Freunde von der Hoscar-Mission sehen, auch nicht meine Eltern und Denis…«

»Wer ist dieser Denis?«, fragte Robin erbost. Noch nie war ein wildfremder Mensch ihm so unsympathisch gewesen.

»Ein wirklich guter, feiner Mensch...« Sie wurde feuerrot und ihre Stimme erstarb.

»Eine Epoche ist nicht schlechter als eine andere«, plädierte Robin. »Mit größtem Vergnügen biete ich Ihnen die Gastfreundschaft in der meinen an. Ich finde Sie großartig!«

Sie schniefte, rieb sich die Augen, schien aufs höchste verwundert.

»Es ist unglaublich, einfach unvorstellbar«, murmelte sie.

»Was ist unvorstellbar?«

»Ich weine nicht mehr.«

»Das stimmt. Ihre Augen sind trocken.«

»Aber es gibt doch nichts Schlimmeres, Entsetzlicheres, als in eine andere Epoche verbannt, in einer anderen Zeit verlorengegangen, gestrandet zu sein. Welch schrecklicheres Unglück könnte einem Menschen überhaupt zustoßen?«

»Fassen Sie Mut! Ich werde mein Möglichstes tun, um Ihren Verlust wettzumachen, um Ihnen zu helfen.«

»Ich weine aber nicht! Ich will nicht sterben! Ganz im Gegenteil, ich habe eher Lust, zu lachen und dummes Zeug zu schwatzen! Verstehen Sie, was das bedeutet?«

»Nein«, sagte Robin mit klopfendem Herzen.

»Das bedeutet, dass ich mich nicht allein fühle,

dass ich glücklich bin, mit Ihnen in derselben Epoche, in derselben Sekunde zu leben. Das bedeutet, dass ich Sie liebe.«

»Ich bin zwar nur ein verbitterter, unterentwickelter Mensch, aber ich liebe Sie auch.«

Sie küssten sich lange, nachdem sie Attila gewaltig den Hintern versohlt hatten. Seit jener Zeit glaubt dieser nicht mehr an den Weihnachtsmann, Robin aber glaubt für zwei.

Ingrid Noll
Weihnachten im Schlosshotel

Viele Hotels haben über die Weihnachtsfeiertage geschlossen, meines nicht – im Gegenteil, wir sind stets bis zur letzten Mansarde ausgebucht. Die überdurchschnittliche Belegung liegt wohl an unserem speziellen Programm, das besonders kinderlose Paare anspricht. Schon an den Adventssonntagen wird eine Kutsch- oder Schlittenfahrt angeboten. Jeden Nachmittag gibt es Spekulatius und Glühwein am Kaminfeuer, und das Schlemmermenu am Heiligen Abend zieht sich über Stunden hin. An den folgenden Feiertagen sind kulturelle Veranstaltungen wie Kirchenkonzerte oder Ballettaufführungen angesagt. Unsere Gäste trinken relativ viel und sind dankbar, dass sie dem Trubel oder auch der Besinnlichkeit am Heimatort entfliehen konnten und weder einen Baum schmücken, noch eine Gans braten oder gar ihre eigenen Besucher bewirten müssen.

Ich spreche zwar immer von meinem Hotel, aber natürlich gehört das Schlosshotel nicht mir persönlich; immerhin bin ich in der zweiten Etage für Ordnung und Sauberkeit verantwortlich. Im Allgemeinen steigen keine Hungerleider in unserem Fünf-Sterne-Palast ab, und deswegen ärgert es mich, wenn sich gerade die Reichen als ausgesprochene Geizkragen, ja Diebe erweisen.

Um nur ein Exempel herauszugreifen: Die gefällig in plissiertem Seidenpapier eingewickelten Miniaturseifen à 15 Gramm, die in jedem Badezimmer zur Verfügung stehen, werden in der Hälfte aller Fälle von den Gästen einfach mitgenommen. Schon mehrfach wurde ich von Freunden gefragt, was denn ein Hotel mit angebrochenen, aber wenig benutzten Seifen anfangen soll, aber da gibt es unendlich viele Möglichkeiten. Cordula, die Frau unseres Direktors, traf zum Beispiel ein Abkommen mit einem katholischen Kindergarten, den sowohl meine als auch ihre eigene Tochter besuchen. Die Puppenseifen, wie unsere Kinder sie nennen, sind wie geschaffen für schmutzige kleine Pfoten. Meine Sophie ist ganz stolz, wenn sie wieder einmal einen vollen Beutel bei den Erzieherinnen abgeben darf.

Doch wenn es nur die Seifen wären, die unsere Hotelgäste mitgehen lassen, dann würde ich kein Wort darüber verlieren. Jeden Morgen schiebe ich den schweren Reinigungswagen durch die Flure und ersetze Aschenbecher, Kugelschreiber, Flaschenöffner, Hotelbibeln, Kleiderbügel, ja Frotteemäntel oder Badematten. Es gibt sogar clevere Gäste, die alle Fläschchen der Minibar austrinken und mit Wasser auffüllen. Laut Cordula handelt es sich bei dem – in Fachkreisen Schwund genannten – Verlust im Laufe eines Jahres um 5-stellige Beträge, wobei ein Grandhotel wie meines noch besser davonkommt als eines mit nur vier Sternen. Als irgendwann sogar eine große Tagesdecke aus altrosa gestreiftem Chintz verschwand, beschloss ich zurückzuschlagen.

Schon immer interessierten mich die Kosmetika weiblicher Gäste, und ich prüfe alle Produkte mit sachkundiger Bewunderung. Nur wer bloß einen einzigen Tag bleiben will, belässt seinen Kram bisweilen im Beauty-Case. Die meisten Frauen packen ihren Kulturbeutel als Erstes aus und stellen ihre Döschen, Tuben und Fläschchen dekorativ auf der Glaskonsole ab. Inzwischen habe ich die Preise für sämtliche Markenartikel im Kopf und kann sofort feststellen, in welcher Parfümerie die Damen einkaufen. Es gibt sündhaft teure Tages- und Nachtcremes, die völlig unerschwinglich für mich sind. Der Mehrheit unserer Ladys sieht man es ohnedies nicht an, was für ein Vermögen sie sich ins Gesicht schmieren. Und wie verbraucht sie ohne Intensivpflege aus ihrer Seidenwäsche gucken würden, will ich lieber gar nicht wissen.

In meiner Kitteltasche stecken ein paar Plastikdöschen und ein Teelöffel, mit dem ich beim Aufräumen der Badezimmer winzige Mengen der Wunderelixiere abzweige. Und damit meine Finger keine Spuren hinterlassen, benütze ich, auch aus hygienischen Gründen, ein Glasstäbchen zum nachträglichen Glattstreichen. Klar ist auch, dass ich mich niemals mit fremdem Parfum einsprühe, wie neulich eine dumme kleine Praktikantin.

Auf diese dezente Weise konnte ich nicht nur jahrelang meinen täglichen Bedarf decken, sondern auch einen kleinen Vorrat für Urlaubstage anlegen. Ich hatte noch nie ein schlechtes Gewissen und Angst vorm Erwischtwerden, denn welcher Frau wird es gleich auffallen, wenn eine derart geringe Portion fehlt?

Gegen reiche Frauen, wenn sie für ihr Spitzengehalt hart arbeiten müssen, habe ich nichts. Auch die zahlreichen Geliebten, die sich zur Kongresszeit mit ihrem verheirateten Lover hier einquartieren, verdienen eher mein Mitgefühl. Wenn ich attraktive junge Frauen an der Seite eines alten Fettsacks sehe, denke ich mir, sie bekommen ihren Luxus nicht geschenkt. Meine Aggressionen richten sich gegen die Prinzessinnen, die Erbinnen, denen ohne jegliche Gegenleistung ein Vermögen zugefallen ist. Bei ihnen bediene ich mich häufiger als bei den anderen. Soll mir keiner nachsagen, ich machte keinen Unterschied.

Seit Ewigkeiten residierte Mary Schönwald jeweils vier Wochen im Sommer und im Winter im Schlosshotel. Bis zu ihrem sechzigsten Lebensjahr soll sie ihre jeweiligen Verlobten oder Geliebten mitgebracht haben, zu meiner Zeit kam sie ohne Begleitung. Sie gehörte zu jenen Auserwählten, deren Cremetöpfe ich fast täglich plünderte. Mary war so reich, dass sie ihre Perlenkette oft achtlos herumliegen ließ und nicht in den Safe zurücklegte. Für mich wäre es ein Leichtes gewesen, ihre Kette oder einen Ring unter dem Bett hervorzuangeln und einzustecken. Aber ich wollte auf keinen Fall dem Ruf meines Hotels und seiner Besitzer schaden.

Abends schaue ich in den Zimmern nur schnell nach dem Rechten, decke die Betten auf und lege ein Zellophantütchen mit Champagnertrüffeln aufs Kopfkissen. Falls es nötig ist, wechsle ich auch die Handtücher. Eigentlich wollte ich gerade am Heiligen Abend möglichst früh zu Hause sein, weil meine Mutter und meine Tochter mit der Bescherung auf mich warteten. Andererseits war ich mir sicher, dass mich jetzt kein Hotelgast überraschen konnte, denn sie saßen alle beim 6-gängigen Festmahl. Auch meine beiden Kolleginnen vom Spätdienst hatten sich bereits verabschiedet, und ich war ganz allein auf meiner Etage.

Wie so oft herrschte Chaos in Marys Suite, denn sie hatte sich wohl erst in letzter Minute umgezogen. Zu ihren Gunsten muss ich sagen, dass sie zwar nicht zu den Trophäenjägern und Langfingern gehörte, dafür aber legte sie ihre angebissenen Äpfel stets in das Obstkörbchen zurück, was mich ebenso zur Weißglut brachte. Und so war es auch diesmal. Als ich den Granny Smith entsorgt, ihren Pelzmantel und die Klamotten wieder auf die Bügel gehängt und die Schuhe in den Schrank gestellt hatte, beschloss ich, diesmal etwas tiefer in ihre Salbentöpfe zu langen. Was sprach dagegen, mich gleich an Ort und Stelle für das Weihnachtsfest hübsch zu machen? Ganz professionell begann ich das Abschminken mit Reinigungsmilch und adstringierender Lotion, massierte dann eine orientalische Wundercreme ein und trug ein schimmerndes Fluid mit Marys Naturschwämmchen auf. Ich hatte meine Kittelschürze abgelegt, um sie nicht mit Makeup zu beschmieren, und war noch längst nicht mit

Rouge und Wimperntusche fertig, als ich einen feinen, schabenden Ton im angrenzenden Schlafzimmer hörte, der mir das Blut in den Adern gerinnen ließ. Mary konnte es kaum sein, da sie bei festlichen Gelegenheiten die Letzte war, die es ins Bett zog. Lautlos zog ich die angelehnte Badezimmertür einen Spalt weit auf und sah im Toilettenspiegel zwei gelbe Gummihandschuhe, die sich am Safe zu schaffen machten.

Mir wurde speiübel vor Angst, denn ich war mir ziemlich sicher, dass ich die Eingangstür abgeschlossen hatte. Nur ein Profi konnte so geräuschlos eindringen. Würde er mich entdecken und als unwillkommene Zeugin auf der Stelle beseitigen?

Ohne den erbarmungswürdigen Laut von mir zu geben, der mir in der Kehle steckte, kroch ich unter das Waschbecken und stellte mich tot. In diesem Moment wurde mir bewusst, dass meine Schürze an der Außenseite der Türklinke hing und mich verraten würde. Mein armes Kind! dachte ich, gerade am Heiligen Abend wird es zur Waise werden!

Plötzlich hörte ich eine mir bekannte Stimme Schlamperei sagen. Die gelbe Gummihand grabschte nach meiner Schürze und fegte sie vom Griff herunter. Fast gleichzeitig wurde die Tür aufgerissen, meine Chefin stand auf der Schwelle und sah mich auf dem Boden kauern.

»Was machst du denn da?«, fragte sie. Geistesgegenwärtig behauptete ich, nach einer Haarnadel zu suchen, die mir gerade heruntergefallen sei.

Cordula und ich kennen uns noch von der Hotelfachschule her. Damals wurden wir fast gleichzeitig schwanger und mussten unsere Ausbildung abbrechen; sie hatte allerdings bessere Karten als ich, weil sie sich den Juniorchef unseres Hotels angelacht und zum Vater ihrer Tochter gemacht hatte. Mein damaliger Freund war ein Japaner, der sich leider jeglicher Verantwortung entzog und auf Nimmerwiedersehen in seine Heimat entschwand. Unsere zeitgleiche Schwanger- und Mutterschaft ließ uns schnell zu Freundinnen werden; ich verdanke Cordula den Job im Hotel und die Aussicht auf eine besser bezahlte Stelle als Leiterin des Etagenservices.

Noch nie hat sich die schlaue Cordula täuschen lassen. Ihre flinken Augen wanderten zu den offenstehenden Cremetöpfen, der Puderdose und dem Haarpinsel, der eine dunkle Spur Mascara auf der marmornen Ablage hinterlassen hatte. Dann sah sie mir voll ins Gesicht und erkannte sofort, wie gekonnt ich meine Kreativität dort eingesetzt hatte.

Wortlos reichte sie mir meine Schürze, in der es peinlicherweise klapperte.

»Was haben wir denn da?«, fragte sie, griff in die

Tasche und zog die gutgefüllten Döschen und den Teelöffel heraus. Ich antwortete ihr nicht, sondern setzte ein dümmliches Grinsen auf. Meine Beförderung konnte ich ein für allemal vergessen, wahrscheinlich endete mein Vergehen sogar mit einem Rausschmiss.

Ein paar Sekunden lang musterte Cordula mich nachdenklich.

»Woher konntest du so schnell wissen, dass sie erst vor wenigen Minuten gestorben ist?«, fragte sie.

Tot? Wer? Ich verstand gar nichts. Dann erfuhr ich, dass Mary Schönwald bereits bei der Gänseleberpastete kreidebleich zusammengesackt war. Man half ihr unauffällig wieder auf die Beine, bettete sie im Büro auf ein Sofa und ließ sofort den Notarzt kommen, der ihr aber nicht mehr helfen konnte.

»Mein Gott, sie hat noch die Rechnung vom Sommer offen!«, klagte Cordula. »Wer weiß schon, wann die Erben ermittelt sind und sich zum Bezahlen bequemen! Wahrscheinlich hast auch du bis jetzt kein Trinkgeld erhalten.«

Das stimmte. Gemeinsam räumten wir nun das Sicherheitsfach aus, denn die geistesgegenwärtige Cordula hatte Marys Handtasche mit Zimmer- und Safeschlüssel sofort an sich genommen. Die Beute legten wir auf die Bettdecke und freuten uns wie kleine Mädchen am Funkeln und Glitzern.

»Die gesamten Kronjuwelen kann man nicht gut einsacken«, meinte Cordula, »die Steine sind leider allzu exklusiv. Am besten nimmt man reines Gold, das lässt sich überall an den Mann bringen.«

Ich war unendlich erleichtert und begann flink, die Schönheitsmittel aufzuräumen.

»Lass mal sehen«, sagte Cordula, »womit hat sich die Alte denn ihre Furchen zugekleistert? Myrrhe-Lotion? Weihrauch-Creme? Das ist ja wie bei den Heiligen Drei Königen, nur das Gold hat noch gefehlt.«

Jetzt nicht mehr. Schwer beladen ging ich am späten Abend nach Hause und leuchtete dort mit dem Tannenbaum um die Wette.

John Waters
Warum ich Weihnachten liebe

Da ich ein Traditionalist bin, bin ich durch und durch verrückt nach Weihnachten. Im Juli mache ich mir immer schon Sorgen, weil es nur noch 146 Einkaufstage bis dahin sind. »Was schenkst du mir denn zu Weihnachten?«, strapaziere ich die Nerven der Sommerfrischler um mich herum, die sich noch nicht einmal entschieden haben, was sie am Labor Day im September unternehmen. Mit jedem Monat werde ich besessener. Im Oktober etwa erschrecke ich wildfremde Menschen, wenn ich mit meiner schräg gesungenen Version von *Joy to the World* herausplatze. An Halloween gehe ich immer als der Kleine Trommler und ein griesgrämiger zudem, weil die rücksichtslosen Geschäfte noch nicht einmal ihre Weihnachtsdekoration aufgebaut haben. Am 1. November beginnt das Jubelfest des Konsums, und ich freue mich so auf Weihnachten, dass mich die bloße Erwähnung eines gefüllten Strumpfes sexuell erregt.

Anfang Dezember stecke ich in einer tiefen

Weihnachtspsychose, und erst dann erlaube ich mir den Luxus, in einem Tagtraum meine schönste Kindheitserinnerung nachzuerleben: Wir stürmen durch den Schnee, lachen (ha-ha-ha) den ganzen Weg über bis hin zu Omas Haus und entdecken dann dort, dass der geschmückte Baum umgefallen ist und sie unter sich begraben hat. Meine bonbonfarbenen Erinnerungen sind so oft durch meinen geistigen Projektor gelaufen, dass sie schon fast in 3-D sind. Die Schrecksekunde, bis meine Eltern zu ihr stürzten, um sie zu befreien, meine eigene sprachlose Betroffenheit, als ich nicht zu fragen wagte, ob Omis Geschenke für uns Schaden genommen hatten, und der wunderbare, glorreiche Anblick des nun angeknacksten Baumes mit seinen kaputten Kugeln, der mit Mühe wieder in seine eigentliche, anbetungswürdige Stellung gebracht wurde. »O Tannenbaum! O Tannenbaum!«, begann ich in einem wahnsinnigen Anfall kindlicher Hyperventilation aus vollem Hals zu kreischen, bis die stechenden Blicke meiner Eltern, die einen Zug zum Stillstand hätten bringen können, mich verstummen ließen. Nie wieder sollte diese Szene erwähnt werden, und meine Familie tat so, als sei sie nie passiert. Aber ich erinnere mich – mein lieber Scholli, und wie ich mich erinnere!

Wer sich kein fröhliches kleines Weihnachtsfest

bereitet, kann sich genauso gut gleich umbringen. Jede wache Sekunde des Lebens sollte von weihnachtlichem Zwang geprägt sein; Karriere, Liebesgeschichten, Ehen und der ganze Wirrwarr des Alltags müssen diesem Feiertag der Feiertage den Vortritt lassen. Während der 25. Dezember schnell näher kommt, sind die Angst und der Druck, »Glückseligkeit« erleben zu müssen, fester Bestandteil des Rituals. Wer sich nicht die angemessene Stimmung bewahren kann, ist entweder ein dreckiger Kommunist oder muss dringend in psychiatrische Behandlung. Kein Wunder, dass so ein Mensch keine Freunde hat.

Natürlich wurde an Weihnachten angeblich Sie-wissen-schon-wer geboren, aber die wirkliche Heilige Dreieinigkeit sind Gottvater, Sohn und Heiliger Weihnachtsmann. Man sieht in Warenhäusern schließlich niemanden, der als Joseph oder Maria verkleidet ist und die Kinder nach ihren Wünschen fragt, nicht wahr? Seien Sie ehrlich: Krippen zeugen von einem unteren Platz auf der gesellschaftlichen Stufenleiter. Sicher, aus der Kirche nebenan ein Schaf oder einen Weisen zur Dekoration der eigenen Wohnung mitgehen zu lassen ist immer für einen flotten, kleinen Kitzel gut, und man steht am nächsten Tag auch in der Zeitung. Und Madalyn Murray O'Hair (die publicitysüchtige atheistische

Heilige) hat immer eine diebische Freude, wenn sie noch an Heiligabend vor Gericht Erfolg hat mit ihrer Forderung, dass aus der Hauptstadt ihres Bundesstaates alle Weihnachtskrippen entfernt werden sollen. Aber wir wissen doch alle, wer der wahre Gott ist, nicht wahr? Ganz recht, der Allerhöchste, der Weihnachtsmann.

Aber wenn man es sich recht überlegt, ist der Weihnachtsmann persönlich verantwortlich für Heroinabhängigkeit. Unschuldige Kinder werden durch Gehirnwäsche dazu gebracht, diese erste große Lüge, die ihre Eltern ihnen erzählen, zu glauben, und wenn die Wahrheit sie schließlich voll trifft, glauben sie ihnen nie wieder. Alle strengen Warnungen vor den Gefahren von Drogen haben dieselbe Glaubwürdigkeit wie fliegende Rentiere oder dicke Männer im heimischen Kamin. Aber ich liebe den Weihnachtsmann trotzdem: Legenden stehen immer auf wackeligen Füßen. Außerdem ist er ein Segen für die Arbeitslosen. Wo sonst können Säufer und dicke Menschen Aushilfsstellen bekommen? Und wenn Sie Kinderschänder sind – heureka! Der Traumjob: Da können Sie den Kleinen an den Po fassen und vergnügt glucksen, während Sie die ganze Zeit wissen, was *Sie* ihnen gern schenken würden.

Der Weihnachtsmann gilt vielen natürlich als erotische Figur, und für diese glücklichen Genießer ist die Weihnachtszeit ein Festschmaus des rohen Sex. Manche Menschen fahren eben einfach auf einen Kerl in Uniform ab. Einfallsreiche Unternehmer sollten eine Lederbar mit dem Namen »Die Rute« eröffnen, wo dominante Runzelfetischisten sich wie der gute alte Nikolaus anziehen dürften und passive Gerontophile auf allen vieren herumkriechen und als brave Rentiere die Peitsche zu schmecken bekommen könnten. Popper zu inhalieren und nachgemachte Kamine hinunterzusteigen oder Päckchen von dem Herrn im roten Filz zu öffnen, in denen sich Foltergeräte befinden, könnte die sexgetränkte Atmosphäre der ersten S/M-Weihnachtsbar vollenden.

Man könnte es auch auf die großkotzige Tour angehen. Warum haben Bloomingdale's oder Tiffany's es noch nie mit einem Nobelweihnachtsmann versucht? Leichenblass und von Kopf bis Fuß in saloppe Armani-Klamotten gekleidet, könnte dieser immer gutsituierte Nikolaus gelangweilt und elegant auf einem Thron posieren und gelegentlich einem reichen kleinen Balg herablassend gestatten, sich in die *Nähe* seines Schoßes zu setzen, um seine Wünsche dann dünkelhaft abzutun: »Ach, mein Schätzchen, das willst du doch gar nicht *wirklich* haben, nicht wahr?«

Der Weihnachtsmann war immer schon der

definitive Filmstar. Vergessen Sie *White Christmas*, *It's a Wonderful Life* und den übrigen banalen Schrott. Schauen Sie sich die echten Klassiker an: *Silent Night, Bloody Night, Black Christmas* oder *Christmas Evil,* der beste Feiertagsfilm aller Zeiten (»Es wird mit Ihnen Schlitten gefahren«). Dieses wahre Meisterwerk des Films ist in den Kinos nur ein paar Sekunden gelaufen, ist dafür aber jetzt als Video erhältlich, und ohne es ist an den Feiertagen keine Familienfeier vollständig. Der Streifen erzählt die Geschichte eines Mannes, von dem Weihnachten vollkommen Besitz ergreift. Seine Neurose erhebt ihr hässliches Haupt zum ersten Mal, als er Rasierschaum auf sein Gesicht aufträgt, in den Spiegel schaut, einen weißen Bart sieht und sich einbildet, er *sei* der Weihnachtsmann. Er nimmt eine Arbeit in einer Spielzeugfabrik an, beginnt den Nachbarskindern nachzuschnüffeln und sie auszuspionieren, eilt dann nach Hause und trägt fieberhaft Bemerkungen in sein großes rotes Buch ein: »Jimmy war heute ein braver Junge« oder »Peggy war ein ungezogenes kleines Mädchen.« Er zieht sich als Weihnachtsmann an und liegt auf den Dächern auf der Lauer, bereit zum Sprung. Schließlich bleibt er wirklich im Schornstein eines Nachbarhauses stecken und weckt mit seinem Radau die Familie auf. Mama und Papa drehen durch, als sie in ihrem offenen Kamin einen dicken Geisteskranken finden, aber die Kinder frohlocken wie wild. Der Weihnachtsmann hat keine andere Wahl, als diese engherzigen Eltern mit dem rasiermesserscharfen Stern zu töten, der die Spitze ihres Weihnachtsbaumes schmückt. Als er vor der Lynchjustiz der Nachbarn flieht, stehen ihm die Kinder bei und trotzen den erregten Eltern, indem sie einen menschlichen Schutzwall um ihn bilden.

Endlich, bis an die Grenzen der Weihnachtsmannmanie getrieben, springt er in seinen Kleinbus bzw. Schlitten, und der hebt ab und fliegt über den Mond hinweg, während er psychotisch und glücklich gellt: »Los, ihr Rentiere! Los, Dancer! Los, Prancer! Los, Donner und Vixen!« Ich wünschte, ich hätte Kinder. Ich würde sie zwingen, den Film jedes Jahr anzuschauen, und wenn er ihnen nicht gefiele, würden sie bestraft.

Die Weihnachtsvorbereitungen sind das Vorspiel des Weihnachtsfestes, Weihnachtskarten sind selbstverständlich die vornehmste Aufgabe, und Sie *müssen* unbedingt jedem Menschen, den Sie kennengelernt haben, wie flüchtig es auch gewesen sein mag, eine schicken (mit persönlichem, handschriftlichem Text). Falls diese Geste nicht erwidert wird, sprechen Sie nie wieder mit der betreffenden Person. Etwaige Sünder speichern Sie in Ihrem Computer und grollen ihnen ewig: Nehmen Sie nicht einmal an ihrer Beerdigung teil.

Natürlich müssen Sie von *Hand* Ihre eigenen Karten herstellen. »Ich habe gar keine Zeit«, greinen Sie jetzt vielleicht, aber da Weihnachten der einzige Zweck des Lebens ist, *schaffen* Sie sich gefälligst Zeit, Herrschaften. Wir Weihnachtszeloten sind recht anspruchsvoll, was die Mindestanforderungen an Feiertagsbenimm anbelangt. »Aber mir fällt einfach nichts ein…«, ist in der Regel die nächste Ausrede, aber solchen Leuten schneidet man einfach mitten im Satz das Wort ab. Zu Weihnachten ist es ein Leichtes, kreativ zu sein. Einmal hatte ich eine wirklich schnuckelige Idee, die ganz ohne Schwierigkeiten umzusetzen war. Ich kaufte eine billige Dutzendkarte mit Joseph und Maria, die den kleinen Jesus im Arm hat, und setzte Charles Mansons Gesicht auf den heimatlosen Säugling. Auf der Innenseite der Karte verkündete ich: »Er ist geboren.« Alle Welt war begeistert, und manche meinten sogar, dass sie sie aufgehoben haben. (Um das klarzustellen, ich lehne es ab, nach Weihnachten die Karten, die man bekommen hat, Altenpflegeheimen zu stiften. Man sollte meinen, dass die Senioren in ihren vielen Jahren auf Erden Gelegenheit hatten, selbst ein oder zwei Freunde zu gewinnen. Tun Sie es keinesfalls!) Ich sehne mich danach, zum kommenden Fest endlich die Karte zu realisieren, von der ich schon seit Jahren träume. Ich werde darauf in Hausmantel und Hausschuhe gekleidet in einem weihnachtlichen Ambiente à la Rockwell sitzen, meine Geschenke auspacken und im selben Moment bemerken, dass sich das Seidenpapier aus unerklärlichem Grund entzündet hat und die Flammen sich züngelnd in Richtung Baum ausbreiten.

Bei den Weihnachtseinkäufen müssen Sie sich zutiefst verschulden. Die Summe, die Sie ausgeben, muss immer in genauer Korrelation zu der Sympathie stehen, die Sie für den Empfänger empfinden. Meine Liebe für Tante Mary ist etwa 6 Dollar 50 wert; Onkel Jim – nun, wenigstens hat er sich eine neue Zahnprothese machen lassen – 8 Dollar. Wenn bei Ihnen das Weihnachtsfest kommt und wieder geht, ohne dass Sie bankrott sind, tun Sie mir leid – Sie sind ein Mensch, in dem nicht genug Liebe steckt.

Man kann gar nicht genug Geschenke kaufen. Wenn Sie im städtischen Bus zu mir »Entschuldigung« gesagt haben, stehen Sie auf meiner *Geschenkliste*. Ich mache sogar Päckchen für gar nicht existierende Menschen, nur für den Fall, dass mir jemand, den ich kaum kenne, ein Geschenk überreicht und ich nicht darauf vorbereitet bin, diese

Geste zu erwidern. Obwohl ich ganz der Typ bin, der andere auf die Palme bringt, indem er sagt: »Oh, ich habe meine Einkäufe schon vor Monaten erledigt«, während diese in letzter Minute panisch versuchen, sich zu entscheiden, gehe ich auf dem Gipfel der Weihnachtsmanie doch gern in die Geschäfte. Dann ist jedermann grauenhaft gelaunt, und man kann sehen, wie überlastete, unterbezahlte Aushilfskräfte Nervenzusammenbrüche haben. Ich notiere mir immer die Nummern auf ihren Angestelltenplaketten und melde sie wegen Übellaunigkeit.

Falls Sie Krimineller sind, ist Weihnachten für Sie und Ihre Familie eine ganz besondere Zeit. Ladendiebstahl ist einfacher, und die Wagen auf den Parkplätzen sind vollgepackt mit Geschenken für Ihre Kinder. Da die Schecks, die man (als Gabe) für den Postboten und die Müllmänner liegenlassen soll, doch nur geklaut werden, deponiere ich gern kleine Scherzartikel, zum Beispiel Briefbomben. Glücklicherweise wohne ich in einer verkommenen Gegend und brauche mir deshalb keine Sorgen zu machen; die Räuber wohnen alle bei mir im Haus und gehen auf Raubzug in die reichen Stadtteile. Wenn man von der schnellen Truppe ist, kann man die Beute der Diebe klauen, während sie den Wagen entladen. In meinem Stadtteil scheint jedes Kind zu Weihnachten Rollschuhe geschenkt zu bekommen, und es ist Musik in meinen Ohren, wenn ich plötzlich das Dröhnen einer sich nähernden Rollschuhbande höre, deren Mitglieder eine Handtasche, die sie soeben geklaut haben, wie eine heiße Kartoffel zwischen sich hin und her werfen.

Santa Claus Is a Black Man ist mein liebstes Weihnachtslied, aber ich mag auch die Weihnachtsplatte der Chipmunks, *Jingle Bells* von den Barking Dogs und *Frosty the Snowman* von den Ronettes. Wenn Ihr Herz vor Feiertagsfreude so jubiliert, dass Sie es nicht aushalten, rufen Sie doch einfach mal Ihre Freunde an und gehen Sie selbst mit ihnen Weihnachtslieder singen. Besonders wenn Sie alt, drogensüchtig, Alkoholiker oder offensichtlich homosexuell sind und eine Menge weibischer Freunde haben. Ziehen Sie in Rudeln los. Falls Sie schwarz sind, besuchen Sie einen etepeteten weißen Stadtteil. Klingeln Sie, und wenn die Familie, die aussieht wie in *Vater ist der Beste,* die Tür öffnet, legen Sie gemein kreischend mit Ihrem liebsten Weihnachtslied los. Schauen Sie sich die Gesichter der Leute an. Sie können gar nichts machen. Was Sie tun, ist doch nicht verboten. Vielleicht bekommen Sie sogar ein Geschenk.

Sie müssen immer gut vorbereitet sein, falls jemand Sie fragt, was Sie sich zu Weihnachten wünschen. Nennen Sie Markennamen, den Laden, der das Produkt verkauft, und, falls möglich, die genaue Bestellnummer, damit jeder Irrtum ausgeschlossen ist. Seien Sie ganz der Typ, den zu beschenken schier unmöglich ist, sodass man Ihnen kaufen muss, was Sie sich wünschen. Das war meine Wunschliste für 1985: das lange vergriffene Paperback *The India Torture Slaying,* das Filmplakat von *I Hate Your Guts* und ein Abonnement für *Corrections Today,* das Branchenblatt für Gefängnisdirektoren. Fall Sie jemandem Geld schulden, ist jetzt der richtige Zeitpunkt, es zurückzugeben und gleichzeitig auf ein passendes Geschenk hinzuweisen. Wenn Sie als Vorläufer auf ein Geschenk einen Nikolausstrumpf zu erwarten haben, sagen Sie dem Schenker von vornherein, dass Sie für Rasierklingen, Deodorants und den üblichen Kleinkram nichts übrighaben, sondern Strumpffüllungen erwarten, die originell und erlesen sind und einzig und allein zu Ihnen ausgezeichnet passen.

Es ist ein Vorteil, Sammler zu sein, weil so die Weichen für das zu erwartende Geschenk gestellt sind. Seit Jahren beglücken mich Freunde mit dem Spielzeug, das die Konsumentenorganisationen der *Americans for Democratic Action* alljährlich zum »schlechtesten Spielzeug« erklärt, das man seinem Kind zu Weihnachten schenken kann. »Gobbles, die abfallfressende Ziege« stand am Anfang meiner Sammlung. »So eine verrückte, fressende Ziege« stand auf der reizenden Verpackung, und kleingedruckt heißt es: »Inhalt: eine realistische Ziege mit einem Kopf, der sich auf und ab bewegt. Wird komplett mit sieben Stücken künstlichen Abfalls geliefert.« Die Gebrauchsanweisung dieses Spielzeugs von *Kenner Discovery Time* ist unbezahlbar. »Gobbles isst gern Abfall, wenn sie hungrig ist, und sie ist *immer* hungrig. (1) Halte Gobbles Maul am Ziegenbart offen. Stecke ein Stück künstlichen Abfall in ihr Maul und (2) dann betätige den Schwanz, bis der Abfall verschwunden ist.« Am Ende steht eine ominöse Warnung: »Gobbles frisst *nur* den Abfall, der mit dem Spielzeug geliefert wird.« Und noch kleiner gedruckt heißt es: »Falls du mehr Abfall brauchst, schicken wir ihn dir als Serviceleistung direkt. Für vierzehn Stücke Abfall schickst du 1 Dollar (nur gegen Scheck oder Postanweisung; wir bedauern: keine Nachnahme) an: ...« Ich kann Ihnen gar nicht sagen, wie viele Stunden Spaß ich schon mit Gobbles gehabt habe. Manchmal, wenn ich mich sehr langweile, ziehen Gobbles und ich uns nackt aus und spielen.

Im Laufe der Jahre ist meine Sammlung größer geworden. Da gibt es »Das Planschhündchen« (»Du kannst ihm Wasser zu trinken geben und ihn sein Kästchen nass machen lassen, und er gibt dir auch Küsschen«), »Windelbaby«, vor dem die Konsumwachhunde warnten: »Wenn Sie es aus seiner Schachtel nehmen, riecht es, und der Geruch geht nicht weg«, und »Kullertränen-Baby« (»Die Tränen tröpfeln nicht heraus, sondern schießen einen Meter weit«). Natürlich gelüstet es mich immer noch nach dem Gewinner der ersten alljährlich vergebenen Auszeichnung (bevor es mit meiner Kollektion losging) – eine Guillotine für Puppen. »Nimm das, Barbie.« – »Runter mit der Rübe, Betsy Wetsy!«

Es spielt keine Rolle, was Sie von Ihren Geschenken halten; jedes muss postwendend mit einem Dankschreiben beantwortet werden. Die richtigen Worte für den Brief zu finden kann schwierig sein, besonders bei entfernten Verwandten, die einem eine Karte mit zwei jungfräulichen Ein-Dollar-Noten darin schicken. Antworten Sie offen und ehrlich – »Lieber Onkel Walt, danke schön für die 2 Dollar. Ich habe mir davon eine Schachtel Fluppen gekauft und den Rest in einer ganz besonders widerlichen Peep-Show verjubelt. War ganz witzig!« Oder: »Liebe Tante Lulu, ich habe mich schrecklich gefreut über Dein liebes Geschenk in Höhe von 5 Dollar. Ich habe mir schnurstracks ein bisschen PCP gekauft. Leider ist es mir nicht bekommen, und ich habe meine Schwester erstochen, das Haus angezündet und bin in eine Anstalt für unzurechnungsfähige, aber gefährliche Straftäter gebracht worden. Kannst Du mich vielleicht mal besuchen kommen? In Liebe, Dein Neffe.«

Ich veranstalte jedes Jahr eine »Firmenfeier« und lade dazu meine alten Freunde, Geschäftspartner und alle schneidigen Kriminellen ein, die eben erst auf Bewährung entlassen wurden. Ich verstärke alle meine Stühle, da viele meiner Gäste aus irgendeinem Grunde sehr fett sind. Nachdem ein paar antike Stücke zu Bruch gegangen sind, habe ich meine Lektion gelernt. Früher schmiss ich die Party immer Heiligabend, aber viele Gäste beschweren sich über ihren scheußlichen Kater, sodass ich den Termin vorverlegen musste. Jetzt stöhnen und würgen sie nicht mehr am nächsten Tag unter dem Weihnachtsbaum ihrer Eltern, während ihre Geschwister ihnen wegen vorzeitigen Ergusses der Weihnachtsstimmung böse Blicke zuwerfen.

Ich lade für gewöhnlich etwa hundert Personen ein, und die Gäste wissen, dass ich erwarte, dass jedermann allen anderen ein Geschenk mitbringt. Zehntausend Geschenke! Wenn sie um Mitternacht aufgerissen werden, kann man den Weihnachtswahnsinn in voller Blüte erleben. Etwas bringt mich um den Verstand: ungeladene Gäste. Ich habe das Problem jetzt gelöst, indem ich einen Türsteher engagiere, der jedem, der ohne Einladung kommt, seinen Pistolenlauf überzieht, aber früher kamen die Eindringlinge immer durch. Einfach unverschämt! Ausgerechnet an Weihnachten, wenn Visionen von Naschwerk orgiastisch durch mein Gehirn tanzen. Eine brachte sogar einmal ihre Mutter mit – wie rührend. »Raus mit dir!«, fauchte ich wütend, nachdem ich ihr die Flasche Schnaps aus der Hand gerissen hatte, von der sie fälschlicherweise annahm, dass sie ihr (*und* ihrer gottverdammten Mutter) Einlass verschaffen würde.

In einem Zimmer führe ich immer einen Film vor: *Wedding Trough* (über einen Mann, der sich in ein Schwein verliebt und es dann isst) oder *Kitten With a Whip* (mit Ann-Margret und John Forsythe) oder *What Sex Am I?* (eine medizinische Dokumentation über Geschlechtsumwandlung). Wenn es schließlich für die Gäste an der Zeit ist, zu verschwinden, gehe ich unmissverständlich zu Bett und schlafe; dann wissen sie, dass sie lieber nach Hause gehen sollten, weil der Weihnachtsmann unterwegs ist.

Der Weihnachtstag ist wie ein endloser Orgasmus. Glückseligkeit und gute Laune sollten in Ihren Adern pulsieren. Wenn Sie Eierflip picheln, Truthahn futtern und im Familienkreis wie rasend Geschenke aufreißen, müssen Sie zwischendurch eine

Pause einlegen, um das Gefühl des inneren Friedens zu genießen. Sobald erst einmal alles vorbei ist, können Sie zusammenklappen.

Dann ist der richtige Zeitpunkt für Ihren Selbstmord, falls Sie dazu neigen. Alle Arten von Neurosen sind erlaubt. Depressionen und das Gefühl, dass alles irgendwie nicht gut genug war, sind zu erwarten. Es gibt nichts zu tun! In einen schlechten Film gehen? Zwischen Weihnachten und dem 1. Januar kann man nicht aus dem Haus gehen, weil alles so unsicher ist; die Schnellstraßen des Landes wimmeln von Betrunkenen, die Dampf ablassen und panisch versuchen, von ihren Familien wegzukommen. Geschenke umzutauschen ist nicht nur unverschämt, sondern auch psychologisch gefährlich – wenn Sie nicht vorsichtig sind, bekommen Sie dabei vielleicht den Abschaum der Erde zu sehen, nämlich knickerige Kreaturen, die im Weihnachtsausverkauf Einkäufe tätigen, um ein paar Kröten zu sparen. Auf was kann man sich freuen? Auf den 1. Januar (den Neujahrstag), auf das Fest der Beschneidung Christi, den vielleicht unappetitlichsten hohen Feiertag der katholischen Kirche? Auf die Beseitigung des schmutzigen, abgestorbenen, teuren Weihnachtsbaumes vielleicht, der plötzlich der Jahreszeit nicht mehr angemessen ist und nur noch eine Brandgefahr darstellt? Es gibt nur ein Entkommen von der nachweihnachtlichen Depression – der Gedanke, dass es in vier kurzen Wochen wieder Zeit ist, von vorn anzufangen. Was schenken Sie mir?

O. Henry

Die Weihnachtsansprache

Es gibt keine Weihnachtsgeschichten mehr. Die Phantasie ist erschöpft; und Zeitungsnotizen, die zweitbeste Quelle, werden von klugen, jungen Journalisten geschrieben, die frühzeitig geheiratet haben und mit einer pessimistischen Lebensauffassung kokettieren. Deshalb bleiben uns für die Zerstreuung an Festtagen zwei sehr fragwürdige Quellen – Tatsachen und Philosophie. Wir werden beginnen mit – nun: der Name tut nichts zur Sache.

Kinder sind verteufelte kleine Geschöpfe, und wir müssen mit ihnen in verwirrend vielen Situationen fertig werden. Besonders wenn sie von kindlichem Schmerz überwältig werden, stehen wir am Ende unserer Kunst. Wir erschöpfen unseren armseligen Vorrat an Trost und beschwindeln dann die schluchzenden Geschöpfe, bis sie einschlafen. Danach wühlen wir im Staub von Millionen Jahren und fragen Gott, warum. So versuchen wir das Pferd von hinten aufzuzäumen. Was die Kinder betrifft, so werden sie nur von alten Kindermädchen, Buckligen und

Schäferhunden verstanden. Jetzt komme ich zu den Tatsachen des Falles der Stoffpuppe, des Landstreichers und des fünfundzwanzigsten Dezembers.

Am Zehnten dieses Monats verlor das Kind des Millionärs seine Stoffpuppe. Zahlreiche Diener lebten in dem Millionärspalast am Hudson, und sie alle durchsuchten das Haus und das Grundstück, ohne aber den verlorenen Schatz zu finden. Das Kind, ein fünfjähriges Mädchen, war eines dieser verdrehten kleinen Biester, die oft die Gefühle ihrer reichen Eltern verletzen, weil sie ihre Zuneigung einem gewöhnlichen, billigen Spielzeug schenken anstatt brillantenbesetzten Autos und Ponywagen.

Das Kind trauerte tief und echt, was dem Millionär völlig unverständlich war, da ihn die Stoffpuppenindustrie ebenso wenig wie eine Benzinmarke aus Massachusetts interessierte; und was die Dame des Hauses, die Mutter des Kindes, betraf, so bestand sie nur aus guten Manieren – das heißt, beinahe nur aus guten Manieren, wie Sie sehen werden.

Das Kind weinte untröstlich, bekam tiefliegende Augen und X-Beine, wurde dürr und auch sonst sehr schwierig. Der Millionär lächelte und tastete vertrauensvoll seinen Geldschrank ab. Die Spitzenerzeugnisse der französischen und deutschen Spielwarenindustrie wurden von Spezialboten an den Millionär geliefert; aber Rachel war weit entfernt davon, sich beruhigen zu lassen. Sie weinte ihrer Stoffpuppe nach und umgab sich gegen allen ausländischen Unsinn mit einer hohen Schutzmauer. Dann wurden Ärzte mit feinsten Krankenbesuchsmanieren und Stoppuhren zu Rate gezogen. Einer nach dem anderen hielt nutzlose Vorträge über eisenhaltiges Peptomanganat, über Seereisen und Hypophosphite, bis ihnen ihre Stoppuhr zeigte, dass die zu stellende Rechnung ihr Mindestsoll erreicht hatte. Da sie Männer waren, empfahlen sie das Auffinden der Stoffpuppe und möglichst schnelle Rückgabe an die trauernde Mutter. Das Kind rümpfte die Nase über die Mediziner, lutschte am Daumen und jammerte nach seiner Betsy. Dauernd kamen Telegramme vom Weihnachtsmann, in denen stand, dass er bald eintreffen werde und allen empfehle, eine wahre Weihnachtsstimmung aufkommen zu lassen und sich wenigstens eine Zeitlang nicht mit Spielsälen, Versicherungspolicen und Aufrüstung zu befassen, damit man ihn gebührend empfangen könne. Überall begann sich Weihnachtsstimmung auszubreiten. Die Banken gaben keine Kredite, die Pfandleiher hatten ihre Angestelltenzahl verdoppelt, auf den Straßen zerstießen sich die Leute gegenseitig mit roten Schlitten die Schienbeine, auf den Schanktischen brodelten die heißen

Getränke, während man, in die Menge eingekeilt, auf einem Fuß stehend wartete, in den Schaufenstern hingen die Stechpalmenkränze der Gastfreundschaft, und die Leute holten ihre Pelze hervor, wenn sie welche besaßen. Man wusste gar nicht, was für Kugeln man nehmen sollte: Christbaum-, Motten- oder Marzipankugeln. Es war nicht der richtige Zeitpunkt, die heißgeliebte Stoffpuppe zu verlieren.

Wenn man Sherlock Holmes hinzugezogen hätte, um das geheimnisvolle Verschwinden aufzuklären, dann wäre ihm sehr bald im Zimmer des Millionärs ein Bild *Der Vampir* aufgefallen. Daraus hätte er sehr schnell einen seiner berühmten Schlüsse gezogen. »Ein Stück Stoff, Knochen und eine Haarsträhne.« Flip, der Scotchterrier, nach der Stoffpuppe der liebste Spielgefährte des Kindes, sprang durch die Zimmer. Die Haarsträhne! Aha! Gesucht ist x, x ist die Stoffpuppe. Aber der Knochen? Na ja, wenn Hunde Knochen finden, tragen sie – das ist die Lösung! Es war ein einfacher und erfolgreicher Einfall, Flips Vorderpfoten zu untersuchen. Sehen Sie, Watson! Erde – getrocknete Erde zwischen den Krallen. Natürlich, der Hund – aber Sherlock war nicht hier. Deshalb kam niemand auf diesen Gedanken. Ortskenntnis und Architektur müssen jetzt zu Hilfe kommen.

Der Palast des Millionärs hatte fürstliche Ausmaße. Vor dem Haus lag ein Rasenteppich, so kurz geschnitten wie der zwei Tage alte Bart eines Südirländers. An einer Seite des Hauses stand eine beschnittene Heckenlaube, außerdem lagen dort die Garagen und Ställe. Der kleine Scotch hatte die Stoffpuppe aus dem Kinderzimmer entführt, sie zu einer Ecke des Rasens geschleift und sie wie ein unordentlicher Leichengräber in ein Loch verscharrt. Jetzt haben Sie das Geheimnis gelöst und brauchen keine Schecks für medizinischen Zauber auszuschreiben oder lange, unnütze Gespräche mit Polizeiwachtmeistern zu führen. Aber lasst uns jetzt zu dem Kernpunkt der Sache kommen, ungeduldige Leser – dem weihnachtlichen Kernpunkt.

Fuzzy war betrunken – nicht lärmend, hilflos oder geschwätzig, wie es Ihnen oder mir vielleicht in so einem Falle geht, sondern still, gemessen und harmlos, wie ein Gentleman, den das Glück verlassen hat.

Fuzzy war vom Unglück verfolgt. Die Landstraße, der Heuschober, die Bank im Park, die Küchentüre, der Rundgang nach einem Bett mit Duschzwang im Obdachlosenasyl, kleine Diebereien, die mangelnde Freigebigkeit in den großen Städten – das alles waren die Stationen seines Lebens.

Fuzzy ging die Straße zum Fluss hinunter, die

an dem Haus und dem Grundstück des Millionärs entlangführte. Er sah ein Bein von Betsy, der verlorenen Stoffpuppe, das aus ihrem unwürdigen Grab an der Ecke des Zaunes wie der Zeuge eines geheimnisvollen Liliputanermordfalles hervorragte. Er zog die misshandelte Puppe hervor, klemmte sie unter den Arm und setzte seinen Weg fort, wobei er ein Landstreicherlied brummte, das nicht für die Ohren einer Puppe bestimmt war, die aus einem wohlbehüteten Haus stammte. Wie gut für Betsy, dass sie keine Ohren hatte! Und gut, dass sie auch keine Augen hatte, außer runden schwarzen Flecken; denn Fuzzy und der Scotchterrier glichen sich wie Brüder, und kein Herz einer Stoffpuppe hätte es zum zweiten Mal ertragen, die Beute solcher furchterregender Ungeheuer zu werden.

Wahrscheinlich werden Sie nie in diese Gegend kommen, aber am Flussufer in der Nähe der Straße, die Fuzzy hinunterging, lag Grogans Kneipe. Bei Grogan herrschte bereits eine ausgelassene Weihnachtsstimmung.

Fuzzy trat mit seiner Puppe ein. Er fragte sich, ob er nicht als Possenreißer bei einem Trinkgelage ein paar Tropfen aus dem Humpen erben könne.

Er setzte Betsy auf den Bartisch, unterhielt sich laut und witzig mit ihr und schmückte seine Rede mit übertriebenen Komplimenten und Zärtlichkeiten, wie einer, der seine Freundin unterhält. Den herumstehenden Landstreichern und Säufern gefiel die Posse, und sie brüllten vor Lachen. Der Barkellner gab Fuzzy etwas zu trinken. Oh, viele von uns tragen eine Stoffpuppe mit sich.

»Einen für die Dame?«, schlug Fuzzy etwas frech vor und schüttete sich einen weiteren Lohn für seine Darbietung hinter die Binde.

Er erkannte Betsys Möglichkeiten. Der erste Abend war ein voller Erfolg. Visionen einer Gastspieltournee stiegen in ihm auf.

In einer Gruppe am Ofen saßen ›Pigeon‹ McCarthy, Black Riley und ›Einohr‹ Mike, berühmt und berüchtigt in dem rauhen Armenviertel, das wie ein schwarzer Fleck das linke Flussufer verunzierte. Sie tauschten eine Zeitung untereinander aus. Die Anzeige, auf die jeder mit seinem plumpen Zeigefinger deutete, trug die Überschrift: »Hundert Dollar Belohnung«. Um sie zu erlangen, musste man eine verlorene Stoffpuppe zurückbringen, die in dem Haus des Millionärs verlorengegangen oder gestohlen worden war. Es schien, als tobte der Schmerz noch immer unvermindert in der Brust des allzu anhänglichen Kindes. Flip, der Scotchterrier, machte Kapriolen und schüttelte seinen komischen Schnurrbart vor ihr, aber er konnte sie nicht zerstreuen. Sie suchte weinend in den Gesichtern der laufenden, sprechenden, mamaschreienden und augenschließenden französischen Puppen nach ihrer Betsy. Das Inserat war die letzte Rettung. Black Riley kam hinter dem Ofen hervor und schlenderte geradewegs auf Fuzzy zu.

Der weihnachtliche Possenreißer, vom Erfolg geschwellt, hatte Betsy wieder unter den Arm geklemmt und wollte gerade weggehen, um seine Stegreifvorstellung woanders zu geben.

»Hör mal, Strolch«, sagte Black Riley, »wo hast du diese Puppe geklemmt?«

»Die Puppe?«, fragte Fuzzy und berührte Betsy mit dem Zeigefinger, als wolle er sichergehen, dass sich die Frage auf Betsy bezog. »Wieso? Diese Puppe hat mir der Kaiser von Belutschistan geschenkt. In meiner Heimat in Newport habe ich siebenhundert Puppen. Diese Puppe –«

»Lass diesen Quatsch«, sagte Riley. »Die hast du organisiert oder gefunden, da oben in dem Haus, wo – aber das is egal. Ich biete dir fünfzig Cents für den Lumpen, aber nimm's schnell. Das Kind meines Bruders zu Hause möchte vielleicht damit spielen. Also – was is?«

Er zog die Münze hervor.

Fuzzy lachte ihm eine gurgelnde, unverschämte Schnapsfahne ins Gesicht. Gehen Sie in das Büro von Sarah Bernhardts Manager und bitten Sie ihn, dass sie an einem Abend anstatt im Theater in der Volkshochschule und dem literarischen Zirkel einer Kleinstadt auftreten möchte. Sie würden genau so ein Lachen zu hören bekommen.

Black Riley schätzte Fuzzy schnell mit seinen Heidelbeeraugen ab, wie es Ringkämpfer zu tun pflegen. In seiner Hand zuckte es, ihm einen Doppelnelson anzusetzen und die Stoffpuppe Betsy dem improvisierten Hanswurst zu entwinden, der, ohne es zu wissen, einen Engel mit sich führte. Aber er hielt sich zurück. Fuzzy war wohlgenährt, kräftig und groß. Ein acht Zentimeter dicker, wohlgenährter Schmerbauch, nur mit schmutzigem Leinen gegen die winterliche Luft geschützt, füllte seine Weste und die Hose. Zahlreiche kleine Querfalten an seinen Jackenärmeln und an den Knien bürgten für die Qualität seiner Knochen und Muskeln. Seine kleinen, blauen Augen, voller Selbstlosigkeit und Schnapsseligkeit, blickten freundlich und ohne Verlegenheit. Er hatte einen Schnurrbart, trank gern Whisky und war gut im Fleisch. Deshalb zögerte Black Riley.

»Was willste denn dafür?«, fragte er. – »Für Geld«, sagte Fuzzy mit heiserer Entschlossenheit, »is sie gar nich zu hab'n.«

Er war bereits von den ersten süßen Triumphgefühlen eines Künstlers berauscht. Eine blassblaue, erdverschmierte Stoffpuppe vor sich auf der Theke, mit der man eine Unterhaltung vorführte, wobei das Herz mit dem ersten lauten Beifall höher schlug und seine Kehle von den ihr zur Ehre gestifteten Getränken brannte – konnte man ihm seine Leistungen mit einer solchen lächerlichen Münze bezahlen? Wie Sie bemerkt haben werden, hatte Fuzzy Temperament.

Fuzzy ging mit der Haltung eines dressierten Seelöwen hinaus, um sich auf die Suche nach weiteren Cafés zu begeben.

Obwohl die Dämmerung noch kaum zu spüren war, flammten überall in der Stadt Lichter auf, wie Maiskörner, die in einem tiefen Tiegel aufplatzten. Der ungeduldig erwartete Heilige Abend blinzelte bereits durch das Schlüsselloch. Millionen hatten sich für die Feier vorbereitet. Die Städte standen vor Freude Kopf. Auch Sie persönlich werden bereits Weihnachtschoräle gehört und sich einen Magenbitter bestellt haben.

›Pigeon‹ McCarthy, Black Riley und ›Einohr‹ Mike hielten vor Grogans Kneipe einen kurzen Kriegsrat. Sie waren schmalbrüstige, blasse Bürschchen, die den offenen Kampf scheuten, aber in ihrer Kriegsführung gefährlicher als die blutrünstigen Türken. In einer offenen Schlacht hätte Fuzzy alle drei aufgefressen. In einem heimtückischen Kampf war er von vornherein zum Untergang verdammt.

Gerade als er Costigans Kasino betreten wollte,

überholten sie ihn. Sie hielten ihn zurück und schoben ihm die Zeitung unter die Nase. Fuzzy konnte lesen – und mehr als das.

»Jungens«, sagte er, »ihr seid wirklich verdammt gute Freunde. Gebt mir eine Woche zum Überlegen.«

Die Seele eines wahren Künstlers wird nur mit Mühe zum Schweigen gebracht.

Die Kerle wiesen darauf hin, dass Anzeigen ruchlos seien und die Versprechungen des heutigen Tages morgen ungültig sein könnten.

»Ein glatter Hunderter«, sagte Fuzzy gedankenverloren.

»Jungens«, sagte er, »ihr seid wahre Freunde. Ich werde hingehen und die Belohnung einkassieren. Der Schauspieler ist nicht mehr so gefragt wie früher.«

Allmählich wurde es Nacht. Die drei blieben an seiner Seite bis zum Fuße des Hügels, auf dem das Haus des Millionärs stand. Hier wandte sich Fuzzy brüsk den dreien zu.

»Ihr seid nichts weiter als eine Meute blassgesichtiger Spürhunde«, brüllte er. »Haut ab!«

Sie hauten ab, aber nur ein kurzes Stück.

In ›Pigeon‹ McCarthys Tasche befand sich ein zweieinhalb Zentimeter dicker und zwanzig Zentimeter langer Gummischlauch. Im unteren Ende und in der Mitte steckte je eine Bleikugel, und die Hälfte des Schlauches war mit Zink angefüllt. Als geborener Rohling besaß Riley einen Schlagring. ›Einohr‹ Mike verließ sich ebenfalls auf ein paar Schlagringe – ein altes Erbstück der Familie.

»Warum selber hingehen und sich abschleppen«, sagte Black Riley, »wenn ein anderer es für einen tut? Er soll's uns bringen. He – was?«

»Wir könnten ihn in 'n Fluss schmeißen«, sagte ›Pigeon‹ McCarthy, »mit einem Stein an den Füßen.«

»Ihr langweilt mich«, sagte ›Einohr‹ Mike traurig. »Werdet ihr denn nie mit der Zeit gehen? Wir werden ihn mit etwas Benzin bespritzen und mitten auf die Straße legen – nicht wahr?«

Fuzzy betrat das Millionärsgrundstück und zickzackte auf die schwach erleuchtete Eingangstür des Hauses zu. Die drei Wichte kamen auf das Tor zu und postierten sich je einer rechts und links des Tores und der dritte auf der anderen Straßenseite. Voller Vertrauen hielten sie das kalte Metall und den Gummi umklammert.

Fuzzy läutete mit einem törichten und verträumten Lächeln. In Erinnerung an seine Vorväter griff er instinktiv nach dem Knopf seines rechten Handschuhs. Aber er trug keine Handschuhe; deshalb ließ er erstaunt die linke Hand wieder fallen.

Der Diener, der speziell dafür da war, dass er die Tür für Seide und Spitzen öffnete, fuhr bei Fuzzys Anblick zuerst zurück. Aber dann gewahrte er Fuzzys Pass, seine Zulassungskarte, die Gewissheit, willkommen zu sein – durch die verlorene Stoffpuppe der Tochter des Hauses, die unter seinem Arm hervorbaumelte.

Fuzzy durfte in die große Diele eintreten, die von indirektem Licht schwach beleuchtet war. Der Diener entfernte sich und kam mit einem Mädchen und dem Kind zurück. Die Puppe wurde der Trauernden zurückgegeben. Sie drückte ihren verlorenen Liebling an die Brust; und dann, in dem unberechenbaren Egoismus und der Ehrlichkeit eines Kindes, stampfte sie mit dem Fuß auf und überschüttete das abstoßende Wesen, das sie aus der Tiefe ihres Kummers und ihrer Verzweiflung errettet hatte, mit weinerlichem Hass und mit Furcht. Fuzzy versuchte mit einem blöden Lächeln und dummem Kleinkindergeschwätz, das angeblich den erwachenden Verstand des Kindes erfreuen soll, die Gunst der Kleinen zu gewinnen. Das Kind plärrte, drückte ihre Betsy fest an sich und wurde entfernt.

Dann kam der Sekretär, ein blasser, vornehmer, geschniegelter Herr in Pumps, angeschwebt, der Pomp und Zeremonie liebte. Er zählte Fuzzy zehn Zehndollarscheine in die Hand; dann fiel sein Blick auf die Türe, von da auf James, den Türhüter, und schließlich auf den verachtungswürdigen Empfänger der Belohnung, worauf er seinen Pumps gestattete, ihn wieder in die Regionen seines Sekretariats zu tragen.

Jetzt übernahm James das Kommando mit seinen Augen und wischte Fuzzy sozusagen bis zur Türe.

Als das Geld Fuzzys schmutzige Handfläche berührt hatte, war sein erster Impuls gewesen, augenblicklich abzuhauen; aber eine weitere Überlegung hatte ihn von diesem Verstoß gegen die Etikette abgehalten. Es gehörte ihm; man hatte es ihm überreicht. Es – oh, was für ein Paradies zauberte das Geld vor seinen Augen hervor! Er war bis an das Ende der Leiter getaumelt; er war hungrig, ohne ein Zuhause, ohne Freunde, zerlumpt, ihn fror, und er wurde hin und her gestoßen; und jetzt hielt er in seiner Hand den Schlüssel zu dem Paradies, in dem Milch und Honig fließt und nach dem er sich so gesehnt hatte. Die Zauberpuppe hatte in ihrer Lumpenhand einen Zauberstab geschwungen; und jetzt, wo immer er auch hingehen mochte, standen die fröhlichen Paläste mit den glitzernden Fußleisten und den anziehenden Flüssigkeiten in funkelnden Gläsern für ihn offen.

Er folgte James zur Türe.

Hier blieb er stehen, während der Livrierte das

schwere Mahagoniportal öffnete, um ihn in die Vorhalle hinauszulassen.

Hinter dem schmiedeeisernen Gitter auf der dunklen Straße schlenderten Black Riley und seine beiden Kumpane beiläufig auf und ab, während sie in ihren Taschen mit den unvermeidlich tödlichen Waffen spielten, mit deren Hilfe sie sich die Lumpenpuppenbelohnung verschaffen wollten.

Fuzzy hielt an der Eingangstür des Millionärs an und dachte nach. Wie junge Triebe an einem abgestorbenen Mistelzweig begannen bestimmte lebendige törichte Gedanken und Erinnerungen in seinem verwirrten Verstand zu sprießen. Wissen Sie, er war ziemlich betrunken, und die Gegenwart begann sich zu verflüchtigen. Diese Kränze und Girlanden aus Stechpalmen mit den roten Beeren, die die große Diele so fröhlich machten – wo hatte er diese Dinge nur schon einmal gesehen? Irgendwo hatte er auch polierte Fußböden und den Duft frischer Blumen mitten im Winter gekannt, und – irgendjemand im Haus sang ein Lied, das er seiner Meinung nach schon einmal früher gehört hatte. Jemand sang und spielte Harfe. Natürlich, es war Weihnachten – Fuzzy sagte sich, dass er sehr betrunken gewesen sein musste, um das zu überhören.

Dann verließ er die Gegenwart, und aus einer unmöglichen, entschwundenen und unwiederbringlichen Vergangenheit tauchte ein kleiner, schneeweißer, durchscheinender, vergessener Geist auf – der Geist des *noblesse oblige*. Jeder Gentleman hatte gewisse Verpflichtungen.

James öffnete die Außentür. Ein Lichtschein flutete über den Kiesweg bis zum Eisentor. Das sahen Black Riley, McCarthy und »Einohr« Mike und schlossen ihre finstere Absperrkette dichter um das Tor.

Mit einer gebieterischen Gebärde, wie sie James' Herr anwandte, gebot Fuzzy dem Diener, die Tür zu schließen. Jeder Gentleman hat Verpflichtungen. Besonders zu Weihnachten.

»Es ist ein alter Brauch«, sagte er zu dem verwirrten James, »dass ein Gentleman, der am Heiligen Abend einen Besuch macht, mit der Hausfrau die Glückwünsche zum Fest auswechselt. V'stehn Sie? Ich rühre mich nicht von der Stelle, bevor ich nicht der Hausfrau die Wünsche zum Fest überbracht habe. V'stehn Sie?«

Sie fingen zu streiten an. James verlor. Fuzzy erhob seine Stimme, und es schallte unfreundlich durch das Haus. Ich sagte nicht, dass er ein Gentleman sei. Er war nur ein Landstreicher, über den ein Geist gekommen war.

Eine echte Silberglocke ertönte. James verschwand, um dem Ruf der Glocke zu folgen, und ließ Fuzzy allein in der Halle zurück. Irgendwo erklärte James jemandem etwas.

Dann kam er wieder und geleitete Fuzzy in die Bibliothek.

Einen Augenblick später trat die Dame des Hauses ein. Sie war schöner und verklärter als jedes Bild, das Fuzzy jemals gesehen hatte. Sie lächelte und sagte etwas von einer Puppe. Fuzzy verstand nichts; er konnte sich an keine Puppe erinnern.

Ein Diener brachte auf einem gehämmerten, echten Silbertablett zwei kleine Gläser mit funkelndem Wein. Die Dame nahm eins der Gläser. Das andere wurde Fuzzy gereicht.

Als sich seine Finger um den schlanken Stiel schlossen, verschwand seine Verwirrung für einen Augenblick. Er richtete sich auf; und die Zeit, zu den meisten von uns unfreundlich, drehte sich zurück, um Fuzzy einen Gefallen zu erweisen.

Vergessene Geister aus der Weihnachtszeit, weißer als der falsche Bart des meist fülligen Knechts Ruprecht, neigten sich die Alkoholdünste von Grogans Whisky herein. Was hatte der Herrensitz des Millionärs mit einer getäfelten Halle in Virginia zu tun, wo sich die Reiter um eine silberne Punschschale versammelten, um den uralten Trinkspruch des Hauses zu sagen? Und wieso sollte das Hufgeklapper eines Droschkengauls auf der gefrorenen

Straße mit dem Gestampfe der gesattelten Renner unter dem Schutzdach einer westlichen Veranda in irgendeiner Verbindung stehen? Und was hatte überhaupt Fuzzy mit diesen Sachen zu tun?

Als ihn die Dame über das Glas hinweg anschaute, verschwand ihr herablassendes Lächeln wie ein künstlicher Sonnenuntergang. Ihre Augen wurden ernst. Sie sah etwas unter den Lumpen und dem Scotchterrierbart, was sie nicht verstand. Aber das machte nichts.

Fuzzy erhob sein Glas und lächelte leer.

»Ver-, Verzeihung, meine Dame«, sagte er, »aber konnte nich weggehn, bevor ich nicht Glückwünsche zum Fest der Dame d's Hauses überbracht hab'. Is gegn Prinzipien eines Gentl'man so su handln.«

Und dann begann er mit der uralten Grußformel, die zu der Tradition eines Hauses gehört hatte, als die Herren noch Spitzenkrausen und Puderperücken trugen.

»Der Segen des neuen Jahres –«

Das Gedächtnis ließ Fuzzy im Stich. Die Dame sprang ein: »– komme über dieses Herz.«

»– der Gast –«, stammelte Fuzzy.

»– und über sie, die –«, fuhr die Dame fort und lächelte aufmunternd.

»Oh, hören Sie auf«, sagte Fuzzy ungezogen.

»Ich kann mich nicht mehr erinnern. Sehr zum Wohle.«

Fuzzy hatte seinen Pfeil verschossen. Sie tranken. Die Dame hatte wieder das Lächeln ihrer Gesellschaft aufgesetzt. James nahm Fuzzy wieder in seine Obhut und begleitete ihn zur Eingangstür zurück. Noch immer tönte die Harfenmusik durch das Haus.

Draußen blies Black Riley in seine kalten Hände und umarmte das Gittertor.

»Ich möchte gern wissen«, sagte die Dame nachdenklich, »wer – aber es ist schon so vielen so gegangen. Ob die Erinnerung für sie ein Fluch oder ein Segen ist, wenn sie so tief gefallen sind?«

Fuzzy war mit seiner Eskorte fast an der Tür. Die Dame rief: »James!«

James marschierte unterwürfig zurück und ließ Fuzzy unsicher wartend zurück, unsicher, da ihn der kurze Funken einer göttlichen Eingebung wieder verlassen hatte.

Draußen vertrat sich Black Riley seine kalten Füße und umklammerte den Gummischlauch mit festerem Griff.

»Sie werden diesen Gentleman hinunterbegleiten«, sagte die Dame. »Dann sagen Sie Louis, er soll den Mercedes vorfahren und diesen Herrn hinbringen, wohin immer er wünscht.«

Ray Bradbury

Der Wunsch

Draußen, vorm kalten Fenster, tuschelte der Schnee. Ein Wind aus dem Nirgendwo ließ das mächtige Haus ächzen.

»Was?«, fragte ich.

»Ich habe nichts gesagt.« Charlie Simmons stand hinter mir am Kamin und schüttete leise Popcorn in ein riesiges Metallsieb. »Kein Wort.«

»Verdammt noch mal, Charlie, ich hab dich doch gehört…«

Verwirrt sah ich zu, wie der Schnee auf ferne Straßen und kahle Äcker fiel. Es war so recht eine Nacht für Gespenster in weißen Gewändern, die am Fenster erscheinen und wieder verschwinden.

»Du bildest dir was ein«, sagte Charlie.

Tue ich das?, dachte ich. Hat denn das Wetter Stimmen? Gibt es eine Sprache der Nacht und der Zeit und des Schnees? Was passiert zwischen der Finsternis dort draußen und meiner Seele hier drinnen?

Denn dort im Dunkel schien just in diesem

Moment, ungeleitet vom Schein des Mondes oder einer Laterne, ein riesiger unsichtbarer Taubenschwarm zu landen.

Und war es wirklich der Schnee, der da draußen tuschelte, oder war es die Vergangenheit, eine Wehe von altvertrauten Nöten und Sorgen, die sich zu Ängsten aufgetürmt hatten und nun endlich einen Ausdruck fanden?

»Gott, Charles. Gerade eben, ich könnte schwören, dass du gesagt hast...«

»Was soll ich gesagt haben?«

»Du hast gesagt: ›Wünsch dir etwas.‹«

»Das soll ich gesagt haben?«

Ich hörte sein Gelächter hinter mir, doch ich drehte mich nicht um. Ich schaute weiter in den fallenden Schnee und sagte ihm, was ich sagen musste: »Du hast gesagt: ›Heute ist eine besondere Nacht, eine gute, eine denkwürdige Nacht. Und darum musst du dir das Beste, Teuerste, Denkwürdigste wünschen, was du dir je im Leben gewünscht hast, aus tiefstem Herzen, und es wird dir gewährt werden.‹ Das hab ich dich sagen hören.«

»Nein.« Im Fensterglas sah ich, wie sein Spiegelbild den Kopf schüttelte. »Aber Tom, du stehst seit einer halben Stunde da und bist wie gebannt von dem Schnee. Das war das Feuer im Herd, das da gesprochen hat. Wünsche werden nicht wahr, Tom.

Aber...«, und hier hielt er inne und fügte dann einigermaßen verwundert hinzu: »Großer Gott, du hast tatsächlich etwas gehört, nicht wahr? Da. Trink.«

Das Popcorn war fertig. Er goss Wein ein, den ich nicht anrührte. Unaufhörlich fiel vorm dunklen Fenster in fahlen Schwaden der Schnee.

»Warum?«, fragte ich. »Warum sollte mir dieser Wunsch in den Sinn gekommen sein? Wenn du es nicht warst, was war es dann?«

Ja, in der Tat, was, dachte ich; was war dort draußen, und wer sind wir? Zwei Schriftsteller, spät, allein, mein Freund, mein Gast für diese Nacht, zwei alte Gefährten, die es gewohnt sind, viel über Gespenster zu reden und zu schwatzen, die mit den Jahren den ganzen gängigen spiritistischen Krimskrams durchprobiert haben: Alphabettafeln, Tarotkarten, Telepathie, den ganzen Plunder einer vertrauten Freundschaft, wenngleich allemal begleitet von Spötteleien, Witzen und lässigen Späßen.

Aber bei dem, was heute Nacht dort draußen los ist, dachte ich, da hört der Spaß auf, da vergeht einem das Lachen...

»Warum?«, sagte Charlie, der jetzt neben mir stand und Wein trank und bald die rot-grün-blauen Lichter am Weihnachtsbaum, bald meinen Nacken betrachtete. »Warum ein Wunsch in einer Nacht wie dieser? Nun, es ist die Nacht vor Weihnachten, nicht wahr? Noch fünf Minuten, dann ist Christus geboren. Christi Geburt und die Wintersonnenwende, beides in einer Woche. Diese Woche, diese Nacht, sie sind der Beweis dafür, dass die Erde nicht untergehen wird. Der Winter ist am Grunde angelangt, und nun geht es wieder aufwärts, dem Licht entgegen. Das ist doch etwas Besonderes. Das ist unglaublich.«

»Ja«, murmelte ich und dachte an die alten Zeiten, als den Höhlenmenschen das Herz stehenblieb, wenn der Herbst kam und die Sonne fortging, und als die Affenmenschen so lange schrien, bis die Welt sich herumdrehte in ihrem weißen Schlaf und die Sonne eines schönen Morgens früher aufstand und das Universum wieder einmal gerettet war, für eine kleine Weile. »Ja.«

»Na also...« Charlie hatte meine Gedanken erraten; er nippte an seinem Weinglas. »Christus ist von jeher die Verheißung des Frühlings, oder nicht? Ausgerechnet in der längsten Nacht des Jahres hat die Zeit sich geschüttelt, und die Erde ist erschaudert und hat einen Mythos geboren. Und was hat der Mythos gekreischt? ›Prosit Neujahr!‹ Gott, ja, Neujahr ist nicht der erste Januar. Neujahr ist der Geburtstag von Jesus Christus. Sein Atem steigt uns in die Nase, lieblich wie Klee, und verheißt uns den Frühling, just in diesem Augenblick vor Mitternacht. Du musst tief einatmen, Thomas.«

»Halt den Mund!«

»Warum denn? Hörst du schon wieder Stimmen?«

Ja! Ich drehte mich um zum Fenster. In sechzig Sekunden brach der Tag der Geburt des Herrn an. Gibt es eine Stunde, die reiner, die einzigartiger wäre, dachte ich versonnen, um sich etwas zu wünschen?

»Tom...« Charlie packte mich am Ellbogen. Aber ich war weit fort und in der Tat sehr versonnen. Ist das eine besondere Zeit?, dachte ich. Wandeln in Nächten, da der Schnee fällt, heilige Geister umher und erweisen uns Gefälligkeiten in dieser Stunde, die uns so denkwürdig scheint? Wenn ich mir heimlich etwas wünsche, wird diese von Traumgedanken und alten Schneestürmen bevölkerte Nacht mir meinen Wunsch zehnfach erfüllen? Ich schloss die Augen. Der Hals war mir wie zugeschnürt.

»Tu's nicht«, sagte Charlie.

Doch es bebte schon auf meinen Lippen. Ich konnte nicht mehr warten. Jetzt, jetzt, dachte ich, brennt ein fremder Stern in Bethlehem.

»Tom«, keuchte Charlie, »um Christi willen!«

Christus, ja, dachte ich und sprach: »Mein Wunsch ist, für eine Stunde heute Nacht...«

»Nein!« Charlie versetzte mir einen Schlag, damit ich den Mund hielt.

»... bitte, mach meinen Vater wieder lebendig.«

Da schlug die Uhr auf dem Kaminsims zwölfmal, und es war Mitternacht.

»Oh, Thomas...«, seufzte Charlie. Ermattet ließ er meinen Arm los. »Oh, Tom.«

Eine Schneewehe klirrte gegen das Fenster, blieb darauf liegen gleich einem Leichentuch und zerfiel nach und nach.

Die Haustür sprang weit auf.

Ein Schwall von Schnee brach über uns herein.

»Was für ein trauriger Wunsch. Und... er ist soeben wahr geworden.«

»Wahr?« Ich fuhr herum und starrte auf die offene Tür, die winkte wie ein Grab.

»Geh nicht, Tom«, sagte Charlie.

Die Tür fiel krachend ins Schloss. Draußen rannte ich los; o Gott, und wie ich rannte.

»Tom, komm zurück!« Die Stimme verhallte hinter mir im weißen Flockenwirbel. »O Gott, tu's nicht!«

Doch in dieser Minute nach Mitternacht rannte und rannte ich, wie von Sinnen, stammelnd, schreiend, dass mein Herz weiterschlagen soll, mein Blut kreisen, meine Beine rennen und nicht aufhören zu rennen, und ich dachte: Er! Er! Ich weiß, wo er ist! Wenn das Geschenk mein ist! Wenn der Wunsch wahr wird! Ich kenne seinen Aufenthalt. Und da begannen ringsum in der nächtlich-verschneiten Stadt die Weihnachtsglocken zu läuten, zu jubeln, zu brausen. Sie umkreisten mich, eilten dahin und trieben mich an, und ich schrie, den Mund voll Schnee, und erkannte den Wahnwitz meines Begehrens.

Dummkopf!, dachte ich. Er ist tot! Kehr um!

Doch was, wenn er lebt, eine Stunde heute Nacht, und ich ginge nicht hin, um ihn zu suchen?

Ich war aus der Stadt heraus, ohne Hut und ohne Mantel, aber ganz erhitzt vom Laufen; mein Gesicht war von einer salzigen Maske aus Reif überzogen, die unter dem Aufprall meiner Schritte zersprang und abbröckelte, während ich mitten auf einer leeren Straße dahinging und der fröhliche Glockenklang verwehte und verhallte.

Ein Windstoß fegte mich um eine letzte wüste Ecke, wo mich eine dunkle Mauer erwartete.

Der Friedhof.

Ich stand vor den schweren Eisengittern und schaute benommen hindurch.

Der Gottesacker sah aus wie die Ruinen einer vor Menschengedenken in die Luft gesprengten altertümlichen Festung, als lägen die Grabsteine tief unter einer neuen Eiszeit begraben.

Plötzlich waren keine Wunder mehr möglich.

Plötzlich war es einfach eine Nacht mit zu viel Wein, Gerede und Hokuspokus, und ich rannte ohne Grund, außer dass ich glaubte, wahrhaftig glaubte, ich hätte gespürt, dass etwas sich ereignete dort draußen in der schneetoten Welt...

Nun aber lastete der blinde Anblick jener unberührten Gräber und des unbetretenen Schnees so schwer auf mir, dass ich mit Freuden niedergesunken und selber dort gestorben wäre. Ich konnte doch nicht umkehren, zurück in die Stadt, und Charlie in die Augen sehen. Schon kam mir der Verdacht, das Ganze sei ein grausamer Streich, ein übler Trick von ihm, seine aberwitzige Gabe, die schrecklichen Nöte eines anderen zu erraten und damit zu spielen. Hatte er etwa doch hinter meinem Rücken geraunt, Versprechungen gemacht, mich zu diesem Wunsch gedrängt? Gott!

Ich berührte das mit einem Vorhängeschloss versehene Tor.

Was war hier? Nichts als eine steinerne Platte mit einem Namen und GEBOREN 1888, GESTORBEN 1957 – eine Inschrift, die selbst an Sommertagen nur schwer zu finden war, denn das Gras wuchs dicht, und eine dicke Laubschicht bedeckte die Stelle.

Ich ließ das Eisentor los und drehte mich um. Doch da, im nächsten Moment – mir stockte der

Atem. Unfassbar! Ein Aufschrei des Entsetzens entfuhr meiner Kehle.

Denn ich hatte etwas gespürt, dort, jenseits der Mauer, nahe der kleinen, mit Brettern vernagelten Pförtnerloge.

Atmete da jemand leise? Ein gedämpfter Klagelaut?

Oder nur ein lauer Lufthauch? Ich umklammerte das Eisentor und starrte hindurch.

Ja, dort. Eine kaum sichtbare Spur, als hätte sich ein Vogel niedergelassen und sei zwischen den begrabenen Steinen entlanggetrippelt. Einen Augenblick später, und ich hätte es für immer verpasst!

Ich schrie, ich rannte, ich sprang.

Ich war in meinem ganzen Leben, o Gott, noch nie so hoch gesprungen. Ich sprang über die Mauer und landete auf der anderen Seite, und ein letzter Schrei riss mir die Lippen auseinander. Ich kroch um das Pförtnerhäuschen herum.

Dort, im Schatten, im Windschutz, war ein Mann; er lehnte an einer Mauer, hatte die Augen geschlossen und die Hände über der Brust gekreuzt.

Ich starrte ihn fassungslos an. Wie von Sinnen beugte ich mich vor, um besser sehen zu können, um zu erkennen.

Der Mann war mir fremd.

Er war alt, sehr alt.

In meinem neuerlichen Entsetzen hatte ich wohl aufgestöhnt.

Denn nun hob der alte Mann die zuckenden Lider.

Es waren seine Augen, die mich ansahen und mich ausrufen ließen: »Dad!«

Ich stolperte zu ihm hin, wollte ihn ins düstere Licht der Laterne und des nachmitternächtlich fallenden Schnees zerren.

Von sehr weit weg, aus der verschneiten Stadt, hallte flehend Charlies Stimme: Nein, tu's nicht, lauf, renn weg. Alptraum. Halt.

Der Mann, der vor mir stand, kannte mich nicht.

Gleich einer Vogelscheuche, die den Wind vertreiben soll, suchte seine fremde und dennoch vertraute Gestalt mich mit ihren weißblinden, spinnennetzverhangenen Augen auszumachen. Wer?, schien er zu denken.

Und auf einmal entrang sich seiner Kehle die Antwort:

»...om!«, schrie er. »...om!«

Er konnte das T nicht aussprechen.

Aber es war mein Name.

Schaudernd, wie einer, der am Rande eines Abgrunds steht und Angst hat, die Erde könnte nachgeben und ihn zurückwerfen in die Nacht und ins Grab, griff er nach mir.

»...om!«

Ich hielt ihn fest. Er konnte nicht fallen.

Gefesselt in stürmischer Umarmung, unfähig, einander loszulassen, so standen wir da und wankten leise hin und her, seltsam, zwei Männer verschmolzen zu einem, in einer Wüste aus rieselndem Schnee.

Tom, o Tom, klagte er immer wieder mit brüchiger Stimme.

Vater, o mein lieber Papa, Dad, vermeinte ich zu sagen.

Der alte Mann erstarrte, denn wahrhaftig, erst jetzt schien er über meine Schulter hinweg die Steine, den verlassenen Gottesacker erblickt zu haben. Er keuchte, als ob er schreien wollte: Was ist das für ein Ort?

So alt sein Gesicht auch war, im Moment der Erkenntnis und Erinnerung welkten seine Augen, die Wangen, der Mund und wurden noch älter, und er sagte nein.

Er wandte sich mir zu, als ob er eine Antwort suchte oder einen Menschen, der über seine Rechte wachte, einen Beschützer, der mit ihm zusammen nein sagen könnte. Doch in meinen Augen stand nur die kalte Wahrheit geschrieben.

Nein, nein, nein, nein, nein, *nein!*

Die Worte schossen ihm aus dem Mund.

Doch er konnte das N nicht aussprechen.

»…ei…ei…ei…ei…ei…ei…!« Wie Trommelfeuer brach es aus ihm hervor.

Wie der Schrei eines verlassenen, bestürzten Kindes, das vor Angst pfeift.

Dann überschattete eine nächste Frage sein Gesicht.

Ich kenne diesen Ort. Aber *warum* bin ich hier?

Er umklammerte seine Oberarme. Er starrte hinab auf seine welke Brust.

Gott macht uns fürchterliche Geschenke, und das fürchterlichste von allen ist die Erinnerung.

Er erinnerte sich.

Und dann begann er langsam dahinzuschmelzen. Ihm fiel wieder ein, wie sein Körper verwelkt, wie sein schwaches Herz stehengeblieben, wie ein Tor zu ewiger Nacht krachend ins Schloss gefallen war.

Er stand ganz still in meinen Armen, seine Lider flackerten über den Dingen, die das groteske Mobiliar in seinem Kopf bildeten. Er musste sich die furchtbarste von allen Fragen gestellt haben: *Wer* hat mir das angetan?

Er schlug die Augen auf. Sein Blick traf mich wie ein Schlag.

Du?, fragte dieser Blick.

Ja, dachte ich. Ich war es, der sich gewünscht hat, dass du heute Nacht zum Leben erwachst.

Du!, schrien sein Gesicht und sein Körper.

Und dann, halblaut, die letzte bohrende Frage: »Warum...?«

Nun war es an mir, verdammt und zerrissen zu sein.

Ja, wirklich, warum hatte ich ihm das angetan?

Wie hatte ich es nur wagen können, mir diese schreckliche, diese qualvolle Begegnung zu wünschen?

Was sollte ich jetzt anfangen mit diesem Mann, diesem Fremden, diesem alten, verwirrten, verängstigten Kind? Warum hatte ich ihn heraufbeschworen, bloß um ihn wieder zurückzuschicken in die Erde, das Grab und grausigen Schlaf?

Hatte ich auch nur eine Sekunde lang an die Konsequenzen gedacht? Nein. Es war die pure Unbesonnenheit gewesen, die mich wie einen tumben Stein zu einem tumben Ziel geschleudert hatte, fort aus meinem Heim, hinaus auf diesen Gottesacker. Warum? Weshalb?

Da stand mein Vater, dieser alte Mann, nun im Schnee und wartete zitternd auf meine erbärmliche Antwort.

Und ich, wieder Kind, brachte kein Wort heraus. Etwas in mir kannte eine Wahrheit, die ich nicht auszusprechen vermochte. Nach der Sprachlosigkeit, die zwischen uns geherrscht hatte, solange er lebte, sah ich mich jetzt, im Angesicht dieses wandelnden Leichnams, noch mehr mit Stummheit geschlagen.

Die Wahrheit raste mir im Kopf herum, schrie durch die Fasern meines Geistes und meines ganzen Seins und kam mir doch nicht über die Lippen. Ich fühlte Schreie, die in meinem Inneren gefangen waren.

Der Augenblick ging vorüber. Bald wäre diese eine Stunde vorbei. Dann hätte ich nie mehr Gelegenheit zu sagen, was gesagt werden musste, was hätte gesagt werden müssen, als er noch warm und auf der Erde war, vor so vielen Jahren.

Irgendwo, weit fort im Lande, schlugen die Glocken halb eins in dieser Nacht von Christi Geburt, und die Zeit verrann im Wind. Noch immer trieben mir die Schneeflocken ins Gesicht und die Zeit, die Splitter von kalter, kalter Zeit.

Warum?, fragten die Augen meines Vaters.

»Ich –«, doch mir stockte der Atem.

Denn seine Hand umfasste meinen Arm jetzt noch fester. Sein Gesicht gab sich selbst die Antwort.

Dies war auch für ihn die Gelegenheit, auch für ihn war es die letzte Stunde, um zu sagen, was hätte gesagt werden sollen, als ich zwölf oder vierzehn war oder sechsundzwanzig. Mochte ich auch dastehen und schweigen. Hier, im rieselnden Schnee, konnte er seinen Frieden machen und davongehen.

Sein Mund öffnete sich. Es fiel ihm schwer, furchtbar schwer, die alten Worte über die Lippen zu bringen. Nur der Geist in der welken Hülle konnte es wagen, sich zu widersetzen und zu keuchen. Er flüsterte drei Worte, die im Winde verwehten.

»Ja?«, drängte ich.

Er hielt mich fest und versuchte die Augen offen zu halten in der Schneesturmnacht. Er wollte schlafen, doch sein Mund sprang auf, und wieder und wieder stieß er hervor:

»Ich.........bbbe.........iiiiiich...!«

Er brach ab, zitterte, zermarterte sich den Leib und versuchte vergeblich, es zu rufen: »Ich......... bbbe.........ch...!«

»Oh, Dad«, rief ich. »Ich will es für dich sagen!«

Er stand ganz still und wartete.

»Wolltest du sagen: Ich – liebe – dich?«

»Aaaaa!«, rief er. Und dann brachte er es endlich ganz deutlich hervor: »O ja!«

»Oh, Dad«, sagte ich, außer mir vor Kummer und vor Glück, vor so viel Gewinn und Verlust. »Oh, Papa, lieber Papa, und ich liebe dich.«

Wir fielen uns um den Hals. Wir hielten einander fest.

Ich weinte.

Und dann sah ich, dass auch mein Vater aus irgendeinem seltsamen, in seinem grausigen Fleisch verborgenen Quell Tränen hervorpresste, die zitternd und blitzend an seinen Lidern hingen.

Und so war die letzte Frage gestellt und beantwortet.

Warum hast du mich hierhergebracht?

Warum der Wunsch, warum die Geschenke und warum diese Schneenacht?

Weil wir, bevor die Türen für immer verschlossen und versiegelt blieben, sagen mussten, was wir im Leben niemals gesagt hatten.

Und nun war es gesagt, und wir standen in der Ödnis und hielten einander im Arm, Vater und Sohn, Sohn und Vater, die Teile des Ganzen, auf einmal austauschbar geworden in ihrer Freude.

Die Tränen auf meinen Wangen erstarrten zu Eis.

Sean O'Faolain
Ein feines Pärchen

Als Maxer Creedons Schiff am Tage vor Weihnachten in New York anlegte, ging Maxer in einen Drugstore, von wo aus er einen Mann namens Bannin anrufen wollte, den er in Texas kennengelernt hatte. Während er mit dem Zeigefinger die lange Spalte der BAN im Telefonbuch hinabglitt, blieben seine Augen an dem Namen Bandello haften. Mrs. L. Bandello, 235, Siebenundvierzigste Straße. Ohne den Finger vom Namen Bandello fortzunehmen, sah er mit halbem Blick den Mann hinter der Bar – und sah ihn doch nicht. Seit der Zeit, da er ein kleiner Dreikäsehoch gewesen, hatte er diesen Namen immer wieder gehört. Und noch heute konnte er Wort für Wort die Geschichte von Tante Lily und dem Italiener wiederholen, die seine Mutter – Gott hab sie selig! – so oft erzählt hatte.

»Je-ja, die arme Lil! Möchte nur wissen, was aus ihr geworden ist! Ein Italiener hatte ihr den Kopf verdreht. Er ging von Haus zu Haus und verkaufte Heiligenfiguren. Ein hübscher Mensch namens

Bandello. Und eines schönen Oktobermorgens, ehe auch nur eine Menschenseele ans Aufstehen dachte, wartete Lil schon unter dem großen Baum beim Kreuz von Ballyroche auf ihn, und dann gingen sie die River Road in Cork hinunter, und das war das Letzte, was man von ihnen sah. Bis auf den heutigen Tag kein Sterbenswörtchen, nur der Brief, den der Priester in New York an unsern Vater schrieb, worin zu lesen stand, dass sie glücklich verheiratet sei.« Und jedes Mal, wenn die Geschichte aus war, fing sie an, die Jahre nachzurechnen, und als Maxer sie das letzte Mal gehört hatte, hieß es: »Und das ist nun schon vierunddreißig Jahre her!«

Maxer steckte sein Geldstück in den Schlitz und drehte die Nummer. Als ihm eine Frauenstimme antwortete, musste er über den unverfälschten Corker Dialekt lachen.

Sie stellte ein paar Fragen, und dann sagte sie: »Komm am Weihnachtstag zu mir!«

»Gern, Tante Lil, ich komme! Ich bringe auch etwas mit, um auf deine Gesundheit anzustoßen!«

Mittags aß er auf dem Schiff – es war ein Festtagsessen –, und gegen halb vier steckte er eine Flasche Jamaika-Rum in die Tasche seiner Windjacke und zog los.

Kaum erblickte er die alte Frau, die sich über das Geländer des dunklen Treppenabsatzes beugte, da sah er auch schon seiner Mutter Augen. Und sowie er oben war, schlang sie ihm die Arme um den Hals und küsste ihn. Dann zog sie ihn an beiden Händen ins Zimmer und schalt: »Warum bist du denn nicht schon zum Mittagessen gekommen, Jungchen?«

»Ich wusste nicht, ob ich zum Essen kommen durfte, Tante Lil! Ich dachte, ich solle dich nur besuchen!«

»Allmächtiger Gott! Um eins hatte ich alles fertig! Den lieben langen Vormittag war ich in der Küche, und seit ein Uhr hab ich auf dich gewartet. Soll ich etwa ein ganzes Weihnachtsessen allein verspeisen? Und du lässt mich warten und warten, und nun ist alles verdorben!«

Sie sank auf seine Schulter und vergoss einen Tränensegen und schluchzte: »Du bist ihr wie aus den Augen geschnitten!« Er konnte nichts weiter tun, als ihr auf den krummen Rücken zu klopfen und in den dicken Schnee vor den Fensterscheiben zu schauen und wieder auf den schön geschmückten Tisch. Schließlich sagte er: »Aber Tante Lil, ich möchte ja gern ein bisschen essen!«

Da kam Leben in sie: »Natürlich, du musst alles aufessen, was ich für dich gekocht habe, alles bis aufs letzte Krümchen! Du elender Strick du! Hättest doch pünktlich sein können!«

Sie sah seiner Mutter sehr ähnlich, nur größer war sie. Und sie war genauso energisch und kommandierte noch mehr als seine Mutter.

Da saßen sie nun und aßen Entenbraten und Erbsen und Apfelmus und Preiselbeeren. Sie fragte ihn nach seinem Vater und nach seiner Mutter, und er sagte, es gehe ihnen beiden ausgezeichnet. Dann fragte sie nach seinen Brüdern und Schwestern, und er sagte, es gehe ihnen ausgezeichnet. Dann fragte sie nach ihren eigenen Brüdern und Schwestern, die seine Onkel und Tanten waren, und obwohl er seit zehn Jahren nicht mehr in Ballyroche gewesen war, sagte er, es gehe allen ausgezeichnet. Und schließlich fragte sie ihn, wie es ihm selbst gehe, und er sagte: »Ausgezeichnet!«

Dann fragte er, warum sie denn zum Teufel nie nach Hause geschrieben habe, nicht ein einziges Mal!

»Nicht ein einziges Mal!«, lachte sie wie ein unartiges kleines Mädchen.

»Wie meine Mutter immer sagte: ›Und bis auf den heutigen Tag kein Sterbenswörtchen!‹ Du bist mir eine ganz Schlimme!«, schloss er.

Sie stand auf und schaltete das elektrische Licht an. Das Zimmer war altmodisch und düster und vollgepropft mit dunklen Möbeln. Die Schneeflocken tupften unablässig mit ihren Pfötchen an die

Fensterscheiben und vergingen wie ebenso viele Erinnerungen.

Nach einer Weile fragte er: »Hast du immer hier gewohnt, Tante Lil?«

»Ja, das ist mein Heim.«

»Und dein Mann ist gestorben?«

»Mein Mann war immer sehr gut zu mir. Er hat mich geliebt und auf Händen getragen. Er war Direktor in einem Warenhaus. Uns ist es immer großartig gegangen. Vor vierundzwanzig Jahren ist er bei einem Eisenbahnunglück ums Leben gekommen. Aber er hat gut vorgesorgt für mich.«

Sie holte eine eingerahmte Fotografie von der Anrichte: ein heiterer, hübscher Italiener blickte zuversichtlich in die Welt. Dann zeige sie ihm ihr eigenes Bild, das in ihren jungen Jahren aufgenommen worden war. Das dritte Bild war die Fotografie eines Knaben, aber die brachte sie nicht...

»Er sah sehr gut aus, dein Mann«, meinte Maxer.

»Er sah großartig aus. Mein Sohn lebt natürlich noch. Er hat eine Polin geheiratet. Heute Abend will ich sie besuchen, es geht ihnen großartig. – Aber sag mir doch, wie lange ist es her, seit du in Ballyroche warst? Den Hof haben sie wohl noch? Jetzt haben sie wohl Autos und Elektrizität und lauter moderne Einrichtungen?«

»Haha, kein Gedanke daran«, lachte Maxer.

»Immer noch die gleiche Leier. Zwölf Kühe haben sie und ein Ponywägelchen. Wenn du morgen hinfahren würdest, du könntest keinen Unterschied entdecken.«

Sie blickte ihn ein Weilchen an. Dann sprang sie auf. »Ich habe ja noch was für dich! Was du gern isst! Kürbiskuchen! Hab ich dir zuliebe gebacken.«

Maxer konnte Kürbiskuchen nicht ausstehen, aber er musste ihn verdrücken.

»Arbeitet dein Sohn in New York, Tantchen?«

»Er hat eine großartige Stelle. Direktor in einem Warenhaus. Aber erzähl mir doch mehr von dir.«

Er erzählte ihr allerlei aus seinem Leben. Dann erwähnte er, dass sein Schiff nächstens nach London fahre, und von dort würde er vielleicht auf einen Sprung nach Irland gehen.

»Meinst du – nach Cork?«

»Natürlich. Wo soll ich denn sonst hinwollen! Sie werden sich schrecklich freuen, wenn sie hören, dass ich dich besucht habe. Werden mich tüchtig ausfragen nach dir!«

Beide schwiegen. Sie schloss die Augen. Dann stützte sie den Kopf in die Hand. Schließlich wischte sie sich mit dem Handrücken über die Nase und schlug mit der geballten Faust auf den Tisch. Dem hübschen Italiener mitten ins Gesicht. Sie starrte das Bild an, packte es und schleuderte es quer durchs Zimmer, wo es an der gegenüberliegenden Wand zerschellte. Und dabei zischte sie ihn wütend an: »Warum bist du hergekommen? Hab ich jemals einen von euch um irgendetwas gebeten in all den dreiundvierzig Jahren? Hab ich in meinem ganzen Leben auch nur einen Cent von euch bekommen? Einen einzigen Cent?«

Maxer erhob sich langsam. »Ich habe dich besucht, weil Weihnachten ist und weil ich dachte, dir eine Freude zu machen.«

Sie stand auch auf. »Oder weil du ein bisschen spionieren wolltest? Kannst ruhig nach Cork gehen und ihnen erzählen, was du willst. Kannst ihnen erzählen, dass ich am Verhungern bin, wenn sie das gerne hören wollen, die lausigen, miserablen Bastarde...!«

»Du brauchst dir keine Gedanken zu machen«, sagte Maxer und knöpfte seine Jacke zu, »was ich denen in Cork erzählen werde. Mich haben sie an die Luft gesetzt, als ich sechzehn Jahre alt war. Seit zehn Jahren bin ich nicht mehr zu Hause gewesen. Nicht mal meinen Nasenzipfel bekommen die in Cork zu sehen. Und nun kann ich dir ja gleich alles sagen: Mutter ist gestorben, als ich noch ein kleiner Bursche war. Vater hat sich wieder verheiratet, und dafür habe ich ihn gehasst...« An der Tür drehte er sich um. »Tut mir leid, dass ich's dir so beibringen musste. Ich wollt's dir verheimlichen, dass sie tot ist. Ich wusste, dass ihr zusammengehalten habt wie Pech und Schwefel. Und sie war immer so stolz auf dich. – Danke fürs Essen!«

»Stolz auf mich? Sechs Briefe habe ich ihr geschrieben, und sie hat nie geantwortet!«

»Sie hat keinen einzigen bekommen! Niemand hat je einen Brief von dir bekommen. Nur vom Priester kam einer, in dem er uns schrieb, dass du verheiratet bist.«

»Nie im Leben war ich verheiratet! Das hat er bloß so geschrieben! Der Italiener hat mich schon in Boston sitzengelassen. Mein Baby hab ich hier in Brooklyn bekommen. In der Pfarrgemeinde. Wenn sie dir etwas anderes gesagt haben, dann waren's lauter Lügen! Ja, Lügen! Ich habe ihr geschrieben, und ich hab meinem Vater geschrieben. Ich habe ihnen wieder und wieder geschrieben und um Hilfe gebeten. Sie dachten gar nicht dran, den Federhalter in die Hand zu nehmen. Jeden Tag meines Lebens habe ich arbeiten müssen. Musste arbeiten, um meinen Jungen großzuziehen. Vor zwanzig Jahren ist er hier aus diesem Zimmer fortgelaufen und hat das schmierige Mädchen geheiratet, und seitdem hab ich weder ihn zu Gesicht bekommen noch sonst jemand von meinen Angehörigen! Bis du gekommen bist!«

Maxer starrte sie an. Sie watschelte auf ihn zu

und legte ihm schüchtern die Hand auf den Arm. »Verzeih, aber 's ist die Wahrheit! Ich wollte dich nicht anschreien. Hast ja keine Schuld. Möchtest du etwas trinken? Soll ich ein bisschen Rumpunsch machen? Weil's Weihnachten ist?«

Maxer warf seine Mütze auf die Anrichte und setzte sich wieder hin. Er sah die tanzenden Flocken, und die Hände hingen ihm schlaff und schwer zwischen den Knien herunter, sodass er aussah wie ein großer, betrübter Affe. Die Tante lief emsig in die Küche und setzte den Teekessel auf. Sie machte zwei große Gläser Rumpunsch mit allem, was dazugehört, mit Zitrone und Zimtstangen und Würfelzucker. Dann setzte sie sich neben ihn und blickte ihm zärtlich ins Gesicht. Er sah sie an und seufzte. Sie stießen mit den Gläsern an.

»Ach, Tantchen«, sagte er, »wir sind ein feines Pärchen! Also auf uns beide!«

»Ein feines Pärchen!«, lachte sie verschmitzt.

Sie hielt seine Hand und tätschelte sie. Die Augen liefen ihr wieder über, und sie fragte: »Hat sie überhaupt jemals von mir gesprochen?«

»Immer wieder, und wie!«, rief er. »Deshalb will mir das alles nicht in den Kopf. Dauernd sprach sie von dir! Und dabei hat sie immer geweint! Tantchen, glaubst du wirklich, dass sie gewusst hat, wie schlecht es dir ging?«

Die roten Augen blinzelten müde. »Sechs Briefe können nicht verlorengehen. Sie wusste es. Vater wusste es. Alle wussten es. Jetzt kommt's nicht mehr drauf an. Anfangs konnte ich's nicht verstehen, aber als ich meinen Jungen großziehen musste, lernte ich's verstehen. Er war mir lieber als alles in der Welt, und er kam vor allem andern. Und deine Mutter hat es auch schwer gehabt, euch alle großzuziehen, und sie hatte euch auch lieber als alles in der Welt. Eine harte Welt ist's, mein Lieber, und niemand kann so hart sein wie eine Mutter, die sich um ihre eigenen Kinder sorgt. Ich bin froh, dass sie wenigstens von mir gesprochen hat. 's ist besser als gar nichts!«

»Sie hätte dir doch schreiben können!«

»Ja.«

Sie machten sich noch mehr Punsch, wieder und wieder, bis sie die Flasche Rum verbraucht hatten, und erzählten sich dabei von den Leuten in Ballyroche und zogen über sie her.

»Bei Gott, Tantchen«, lachte er, »du bist ein prachtvolles Mädchen. Aber du hast ein verdammt scharfes Mundwerk!«

Sie kicherte: »Wirst wohl selber ein Teufelskerl sein! In jedem Städtchen ein andres Mädchen!«

Er zog den Kopf ein und lachte: »Halb so wild!«

Sie hielten sich bei der Hand und nickten sich

vergnügt zu. »Ich freu mich aber, Tantchen, dass ich hergekommen bin!«

»Und ich erst!«

Als er aufbrechen wollte, ging sie ins Schlafzimmer und kam mit fünfzig Dollar zurück, die sie ihm in die Brusttasche stopfte.

»Dein Weihnachtsgeschenk!«, sagte sie barsch.

Er musste es annehmen. Dann ging er fort, stieß den Schnee in spritzenden Fontänen vor sich her und kehrte zufrieden auf sein Schiff zurück.

Jedes Mal, wenn Maxers Schiff in New York anlegt, ruft er sie sofort an. Jedes Mal zittert seine Hand, wenn er das Geldstück einwirft, und er hält den Atem an, bis er ihre Stimme hört, die im schönsten Corker Dialekt ruft: »Hallo…?« Dann ziehen sie gemeinsam durch die Stadt, gehen ins Kino und essen nachher Entenbraten. Sie unterhalten sich über Cork und die Verwandten in Ballyroche, und immer endet die Sache mit mehreren Gläsern Rumpunsch, wobei sie die ganze Sippschaft verwünschen.

Die Leute schmunzeln, wenn sie die beiden sehen. Sie halten sie für Mutter und Sohn.

Nancy Mitford
Tante Melitas Weihnachtsparty

Weihnachten kommt nur einmal im Jahr, auch wenn es mir jetzt, wo ich älter werde und das Leben sich wie ein Karussell immer schneller dreht, oft so erscheint, als käme es einmal im Monat oder noch schlimmer. Jedenfalls kommt es nie, ohne dass ich mich an meine Tante Melita und ihre Weihnachtspartys erinnere. Für diejenigen, die meine Tante nicht gekannt haben, sollte ich erklären, dass sie die festlichen Tage in Ehren hielt und zu dieser Zeit des Jahres nur darauf wartete, sich in eine Art Bienenkönigin zu verwandeln, um die sich ihre ganze Familie eng zusammenscharte.

Mit diesem Bestreben hatte sie vollen, wenn auch unerklärlichen Erfolg; ihre Verwandten schimpften und stöhnten und schworen sich: »Nie wieder«, doch jedes Jahr am Heiligabend sah man sie durch die Eingangstür in ihr Haus schwärmen, wie so viele von ihnen es schon solange sie zurückdenken konnten taten. Mit Bedacht sage ich »ihr Haus«: Eigentlich gehörte Falconhurst natürlich Onkel Fred, aber die Sache mit Onkel Fred war die, dass man sich von einem Weihnachtsfest zum nächsten nicht erinnern konnte, ob er noch am Leben war oder schon tot, wohingegen man sich bei Tante Melita absolut darauf verlassen konnte, dass sie am Leben war, und solange sie in diesem Zustand verharrte, musste sich schon eine Katastrophe weltweiten Ausmaßes ereignen, um ihre jährliche Hausparty zu stören.

Bestimmt folgten die älteren Familienangehörigen ihrer Einladung aus reiner Gewohnheit. Die regelmäßige Teilnahme der jüngeren ist da schon schwieriger zu erklären. Tante Melitas Kinderlosigkeit und ihr enormes Einkommen lösten so manchen köstlichen Tagtraum aus: »Du bist mir eine gute Nichte gewesen, Ursula, und ich beabsichtige, deinen kleinen Christopher Robin zu meinem Erben zu machen«, aber vermutlich war der eigentliche Beweggrund ein anderer. Die zahlreichen Cousins und Cousinen dieser Familie, die in ihrer Kindheit natürlich häufig zusammengewürfelt worden waren, bewegten sich mittlerweile in den unterschiedlichsten Welten und genossen es sehr, den sittlichen, sozialen, beruflichen und körperlichen Verfall der anderen aus nächster Nähe zu beobachten. Dieses Vergnügen bereitete ihnen nur einmal im Jahr Tante Melitas Weihnachtsparty. Nachts, hinter verschlossenen Türen, summten die verschiedenen ehelichen Schlafzimmer geradezu vor hämischen Bemerkungen.

»Der arme Ivor; wer im Außenministerium arbeitet, ist ja immer einigermaßen blässlich, aber er sieht nun wirklich aus wie ein Tiefseemonster. Wie ich höre, haben sie sich Hoffnungen auf Rom gemacht; gewiss eine herbe Enttäuschung; aber ist Caresse nicht scheußlich zu ihm? Richtig peinlich.«

»In geschäftlichen Dingen dürfte Monica ihrem Mann keine große Hilfe sein; sie denkt nur noch an diese grässlichen Apportierhunde, angeblich richtet sie sie ab (zum Apportieren, weißt du), indem sie ihr Klavier in Eaton Square nach dem Abendessen mit toten Fasanen drapiert. Ihr gutes Aussehen hat sie eingebüßt, die Arme, findest du nicht?«

»Tante Rosie hat mir erzählt, dass Ralph sein ganzes Geld verschleudert hat, um in Orwell eine Farm zu betreiben – aber es scheint ihm gut zu bekommen, jedes Mal, wenn ich ihn sehe, sieht er noch mehr aus wie ein Preisschwein. Mary muss müde sein, das arme Ding, ich glaube, sie verrichtet all die schwere Arbeit.«

Jedenfalls füllte sich Falconhurst, aus welchem Grund auch immer, jede Weihnachten mit Verwandten. Es war ein Haus mit, wie man mitunter sagt, »altmodischem Komfort«, soll heißen: Komfort in jeder Hinsicht außer einer; die sanitären

Einrichtungen waren unzulänglich, in einiger Entfernung von den Schlafzimmern und mit schwerem Mahagoni verkleidet. Es gab keine Zentralheizung, vielmehr glühten in jedem Zimmer und in allen Gängen, was ja auch viel behaglicher war, große Kohlenfeuer.

Tante Melita empfing ihre Gäste am Heiligabend, und am ersten Weihnachtstag wurde eine absolut starre Routine befolgt. Gäste, deren Ehe mit Nachwuchs gesegnet war, wurden lange vor Tagesanbruch von einem Trupp Kinder, eigenen wie fremden, geweckt, um den Inhalt ihrer Weihnachtsstrümpfe zu bewundern und angemessene Geschenke und Grüße zu empfangen und zu verteilen. Selbst liebevollen Eltern verlangt es ein gerüttelt Maß an Gutmütigkeit und Geistesgegenwart ab, an einem nasskalten Wintertag um sechs Uhr morgens angesichts handgefertigter Perlendeckchen und laubgesägter Speisekartenhalter in Elefantenform vor Begeisterung zu strahlen, aber elterliche Instinkte sind stark, und machbar ist es allemal.

Auch wenn sie bei all dem fürchterlichen Füßegetrappel gangauf und gangab selbstredend nicht weiterschlafen konnten, waren die kinderlosen Familienmitglieder wenigstens bis zum Frühstück der Pflicht entbunden, unnatürliche Dankbarkeit für abscheuliche, wenngleich rührende Geschenke zu heucheln. Das Frühstück fand um neun Uhr im Speisezimmer statt, und hier wurden Tante Melitas Geschenke entgegengenommen.

Tante Melita war ein regelmäßiger und begeisterter Gast bei Basaren, Lotterien und Tombolas; nunmehr wurde die reiche Ernte dieses Hobbys, sorgsam in Weihnachtspapier eingewickelt, jedem auf dem Frühstücksteller serviert. Sie liebte es, die nützlichen Teile solcherart erworbener Gegenstände für den eigenen Gebrauch zu entfernen, sodass ihre Geschenke meistens Dinge waren wie ein Badesalzglas ohne Badesalz, ein Kissenbezug ohne Kissen, eine Wärmflasche ohne Hülle, eine Bézigue-Box ohne Karten oder Marker. Auch neigte sie dazu, Dinge zu verschenken, die sie selbst verachtete. So hatte sie einmal ihrer Nichte Julia beim Frühstück eine Telefonabdeckung aus Plüsch und goldener Spitze geschenkt und fing beim Abendessen unklugerweise damit an, über Telefonabdeckungen herzuziehen – ihrer Meinung nach gebe es nichts Vulgäreres.

»Warum hast du mir dann eine geschenkt?«, fragte Julia.

»Meine Liebe«, erwiderte ihre Tante, ohne auch nur einen Augenblick zu zögern, »sie war spottbillig.«

Vielleicht sollte man an dieser Stelle anmerken,

dass in der Familie ein ungeschriebenes Gesetz galt, demzufolge die Erwachsenen (mit Ausnahme des Gastgebers und der Gastgeberin) einander nicht beschenkten. Einmal war der erste Weihnachtstag von einer eifrigen jungen Braut im ersten Hochgefühl der Begeisterung für die Verwandtschaft ihres Liebsten völlig durcheinandergebracht worden. Sie hatte eine riesige Truhe mit unerwünschten Hochzeitsgeschenken dabei, die sie nun verteilte. Folge davon war, dass all die anderen wutentbrannte Stunden damit zubrachten, ihre Habe nach Gegenständen zu durchsuchen, die sie erübrigen konnten, und Fetzen Geschenkpapier glattzustreichen, um sie darin einzuwickeln. Im darauffolgenden Jahr brachte dieselbe junge Ehefrau, der klargeworden war, dass sie in der Ehelotterie nicht eben das große Los gezogen hatte, Tante Melita eine Schachtel mit Taschentüchern aus Chintz mit und allen anderen nichts, nicht einmal ihrem Mann.

Hatte das Speisezimmer eben noch vor gut geheuchelten Begeisterungsausrufen gehallt, so erstarrte nun die Gesellschaft in verblüfftem Schweigen, als sich draußen lauter Lärm erhob – es klang ungefähr, aber das konnten sie damals noch nicht wissen, wie ein Fliegeralarm. Das war die Blaskapelle von Falconhurst, die *While Shepherds Watched their Flocks by Night* anstimmte, gefolgt von mehreren anderen weihnachtlichen Weisen, bis die Grenzen der menschlichen Strapazierfähigkeit so gut wie erreicht waren und Ogle, der Butler, der Sache mit großer Würde und vornehmer Geste ein Ende machte, indem er dem ersten Hornisten auf einem silbernen Tablett fünf Pfund überreichte. Dies war ein qualvoller Augenblick für Tante Melitas Neffen, die trotz langjähriger gegenteiliger Erfahrung nie ganz die Hoffnung aufgegeben hatten, statt eines Pfeifenständers oder eines Fotorahmens eines Tages ebenfalls ein hübsches, saftiges Trinkgeld einstreichen zu können.

Allerdings hatten sie nicht viel Muße, darüber nachzudenken. Kaum war das Frühstück zu Ende, wurde es auch schon Zeit, sich für die Kirche fertigzumachen. Dann kam das Mittagessen, der Höhepunkt des Tages, mit Truthahn und einem flambierten Weihnachtspudding, spärlich dekoriert mit Sixpencestücken und kleinen silbernen Emblemen, gefolgt von Knallbonbons und reichlich Portwein. Dies zog sich bis weit in den Nachmittag hinein, und um vier Uhr gab es Tee und die Bescherung unterm Baum, der das ganze Dorf beiwohnte.

Jetzt war Onkel Fred in seinem Element. In eine rote Kutte gekleidet, mit Bart und Kapuze und von Schlittenglöckchen angekündigt, teilte er unter den

Schulkindern Geschenke aus seinem Sack aus und machte dabei wunderbar geistreiche Witze. Auch die Hausgäste erhielten jetzt von Onkel Fred ihre Geschenke – stets die gleichen, Pralinen und Zigaretten, und wieder mussten die grundlos hoffnungsvollen Neffen mitansehen, wie die reichen Geldgeschenke in andere Hände wanderten – die des Hofgesindes.

Am liebsten hätten sich einige der Gäste jetzt in eine ruhige Ecke verzogen, um einen Robber Bridge zu spielen, aber das wäre ihnen nie verziehen worden, und so mussten sie beim Baum sitzen bleiben und so freundlich dreinschauen wie unter den gegebenen Umständen möglich, bis die letzte Note von *For He's a Jolly Good Fellow* verklungen war. Danach war es Zeit, sich fürs Abendessen umzukleiden.

Dieses war eine kalte Mahlzeit, die sozusagen schon kampfbereit verzehrt wurde, da der Tisch so rasch wie möglich für jenes traditionelle Weihnachtsspiel abgeräumt werden musste, das Tante Melita über alles liebte: Commerce. Natürlich hatte sich das Verlangen der Erwachsenen nach einem gemütlichen Robber vor dem Kamin im Raucherzimmer zu diesem Zeitpunkt fast schon ins Unerträgliche gesteigert.

Commerce ist ein einfaches, um nicht zu sagen:

langweiliges Kartenspiel, bei dem jeder Spieler mit drei Leben oder Spielmarken beginnt. Wer seine drei Leben verloren hat, scheidet aus und kann den Rest des Abends ganz nach Belieben verbringen. Leider ist es kein Geschicklichkeits-, sondern das reinste Glücksspiel, und selbst mit dem größten Geschick der Welt kann man seine Leben nicht verlieren, wenn das Glück es nicht so fügt. Natürlich war das Ergebnis stets das Gleiche. Die Kinder, erschöpft, übergessen und überreizt, aber wild entschlossen, den großen Preis von 15 Shilling zu gewinnen, verloren fast im Nu ihre Spielmarken und zogen sich heulend ins Bett zurück, während die Erwachsenen, jeder Aussicht auf den lang ersehnten Robber beraubt, ihre drei Leben bis in die frühen Morgenstunden nicht loswurden. Tante Melita teilte die Karten aus, und Tante Melita gewann fast jedes Mal die 15 Shilling. So ist das Leben, und so war der erste Weihnachtstag in Falconhurst.

Falconhurst ist heute eine Schule, von dicken kleinen Mädchen in schwarzen Strümpfen bevölkert. Tante Melita starb aus Wut, dass eine sozialistische Regierung gewählt worden war, und Onkel Fred lebt sehr glücklich in Frinton-on-Sea, Essex. Inzwischen sind ihre Neffen und Nichten in alle Winde zerstreut und werden älter, und diejenigen, die laubgesägte Elefanten verschenkten, sind längst selbst erwachsen und verheiratet, doch sooft sie einander begegnen, sagen sie als Erstes: »Weißt du noch die wunderschönen Weihnachtspartys bei Tante Melita? Die haben immer furchtbar Spaß gemacht. Prächtiges altes Mädel, nicht wahr? Ich muss sagen, ich vermisse sie.«

Joseph Roth
Heimkehr

Am Weihnachtsabend des Jahres 1918 kehrte ich heim. Elf zeigte die Uhr am Westbahnhof. Durch die Mariahilfer Straße ging ich. Ein körniger Regen, missratener Schnee und kümmerlicher Bruder des Hagels, fiel in schrägen Strichen vom missgünstigen Himmel. Meine Kappe war nackt, man hatte ihr die Rosette abgerissen. Mein Kragen war nackt, man hatte ihm die Sterne abgerissen. Ich selbst war nackt. Die Steine waren nackt, die Mauern und die Dächer. Nackt waren die spärlichen Laternen. Der körnige Regen prasselte gegen ihr mattes Glas, als würfe der Himmel sandige Kiesel gegen arme, große Glasmurmeln. Die Mäntel der Wachtposten vor den öffentlichen Gebäuden wehten, und die Schöße blähten sich trotz der Nässe. Die aufgepflanzten Bajonette erschienen gar nicht echt, die Gewehre hingen halb schief an den Schultern der Leute. Es war, als wollten sich die Gewehre schlafen legen, müde wie wir, von vier Jahren Schießen. Ich war keineswegs erstaunt, dass mich die Leute nicht grüßten, meine nackte Kappe, mein nackter Blusenkragen verpflichteten niemanden. Ich rebellierte nicht. Es war nur jämmerlich. Es war das Ende. Ich dachte an den alten Traum meines Vaters, den von einer dreifältigen Monarchie, und dass er mich dazu bestimmt hatte, einmal seinen Traum wirklich zu machen. Mein Vater lag begraben auf dem Hietzinger Friedhof, und der Kaiser Franz Joseph, dessen treuer Deserteur er gewesen war, in der Kapuzinergruft. Ich war der Erbe, und der körnige Regen fiel über mich, und ich wanderte dem Hause meines Vaters und meiner Mutter zu. Ich machte einen Umweg. Ich ging an der Kapuzinergruft vorbei. Auch vor ihr ging ein Wachtposten auf und ab. Was hatte er noch zu bewachen? die Sarkophage? das Andenken? die Geschichte? Ich, ein Erbe, ich blieb eine Weile vor der Kirche stehen. Der Posten kümmerte sich nicht um mich. Ich zog die Kappe. Dann ging ich weiter dem väterlichen Hause zu, von einem Haus zum andern. Lebte meine Mutter noch? Ich hatte ihr zweimal von unterwegs meine Ankunft angezeigt.

Ich ging schneller. Lebte meine Mutter noch? Ich stand vor unserm Haus. Ich läutete. Es dauerte lange. Unsere alte Portiersfrau öffnete das Tor. »Frau Fanny!«, rief ich. Sie erkannte mich sofort an der Stimme. Die Kerze flackerte, die Hand zitterte.

»Man erwartet Sie, wir erwarten Sie, junger Herr. Nächtelang schlafen wir beide nicht, die gnädige Frau oben auch nicht.« – Sie war in der Tat so angezogen, wie ich sie früher nur an Sonntagvormittagen gesehen hatte, niemals abends nach der Sperrstunde. Ich nahm zwei Stufen auf einmal.

Meine Mutter stand neben ihrem alten Lehnstuhl, in ihrem hochgeschlossenen schwarzen Kleid, die silbernen Haare hoch aus der Stirne gekämmt. Rückwärts über den rund gelegten zwei Zöpfen ragte der breite Bogenrand des Kammes, grau wie das Haar. Den Kragen und die engen Ärmel umrandeten die wohlvertrauten, weißen, schmalen Säume. Den alten Stock mit der Silberkrücke hob sie empor, eine Beschwörung, gegen den Himmel hob sie ihn hoch, gleichsam, als wäre ihr Arm nicht lang genug für einen so gewaltigen Dank. Sie rührte sich nicht, sie erwartete mich, und ihr Stillstehen schien mir wie ein Schreiten. Sie beugte sich über mich. Sie küsste mich nicht einmal auf die Stirn. Sie stützte mit zwei Fingern mein Kinn hoch, sodass ich das Gesicht hob, ich sah zum ersten Mal, dass sie so viel größer war als ich. Sie blickte mich lange an. Dann geschah etwas Unwahrscheinliches, ja etwas Erschreckendes, mir Unfassbares, fast Überirdisches: Meine Mutter hob meine Hand, bückte sich ein wenig und küsste sie zweimal. Ich zog schnell und verlegen den Mantel aus. »Den Rock auch«, sagte sie, »er ist ja nass!« Ich legte auch die Bluse ab. Meine Mutter bemerkte, dass mein rechter Hemdärmel einen langen Riss hatte. »Zieh das Hemd aus, ich will es flicken«, sagte sie. »Nicht«, bat ich, »es ist nicht sauber.« Niemals hätte ich in unserem Hause sagen dürfen, etwas sei dreckig oder schmutzig. Wie rasch diese zeremonielle Ausdrucksweise wieder lebendig wurde! Jetzt erst war ich zu Hause.

Ich sprach nichts, ich sah nur meine Mutter an und aß und trank, was sie für mich vorbereitet, auf hundert listigen Wegen wahrscheinlich erschlichen hatte. Alles, was es sonst damals für keinen in Wien gegeben hatte: gesalzene Mandeln, echtes Weizenbrot, zwei Rippen Schokolade, ein Probefläschchen Cognac und echten Kaffee. Sie setzte sich ans Klavier. Es war offen. Sie mochte es so stehengelassen haben, seit einigen Tagen, seit dem Tag, an dem ich ihr meine Ankunft mitgeteilt hatte. Wahrscheinlich wollte sie mir Chopin vorspielen. Sie wusste, dass ich die Liebe für ihn als eine der wenigen Neigungen von meinem Vater geerbt hatte. An den dicken, gelben, bis zur Hälfte abgebrannten Kerzen in den bronzenen Leuchtern am Klavier merkte ich, dass meine Mutter jahrelang die Tasten nicht mehr angerührt hatte. Sie pflegte sonst jeden Abend zu spielen, und nur an Abenden und nur bei Kerzenlicht. Es waren noch die guten dicken und nahezu saftigen Kerzen einer alten Zeit, während des Krieges hatte es derlei bestimmt nicht mehr gegeben. Meine Mutter bat mich um Streichhölzer. Es war eine plumpe Schachtel, sie lag auf dem Kaminsims. Braun und vulgär, wie sie dalag, neben der kleinen Standuhr mit dem zarten Mädchengesicht, war sie fremd in diesem Raum, ein Eindringling. Es waren Schwefelhölzer, man musste warten, bis sich ihr blaues Flämmchen in ein gesundes, normales verwandelte. Auch ihr Geruch war ein Eindringling. In unserem Salon hatte immer ein ganz bestimmter Duft geherrscht, gemischt aus dem Atem ferner, schon im Verblühen begriffener Veilchen und der herben Würze eines starken, frisch gekochten Kaffees. Was hatte hier der Schwefel zu suchen.

Meine Mutter legte die lieben alten weißen Hände auf die Tasten. Ich lehnte neben ihr. Ihre Finger glitten über die Tasten hin, aber aus dem Instrument kam kein Ton. Es war verstummt, einfach gestorben. Ich begriff nichts. Es musste ein seltsames Phänomen sein; von Physik verstand ich nichts. Ich schlug selbst auf einige Tasten. Sie antworteten nicht. Es war gespenstisch. Neugierig hob ich den Klavierdeckel hoch. Das Instrument war hohl: die Saiten fehlten. »Es ist ja leer, Mutter!«, sagte ich. Sie senkte den Kopf. »Ich hatte es ganz vergessen«, begann sie ganz leise. »Ein paar Tage nach deiner Abreise hatte ich einen seltsamen Einfall. Ich wollte mich zwingen, nicht zu spielen. Ich hab' die Saiten entfernen lassen. Ich weiß nicht, was mir damals durch den Kopf gegangen ist. Ich weiß wirklich nicht mehr. Es war eine Sinnenverwirrung. Vielleicht sogar eine Geistesstörung. Ich habe mich jetzt erst erinnert.«

Die Mutter sah mich an. In ihren Augen standen die Tränen, jene Art Tränen, die nicht fließen können und die wie stehende Gewässer sind. Ich fiel der alten Frau um den Hals. Sie streichelte meinen Kopf. »Du hast ja so viel Kohlenruß in den Haaren«, sagte sie. Sie wiederholte es hintereinander ein paar Mal. »Du hast ja so viel Kohlenruß in den Haaren! Geh und wasche dich!«

»Vor dem Schlafengehen«, bat ich. »Ich will noch nicht schlafen gehen«, sagte ich, wie einst als Kind. Und: »Lass mich noch etwas hier, Mama!«

Wir setzten uns an das kleine Tischchen vor dem Kamin. »Ich habe beim Aufräumen deine Zigaretten gefunden, zwei Schachteln Ägyptische, die du immer geraucht hast. Ich habe sie in feuchte Löschblätter gepackt. Sie sind noch ganz frisch. Willst du rauchen? Sie liegen am Fenster.«

Ja, das waren die alten Hundert-Packungen! Ich besah die Schachteln nach allen Seiten. Auf dem

Deckel der einen stand, von meiner Schrift, gerade noch zu entziffern, der Name: Friedl Reichner, Hohenstaufengasse. Ich entsann mich sofort: Es war der Name einer hübschen Trafikantin, bei der ich offenbar diese Zigaretten gekauft hatte. Die alte Frau lächelte. »Wer ist es?«, fragte sie. »Ein nettes Mädchen, Mama! Ich habe sie nie wieder aufgesucht.« – »Jetzt bist du zu alt geworden«, antwortete sie, »um Trafikantinnen zu verführen. Und außerdem gibt's diese Zigaretten gar nicht mehr...« Zum ersten Mal hörte ich, wie meine Mutter eine Art Scherz versuchte.

Es war wieder still eine Weile. Dann fragte meine Mutter: »Hast du viel gelitten, Bub?« – »Nicht viel, Mutter.« – »Hast dich nach deiner Elisabeth gesehnt?« (Sie sagte nicht: »deiner Frau«, sondern: »deiner Elisabeth« – und sie betonte das »deiner«.) – »Nein, Mama!« – »Liebst sie noch?« – »Es ist zu weit, Mama!« – »Du fragst gar nicht nach ihr?« – »Ich hab's eben tun wollen!« – »Ich hab' sie selten gesehn«, sagte meine Mutter. »Deinen Schwiegerpapa häufiger. Vor zwei Monaten war er zuletzt hier. Sehr betrübt und dennoch voller Hoffnung. Der Krieg hat ihm Geld gebracht. Dass du gefangen bist, haben sie gewusst. Ich glaub', sie hätten es vorgezogen, dich in der Gefallenenliste zu sehen oder unter den Vermissten. Elisabeth...«

»Ich kann mir's denken«, unterbrach ich.

»Nein, du kannst dir's nicht denken«, beharrte meine Mutter. »Rate, was aus ihr geworden ist?«

Ich vermutete das Schlimmste oder das, was in den Augen meiner Mutter als das Schlimmste gelten mochte.

»Eine Tänzerin?«, fragte ich.

Meine Mutter schüttelte ernst den Kopf. Dann sagte sie traurig, beinahe düster: »Nein – eine Kunstgewerblerin. Weißt du, was das ist? Sie zeichnet – oder vielleicht schnitzt sie sogar – verrückte Halsketten und Ringe, so moderne Dinger, weißt du, mit Ecken, und Agraffen aus Fichtenholz. Ich glaube auch, dass sie Teppiche aus Stroh flechten kann. Wie sie hier zuletzt war, hat sie mir einen Vortrag gehalten, wie ein Professor, über afrikanische Kunst, glaube ich. Einmal gar hat sie mir, ohne um Erlaubnis zu fragen, eine Freundin mitgebracht. Es war –«, meine Mutter zögerte eine Weile, dann entschloss sie sich endlich zu sagen: »Es war ein Weibsbild mit kurzen Haaren.«

»Ist das alles so schlimm?«, sagte ich.

»Schlimmer noch, Bub! Wenn man anfängt, aus wertlosem Zeug etwas zu machen, was wie wertvoll aussieht! Wo soll das hinführen? Die Afrikaner tragen Muscheln, das ist immer noch was anderes. Wenn man schwindelt – gut. Aber diese Leute machen noch aus dem Schwindel einen Verdienst, Bub! Verstehst du das? Man wird mir nicht einreden, dass Baumwolle Leinen ist und dass man Lorbeerkränze aus Tannenzapfen macht.«

Meine Mutter sagte all dies ganz langsam, mit ihrer gewöhnlichen stillen Stimme. Ihr Gesicht rötete sich.

»Hätte dir eine Tänzerin besser gefallen?«

Meine Mutter überlegte eine Weile, dann sagte sie zu meiner heftigen Verwunderung:

»Gewiss, Bub! Ich möchte' keine Tänzerin zur Tochter haben, aber eine Tänzerin ist ehrlich. Auch noch lockere Sitten sind deutlich. Es ist kein Betrug, es ist kein Schwindel. Mit einer Tänzerin hat deinesgleichen ein Verhältnis meinetwegen. Aber das Kunstgewerbe will ja verheiratet sein. Verstehst du nicht, Bub? Wenn du dich vom Krieg erholt hast, wirst du's selber sehen. Jedenfalls musst du deine Elisabeth morgen früh aufsuchen. Und wo überhaupt werdet ihr wohnen? Und was wird aus eurem Leben überhaupt? Sie wohnt bei ihrem Vater. Um wie viel Uhr willst du morgen geweckt werden?«

»Ich weiß nicht, Mama!«

»Ich frühstücke um acht!«, sagte sie.

»Dann sieben bitte, Mama!«

»Geh schlafen, Bub! Gute Nacht!«

Ich küsste ihr die Hand, sie küsste mich auf die

Stirn. Ja, das war meine Mutter! Es war, als ob nichts geschehen wäre, als wäre ich nicht aus dem Krieg eben erst heimgekehrt, als wäre die Welt nicht zertrümmert, als wäre die Monarchie nicht zerstört, unser altes Vaterland mit seinen vielfältigen, unverständlichen, aber unverrückbaren Gesetzen, Sitten, Gebräuchen, Neigungen, Gewohnheiten, Tugenden, Lastern noch vorhanden. Im Hause meiner Mutter stand man um sieben Uhr auf, obwohl man vier Nächte nicht geschlafen hatte. Gegen Mitternacht war ich angekommen. Jetzt schlug die alte Kaminuhr mit dem müden, zarten Mädchengesicht drei. Drei Stunden Zärtlichkeit genügten meiner Mutter. Genügten sie ihr? – Sie erlaubte sich jedenfalls keine Viertelstunde mehr, meine Mutter hatte recht; ich schlief bald mit dem trostreichen Bewusstsein ein, dass ich zu Hause war, mitten in einem zerstörten Vaterland, in einer Festung schlief ich ein. Meine alte Mutter wehrte mit ihrem alten schwarzen Krückstock die Verwirrungen ab.

Ernest Hemingway
Weihnachten in Paris

Paris im fallenden Schnee. Vor den Cafés die großen, rotglühenden Holzkohlepfannen. An den Cafétischen dicht vermummte Männer mit hochgeschlagenem Mantelkragen, Gläser mit Grog *Americain* betastend. Zeitungsjungen, die die Abendzeitungen ausrufen.

Die Busse poltern wie grüne Moloche durch den in der Dämmerung rieselnden Schnee. Aus dem Gestöber erheben sich weiße Hausfassaden. Schnee ist nie so schön wie in der Stadt. Es ist herrlich, in Paris auf einer Seinebrücke zu stehen und durch den weichen Vorhang des Schnees an der grauen Masse des Louvre vorbei über den von vielen Brücken überspannten und von den grauen Häusern des alten Paris gesäumten Fluss den Blick bis dorthin schweifen zu lassen, wo Notre-Dame in der Abenddämmerung kauert. Es ist sehr schön in Paris und sehr einsam zur Weihnachtszeit.

Der junge Mann und seine Freundin gehen vom Quai im Schatten der großen Häuser die Rue Bonaparte hoch bis zu der schmalen, hell erleuchteten Rue Jacob. In einem kleinen Restaurant im ersten Stock eines Hauses, Dem Echten Restaurant der Dritten Republik, das über zwei Räume, vier winzige Tische und eine Katze verfügt, wird ein spezielles Weihnachtsmahl serviert.

»Es schmeckt nicht besonders nach Weihnachten«, sagt das Mädchen.

»Ich vermisse die Preiselbeeren«, sagte der junge Mann.

Sie fallen über das spezielle Weihnachtsessen her. Der Truthahn ist zu einem eigenartigen geometrischen Gebilde geschnitten, das ein wenig Fleischgeschmack, eine Menge Knorpel und einen großen Knochen aufzuweisen hat.

»Erinnerst du dich noch an den Truthahn zu Hause?«, fragt das Mädchen.

»Sprich bloß nicht davon«, sagt der Junge.

Sie fallen über die Kartoffeln her, die mit viel zu viel Fett gebraten sind.

»Was glaubst du, was die jetzt zu Hause machen?«, fragt das Mädchen.

»Ich weiß nicht«, sagt der Junge. »Glaubst du, dass wir jemals wieder nach Hause kommen?«

»Ich weiß nicht«, antwortet das Mädchen. »Glaubst du, dass wir jemals als Künstler Erfolg haben werden?«

Der Inhaber kommt mit dem Dessert und einer kleinen Flasche Rotwein.

»Ich hatte den Wein vergessen«, sagt er auf Französisch.

Das Mädchen beginnt zu weinen.

»Ich hatte mir Paris anders vorgestellt«, sagt sie. »Ich dachte, es sei eine lustige und schöne Stadt und voller Lichter.«

Der Junge legt einen Arm um sie. Zumindest das konnte man in einem Pariser Restaurant tun.

»Macht nichts, Schatz«, sagt er. »Wir sind doch erst drei Tage hier. Es wird sich noch ändern. Wart's nur ab.«

Sie aßen das Dessert, und keiner von beiden erwähnte die Tatsache, dass es leicht angebrannt war. Dann bezahlten sie die Rechnung, gingen nach unten und traten auf die Straße. Es schneite noch immer. Und sie gingen durch die Straßen des alten Paris, in denen einst Wölfe herumgestrichen und Männer auf Jagd gegangen waren, und all das unter den Augen der hohen alten Häuser, denen Weihnachten nichts bedeutete.

Der Junge und das Mädchen hatten Heimweh. Es war ihr erstes Weihnachten fern der Heimat. Was Weihnachten ist, erfährt man erst, wenn man es in einem fremden Land nicht wiederfindet.

Evelyn Waugh
Miss Bella gibt eine Gesellschaft

Ballingar ist viereinhalb Stunden Bahnfahrt von Dublin entfernt, falls man am Broadstone-Bahnhof den Frühzug erreicht, und fünfeinviertel Stunden, wenn man bis zum Nachmittag wartet. Es ist der Marktflecken eines großen und verhältnismäßig dicht besiedelten Bezirks. Auf der einen Seite des Marktplatzes steht eine hübsche protestantische Kirche in neugotischem Stil aus dem Jahre 1820 und gegenüber die riesige, unvollendete katholische Kathedrale, die in einem unverantwortlichen architektonischen Stilsalat angelegt wurde, wie er den Herzen transmontaner Frömmler teuer zu sein scheint. Auf den Fronten der Geschäftshäuser, die den Platz auf den andern beiden Seiten abschließen, beginnen schlecht und recht gemalte gälische Lettern die Stelle der lateinischen Buchstaben einzunehmen. Die Läden handeln alle mit den gleichen Waren in verschieden abgestuften Verfallserscheinungen: Mulligans Laden, Flannigans Laden, Rileys Laden – jeder verkauft schwere schwarze Stiefel, die in

Bündeln aufgehängt sind, und seifigen Auslandkäse und Eisenwaren und Schnittwaren, Öl und Sattelzeug, und jeder hat eine Lizenz, dass er Ale und Porter zur Konsumierung im Laden oder über die Straße verkaufen darf. Das öde Gemäuer der ehemaligen Kaserne steht mit leeren Fensterrahmen und rauchgeschwärzten Wänden wie ein Denkmal zu Ehren der Freiheitskämpfer da. Jemand hat mit Teer auf die grüne Briefkastensäule geschmiert: *Der Papst ist ein Verräter.* Eine typisch irische Stadt.

Das Gut Fleacetown liegt fünfzehn Meilen von Ballingar entfernt, und die gerade, ebene Landstraße führt durch eine typisch irische Gegend; in der Ferne verschwimmen violette Berge, und vorher – auf der einen Straßenseite und zwischen ziehenden weißen Nebelbänken nur hin und wieder sichtbar – dehnt sich Meile um Meile das endlose Heidemoor, das nur hie und da wie getupft ist von Stapeln dunkler Torfsoden. Auf der andern Seite, nach Norden zu, steigt der Boden an und wird durch Erdwälle und Steinmäuerchen in unregelmäßige, karge Felder aufgeteilt, auf denen die Ballingar-Meute ihre tollste Hetzjagd ablässt. Alles ist von Moos überzogen – als grober grüner Teppich liegt es auf Mauern und Erdwällen, als weicher grüner Samt auf dem Holz, sodass die Übergänge verwischt werden und man nicht mehr weiß, wo der Erdboden aufhört und Stämme und Mauerwerk beginnen. Die ganze Strecke von Ballingar her folgen sich weißgetünchte Hütten und etwa ein Dutzend regelrechter Farmhäuser, doch nirgends ein Herrenhaus, denn in den Tagen vor der Landenteignung war es alles Grundbesitz der Familie Fleace. Jetzt gehört zu Fleacetown weiter nichts als das Hauptgut, das Pachtland aber wird den benachbarten Farmern als Weide überlassen. Nur ein paar Beete des von einer Mauer eingeschlossenen Gemüsegartens sind bepflanzt; alles Übrige ist vermodert, und dornige Büsche, die nicht länger essbare Früchte tragen, wuchern überall zwischen verwilderten Blumen, die geil zu ihrer Urform verkrauten. Die Treibhäuser sind seit zehn Jahren zugige Skelette. Die großen Torflügel, die im georgischen Torbogen hängen, sind stets mit einem Vorhängeschloss versperrt; die Torwarthäuschen zerfallen, und die Hauptzufahrt zum Herrenhaus ist vor lauter Gras kaum noch von der Wiese zu unterscheiden. Der Zugang zum Haus liegt jetzt eine halbe Meile weiter oben, wo ein Feldgatter einen Karrenweg absperrt, der von Kuhfladen besudelt ist.

Doch das Herrenhaus selbst wurde zu der Zeit, in der unsere Geschichte spielt, vergleichsweise noch gut instand gehalten – wenn man es nämlich mit Haus Ballingar oder Schloss Boycott oder Knode-

Hall vergleicht. Natürlich konnte es nicht mit Gordontown wetteifern, wo die amerikanische Lady Gordon elektrisches Licht, Zentralheizung und einen Aufzug anlegen ließ, auch nicht mit Mock-House oder Newhill, die an sporttreibende Engländer verpachtet werden, und auch nicht mit Schloss Mockstock, denn Lord Mockstock hatte unter seinem Stand geheiratet. Über diese vier Herrenhäuser mit ihren sauber geharkten Kiesflächen, Badezimmern und Dynamos spottete und staunte die ganze Umgegend. Doch Fleacetown, das auf anständigere Art mit den typisch irischen Herrenhäusern des Freistaates in Wettbewerb stand, war noch erstaunlich bewohnbar. Das Dach war nicht zerlöchert. Und gerade das Dach ist's, das allen Unterschied zwischen zweit- und drittrangigen irischen Herrenhäusern ausmacht. Wenn das Dach einmal hin ist, hat man Moos im Badezimmer, Farn auf der Treppe und Kühe in der Bibliothek, und nach wenigen Jahren schon muss man in den Milchkeller oder ins Pförtnerhäuschen ziehen. Aber solange der Ire noch, wörtlich gesprochen, ein Dach über dem Kopf hat, ist sein Haus noch seine Burg. Fleacetown hat zwar auch seine wunden Punkte, aber nach allgemeiner Sicht konnte das Bleidach noch gut zwanzig Jahre aushalten und würde bestimmt die gegenwärtige Besitzerin überdauern.

Miss Annabel Rochfort-Doyle-Fleace, um ihr den vollen Namen zu geben, unter dem sie in den Geschlechtsregistern erschien, wenn auch alle Leute der Umgegend sie nur als Bella Fleace kannten, war die Letzte ihrer Familie. Fleaces und Fleysers hatten seit der Zeit Strongbows (im zwölften Jahrhundert) in der Gegend um Ballingar gelebt, und Farmhäuser bezeichnen noch heute die Stelle, wo sie – zwei Jahrhunderte vor der Zuwanderung der Boycotts und Gordons und Mockstocks – ein Palisaden-Fort bewohnt hatten. Im Billardzimmer hing ein Stammbaum, den ein Genealoge aus dem neunzehnten Jahrhundert mit Wappenbildern verziert hatte und der zeigte, wie die ersten Vorfahren sich mit den ebenso alten Rochforts und den achtbaren, wenn auch jüngeren Doyles verehelicht hatten. Das jetzige Herrenhaus war in großem Stil in der Mitte des achtzehnten Jahrhunderts errichtet worden, damals, als die Familie zwar schon geschwächt, aber doch noch wohlhabend und einflussreich gewesen war. Es würde zu weit führen, wollte man die allmähliche Verarmung beschreiben. Jedenfalls war sie nicht die Folge großartiger Verschwendungssucht. Die Fleaces wurden ohne viel Aufhebens einfach immer ärmer – wie es mit den Familien geht, die keinerlei Anstalten treffen, sich wieder hochzuarbeiten. In der letzten Generation hatten sich auch Anzeichen von Verschrobenheit bemerkbar gemacht. Bella Fleaces Mutter – eine O'Hara von Newhill – hatte von ihrem Hochzeitstag bis zu ihrer Sterbestunde unter der Wahnidee gelitten, sie sei eine Negerin. Ihr Bruder, den Bella beerbt hatte, vergnügte sich mit Ölmalerei; da sein Geist einzig um das Sujet »Mord« kreiste, hatte er bis zu seinem Tode Gemälde ungefähr aller historischer Vorfälle dieser Art, von Julius Cäsar bis zu General Wilson, angefertigt. Zur Zeit der »Unruhen« arbeitete er an einem Ölbild, das seine eigene Ermordung darstellen sollte, und tatsächlich wurde ihm auf seinem eigenen Zufahrtsweg aufgelauert, und er wurde erschossen.

Unter einem solchen Gemälde ihres Bruders – Abraham Lincoln in seiner Loge im Theater – saß Miss Bella eines fahlen Novembermorgens, als ihr der Gedanke kam, eine Weihnachtsgesellschaft zu geben. Es wäre unnötig, ihre Erscheinung genauer zu beschreiben, und auch nur verwirrend, da sie mit ihrem Charakter beträchtlich im Widerspruch zu stehen schien. Miss Bella war über achtzig, sehr unordentlich und sehr rot; graustreifiges Haar war auf dem Hinterkopf zu einem glatten Knoten geschlungen; lose Strähnen hingen ihr um die Wangen; ihre Nase sprang vor und hatte blaue Äderchen; die blassblauen Augen waren leer und irre; sie hatte ein munteres Lächeln und sprach mit stark irischer Klangfärbung. Sie ging an einem Krückstock, da sie vor vielen Jahren lahmgeschlagen wurde, als sich am Ende eines langen Tages mit der Ballingar-Meute ihr Pferd auf losem Geröll über sie wälzte; ein betrunkener Sportarzt hatte das Unheil noch schlimmer gemacht, und sie hatte nie wieder reiten können. Sie erschien zu Fuß, wenn die Meute die Fuchswäldchen von Fleacetown durchstöberte, und kritisierte mit lauter Stimme das Verhalten des Jagdleiters; doch von ihren alten Freunden beteiligten sich von Jahr zu Jahr weniger, und fremde Gesichter tauchten auf.

Sie kannten Bella, obwohl sie sie nicht kannte. Sie war in der Nachbarschaft Gegenstand des Spottes und hochwillkommener Witze geworden.

»Ein lausiger Tag«, berichteten sie manchmal. »Wir haben den Fuchs aufgestöbert und fast unmittelbar darauf die Spur wieder verloren. Aber wir haben Bella gesehen. Möcht' mal wissen, wie lange die gute Alte es noch macht. Muss ja an die neunzig sein. Mein Vater kann sich noch erinnern, wie sie die Jagden mitritt. Die ritt auch wie der Wind.«

Ja, und jetzt dachte Bella immer häufiger an den Tod. Im Winter vor einem Jahr war sie sehr schwer krank gewesen. Im April tauchte sie wieder auf, rotwangig wie immer, aber langsamer in Bewegung und Denken. Sie gab Anweisung, dass die Gräber ihres Vaters und ihres Bruders besser gepflegt werden müssten, und im Juni unternahm sie etwas ganz Unerhörtes und lud ihren Erben zu sich ein. Bisher hatte sie sich immer geweigert, den jungen Mann zu sehen. Es war ein Engländer, ein sehr entfernter Vetter namens Banks. Er lebte in South-Kensington und arbeitete dort im Museum. Im August kam er zu ihr und schrieb lange und lustige Briefe an alle seine Freunde, in denen er ihnen von seinem Besuch erzählte, und hinterher machte er aus seinen Erlebnissen eine Geschichte für den *Spectator*. Bella konnte ihn vom ersten Augenblick seines Erscheinens an nicht ausstehen. Er hatte eine dicke Hornbrille und eine B.B.C.-Stimme. Den größten Teil seiner Zeit verbrachte er damit, jeden Kaminsims und Türfries des Herrenhauses zu fotografieren. Eines Tages kam er zu Bella und schleppte einen Stoß in Kalbsleder gebundener Bücher aus der Bibliothek an.

»Hör mal, weißt du, dass du die hier besitzest?«, fragte er sie.

»Allerdings«, log Bella.

»Lauter Erstausgaben. Die müssen furchtbar wertvoll sein!«

»Stell sie wieder dorthin, wo du sie gefunden hast!«

Später, als er ihr schrieb und sich für den Aufenthalt bedankte (er legte ein paar von den in Fleacetown gemachten Fotografien bei), sprach er wieder von den Büchern. Das gab Bella zu denken. Weshalb sollte der junge Lackel im Haus herumschnüffeln und alles nach seinem Geldeswert abschätzen? Schließlich war sie noch nicht tot, fand Bella. Und je mehr sie darüber nachdachte, desto widerwärtiger wurde ihr die Vorstellung, Archie Banks könnte Bücher nach South-Kensington schleppen und jeden Kaminsims entfernen und (wie er es schon angedroht hatte) für die Architekturzeitschrift eine Arbeit über ihr Haus schreiben. Sie hatte schon oft gehört, dass Bücher wertvoll seien. Und in der Bibliothek gab es haufenweise Bücher, und sie sah nicht ein, weshalb Archie Banks daraus Profit schlagen sollte. Daher schrieb sie einen Brief an einen Buchhändler in Dublin. Er kam und sah sich in der Bibliothek um, und nach einem Weilchen bot er ihr zwölfhundert Pfund für den ganzen Posten oder tausend für die sechs Bände, die Archie Banks' Aufmerksamkeit erregte hatten. Bella war nicht ganz sicher, ob sie ein Recht hatte, Sachen aus dem Haus zu verkaufen. Ein Ausverkauf aller Bücher würde auffallen. Daher behielt sie die Predigtsammlungen und Kriegshistorien, die den Großteil der Bibliothek ausmachten; der Dubliner

Buchhändler zog mit den Erstausgaben ab (die ihm dann übrigens weniger einbrachten, als er dafür ausgegeben hatte), und Bella sah dem Winter mit tausend Pfund Bargeld in der Hand entgegen.

Und da kam ihr nun der Einfall, eine Gesellschaft zu geben. Um die Weihnachtszeit fanden in der Umgebung von Ballingar immer einige Gesellschaften statt, doch in den letzten Jahren war Bella zu keiner einzigen mehr eingeladen worden, teils weil viele ihrer Nachbarn sie nicht näher kannten, teils weil sie glaubten, sie würde nicht gerne kommen, und teils weil sie nicht gewusst hätten, was sie mit ihr anfangen sollten, wenn sie gekommen wäre. Nun verhielt es sich aber so, dass sie Gesellschaften sehr liebte. Es gefiel ihr, sich in Sälen voll Stimmengewirr an die Abendtafel zu setzen, sie liebte Tanzmusik und Geplauder, welches Mädchen schön sei und wer in wen verliebt war, und sie mochte einen edlen Tropfen und ließ sich gern allerlei Gutes von Herren in rosa Jagdfrack anbieten.

Und obwohl sie sich mit verächtlichen Betrachtungen über den Stammbaum der Gastgeberinnen zu trösten pflegte, so verdross es sie doch sehr, sobald sie von einer Gesellschaft bei Nachbarn hörte, zu der sie nicht eingeladen worden war.

Und so kam es also, dass Bella, die mit der *Irish Times* unter dem Bild Abraham Lincolns saß und über die kahlen Bäume zu den Hügeln dahinter blickte, sich's in den Kopf setzte, eine Gesellschaft zu geben. Sie stand sofort auf und humpelte durchs Zimmer und zur Klingelschnur. Bald darauf trat ihr Hausmeister ins Gartenzimmer; er trug die grüne Drellschürze, in der er immer das Silber putzte, und in der Hand hatte er den Polierlappen, um ihr die Regelwidrigkeit ihres Läutens nachdrücklich klarzumachen.

»Haben Sie geläutet?«, fragte er.

»Ja, wer denn sonst?«

»Und ich bin beim Silber!«

»Riley«, sagte Bella feierlich, »ich habe vor, zu Weihnachten einen Ball zu geben.«

»Nein, so was!«, rief der Hausmeister. »Weshalb wollen denn Sie in Ihrem Alter noch tanzen?« Doch als Bella ihm die Einzelheiten auseinandersetzte, begannen seine Augen voller Interesse zu glitzern:

»Solch einen Ball hat die Nachbarschaft seit fünfundzwanzig Jahren nicht erlebt! Der kostet ein Vermögen!«

»Er soll tausend Pfund kosten!«, sagte Bella stolz.

Die Vorbereitungen waren natürlich ungeheuer. Sieben neue Dienstboten wurden im Dorf ausgehoben und mussten an die Arbeit, mussten entstauben und säubern und polieren und Möbel räumen und Teppiche rollen. Ihr Fleiß führte dazu, Schäden und mehr Arbeitsnotwendigkeiten zu enthüllen: Stuckatur-Friese, die schon längst morsch waren, zerbröckelten unter der Berührung des Federwisches; vom Holzwurm durchsiebte Mahagoni-Dielen brachen mitsamt den Teppichnägeln aus dem Fußboden; hinter den Kabinettschränken im großen Salon bestanden die Wände aus rohem Ziegelstein. Eine zweite Woge spülte eine Invasion von Malern, Tapezierern und Spenglern heran, und in einem überschwenglichen Augenblick ließ Bella in der großen Halle das Kranzgesims und Kapitell aller Säulen neu vergolden; Fensterscheiben wurden ersetzt, Geländerdocken in gähnende Lücken der Treppe verpasst, und der Treppenläufer wurde so verschoben, dass die abgetretenen Streifen weniger ins Auge fielen.

Bei all diesen Arbeiten war Bella unermüdlich. Sie humpelte vom Salon in die Halle, die lange Galerie hinab, die große Treppe hinauf, tadelte die Mietsdiener, legte bei den leichteren Möbelstücken Hand an und glitt, als es soweit war, auf dem Mahagoni-Fußboden des Salons umher, um das Talkpulver einzureiben. In den Bodenkammern kramte sie Silbertruhen aus, fand mehrere längst vergessene Porzellanservices und stieg mit Riley in den Keller, um die letzten paar Flaschen Champagner zu prüfen, der schal und sauer geworden war. Und an den

Abenden, wenn die erschöpften Handwerker sich ihren vulgären Zerstreuungen überließen, saß Bella noch bis spät in die Nacht hinein auf und blätterte in den Kochbüchern, verglich die Kostenvoranschläge der verschiedenen Lebensmittellieferanten, verfasste lange und ausführliche Briefe an die Agenten für Tanzkapellen, und was am allerwichtigsten war, sie stellte die Liste ihrer Gäste zusammen und versah die zwei hohen Stöße gravierter Einladungskarten in ihrem Schreibsekretär mit Adressen.

Entfernungen haben in Irland nicht viel zu besagen. Man fährt gerne drei Stunden, nur um einen Nachmittagsbesuch abzustatten, und für einen Ball von solcher Bedeutung war keine Reise zu weit. Bella hatte ihre Liste mühsam an Hand von Geschlechtsregistern und Rileys etwas jüngeren Kenntnissen der irischen Gesellschaft und ihrem eigenen, plötzlich neu belebten Gedächtnis zusammengestellt. Fröhlich und mit gleichmäßiger Kinderhandschrift übertrug sie alle die Namen auf die Karten und adressierte die Umschläge. Es war das Werk mehrerer langer Abende. Viele Leute, deren Namen sie niederschrieb, waren gestorben oder ans Bett gefesselt; manche, an die sie sich noch gerade als an kleine Kinder erinnern konnte, saßen in entfernten Winkeln der Erde und warteten auf den Ruhestand. Viele Häuser, deren Namen sie auf die Umschläge setzte, waren nur noch rauchgeschwärzte, leere Höhlen, da sie während der Unruhen in Flammen aufgegangen und nie wieder aufgebaut worden waren; in einigen lebte überhaupt keiner mehr, höchstens noch Bauern. Doch endlich, und nicht zu früh, war die letzte Adresse auf den letzten Umschlag geschrieben worden. Nun noch das Verschließen und Frankieren, und dann erhob sie sich von ihrem Pult; es war später als sonst. Die Glieder waren ihr steif, die Augen trübe, die Zunge klebte vom Leim der Briefmarken des irischen Freistaates; es wurde ihr ein wenig schwindlig, doch verschloss sie an jenem Abend den Pultdeckel mit dem Bewusstsein, die wichtigste Arbeit für ihre Gesellschaft hinter sich gebracht zu haben. Sie hatte mehrere beachtliche und wohlerwogene Streichungen auf der Liste vorgenommen.

»Stimmt das Gerücht, dass Bella Fleace eine Gesellschaft gibt?«, erkundigte sich Lady Gordon bei Lady Mockstock. »Ich habe keine Karte erhalten.«

»Ich auch noch nicht. Hoffentlich hat uns die gute Alte nicht vergessen? Ich will bestimmt hingehen. Habe das Haus noch nie von innen gesehen. Ich glaube, sie hat ein paar entzückende Sachen.«

Und die englische Dame, deren Gatte Mock-House gepachtet hatte, ließ sich in echt englischer

Reserviertheit überhaupt nicht anmerken, dass in Fleacetown eine Gesellschaft gegeben werden sollte.

Als die letzten Tage vor der Gesellschaft näher rückten, konzentrierte sich Bella mehr auf ihre äußere Erscheinung. Sie hatte sich in den letzten Jahren wenig neue Kleider angeschafft, und die Dubliner Schneiderin, bei der sie hatte arbeiten lassen, hatte ihr Geschäft aufgegeben. Eine Sekunde lang kam ihr die verrückte Idee einer Reise nach London oder gar nach Paris, und nur in Anbetracht der knappen Zeit sah sie notgedrungen von dem Plan ab. Schließlich entdeckte sie ein Geschäft, das ihr zusagte, und kaufte sich dort eine ganz prachtvolle Robe aus rotem Atlas, die sie durch lange weiße Handschuhe und Atlasschuhe ergänzte. Es befand sich, ach, leider kein Diadem unter ihren Schmucksachen, aber sie brachte eine Unzahl komischer bunter viktorianischer Ringe ans Tageslicht, auch ein paar Ketten und Medaillons, Perlbroschen und Türkisohrringe und ein Granathalsband. Aus Dublin ließ sie einen Friseur kommen, der ihr Haar gut frisieren sollte.

Am Morgen des Balltages erwachte sie frühzeitig, war vor nervöser Erregung etwas fiebrig, und bis nach ihr verlangt wurde, lag sie zappelnd im Bett und wiederholte sich in ihrem rastlosen Geist jede Vorbereitung in all ihren Einzelheiten. Bis zum

Mittagessen hatte sie das Aufstecken von Hunderten von Kerzen in den Wandleuchtern im Ballsaal und Esssaal und in den drei großen Kronleuchtern aus geschliffenem Waterford-Kristall beaufsichtigt; sie hatte zugesehen, wie die Esstische mit Glas und Silber geschmückt und die massiven Weinkühler neben das Büffet gestellt wurden; sie hatte geholfen, die große Halle und die Treppe mit einer Fülle von Chrysanthemen zu verschönen. Das Mittagessen wollte sie nicht einnehmen, obwohl Riley ihr gern Kostproben der bereits eingetroffenen Delikatessen aufgenötigt hätte. Sie fühlte sich ein wenig matt und legte sich ein Weilchen nieder, raffte sich aber bald wieder auf, um eigenhändig die wappengeschmückten Knöpfe auf die Livree der Mietsdiener zu nähen.

Die Einladungen lauteten auf acht Uhr. Sie fragte sich, ob es nicht zu früh sei – sie hatte neuerdings von Gesellschaften sprechen hören, die erst sehr spät begannen; aber als der Nachmittag sich so unerträglich hinschleppte und schließlich sattes Dämmerlicht das Haus umfing, war Bella froh, dass sie die aufreibende Wartezeit etwas kurzfristig anberaumt hatte.

Um sechs Uhr ging sie nach oben, um sich umzukleiden. Der Friseur kam mit einem Sack voller Brennscheren und Kämme. Er bürstete und wellte ihr Haar und toupierte es und hantierte damit herum, bis es schön in Form kam und viel voller als sonst wirkte. Sie legte all ihre Juwelen an, und als sie vor den hohen Ständerspiegel trat, konnte sie einen Laut der Überraschung nicht unterdrücken. Dann humpelte sie nach unten.

Das Haus sah im Kerzenschimmer ganz herrlich aus. Die Tanzkapelle war da, und die zwölf Mietsdiener, und Riley in Kniehosen und schwarzen Seidenstrümpfen.

Es schlug acht. Bella wartete. Keiner kam.

Sie setzte sich auf einen vergoldeten Stuhl am oberen Treppenpodest und blickte mit ihren leeren blauen Augen starr vor sich hin. Die Mietsdiener in der Halle und in der Garderobe und im Esssaal sahen einander mit wissendem Blinzeln an. »Was glaubt denn die gute Alte? Vor zehn Uhr ist kein Mensch fertig und zum Kommen bereit.« Die Fackelträger auf der Vortreppe stampften mit den Füßen und rieben sich die Hände.

Um halb eins erhob sich Bella von ihrem Stuhl. Ihr Gesicht verriet nicht mit dem leisesten Ausdruck, was sie dachte.

»Riley, ich glaube, ich esse etwas. Ich fühle mich nicht besonders wohl.«

Sie humpelte langsam in den Esssaal.

»Bringen Sie mir eine gefüllte Wachtel und ein Glas Wein! Und sagen Sie der Kapelle, sie soll zu spielen anfangen.«

Die Walzerklänge der *Blauen Donau* fluteten durchs Haus. Bella lächelte beifällig und wiegte den Kopf ein wenig im Takt.

»Riley, ich bin richtig hungrig! Ich habe ja den ganzen Tag nichts gegessen. Bringen Sie mir noch eine Wachtel und etwas mehr Champagner!«

Riley servierte seiner Herrin ein riesiges Mal – allein zwischen all den Kerzen und Mietsdienern. Sie genoss jeden Bissen.

Dann erhob sie sich. »Es muss wohl leider ein Missverständnis vorliegen. Kein Mensch scheint zum Ball zu kommen. Nach all unserer Arbeit ist das sehr enttäuschend. Sie können die Musikkapelle wegschicken.«

Doch gerade, als sie den Esssaal verließ, wurde es in der Halle unten unruhig. Gäste kamen. Mit wilder Entschlusskraft zwang Bella sich die Treppe hinauf. Sie musste oben bereitstehen, ehe die Gäste angekündigt wurden. Mit hämmerndem Herzen, mit der einen Hand auf dem Geländer und der anderen auf ihrem Stock, nahm sie immer zwei Stufen auf einmal. Endlich hatte sie das Treppenpodest erreicht und drehte sich um, damit sie den Gästen ins Gesicht blicken konnte. Vor ihren Augen verschwamm alles, und es sauste ihr in den Ohren. Sie keuchte mühsam, bemerkte aber undeutlich vier nahende Gestalten und sah Riley, der ihnen entgegenging, und hörte ihn ankündigen:

»Lord und Lady Mockstock, Sir Samuel und Lady Gordon.«

Plötzlich zerriss der Nebel, der sie bis zu diesem Zeitpunkt eingehüllt hatte.

Hier auf der Treppe waren die beiden Frauen, die sie *nicht* eingeladen hatte: Lady Mockstock, die Tochter des Tuchwarenhändlers, und Lady Gordon, die Amerikanerin.

Sie richtete sich auf und starrte sie mit ihren leeren blauen Augen an. »Ich hatte diese Ehre nicht erwartet«, sagte sie. »Verzeihen Sie, wenn ich leider nicht in der Lage bin, Sie zu empfangen.«

Den Mockstocks und den Gordons verschlug es die Sprache. Sie sahen die irren blauen Augen der Gastgeberin, sahen ihr rotes Atlaskleid, den Ballsaal, der in seiner Leere unendlich groß wirkte, und sie hörten die Tanzmusik durch das leere Haus hallen. Die Luft war gesättigt vom Duft der Chrysanthemen. Und dann verflog das Unwirkliche und Dramatische des Auftritts. Miss Bella setzte sich plötzlich nieder, streckte dem Hausmeister die Hände entgegen und sagte: »Ich weiß nicht recht, wie mir geschieht...«

Er und zwei Mietsdiener trugen die alte Dame auf ein Sofa. Sie sprach nur noch einmal. Ihr Denken kreiste immer noch um die gleiche Frage. »Sie kamen uneingeladen, die beiden... und sonst niemand.«

Am nächsten Tag starb sie.

Mr. Banks erschien zur Beerdigung und brachte eine Woche damit zu, ihre Habe zu sichten. Dabei fand er in ihrem Schreibtisch die frankierten, mit Adresse versehenen, aber nicht zur Post gebrachten Einladungen zum Ball.

John Updike

Das Weihnachtssingen

Zu den Naturwundern von Tarbox gehörte mit Sicherheit auch Mr. Burley beim Weihnachtssingen im Rathaus. Wie er da jubilierte, wie er den anderen fidelen Herren großzügigen Beistand leistete, wie er es dröhnen ließ, wenn die Männerstimmen den Guten König Wenzeslaus gaben:

> Auf meine Schritte, Page, achte gut,
> Tritt in die Stapfen unverzagt,
> Auf dass des Winters kalte Wut
> Dir wen'ger an den Gliedern na-aa-gt.

Wenn man neben ihm stand und er ein gutes »na-aa« traf, kam man sich vor wie in einer großen, durchsichtigen Christbaumkugel. Man muss schon sagen: Er hatte einen göttlichen Bass. Dieses Jahr murkeln wir anderen Männerstimmen an den Liedern nur herum: Wendell Huddlestone, dessen Haushaltswarenladen jetzt eine Pizzeria ist, wo sich abends die Gammler treffen; Squire Wentworth, der immer noch Petitionen einreicht, um die Sumpfvögel vor dem Atommeiler zu schützen; Lionel Merson, der dieses Jahr um drei Pfund Gallensteine leichter ist als im letzten; der Stadtrat, dessen gesprenkelte Glatze aussieht wie ein Forellenbauch; der Feuerwehrmann, dessen Gesicht vom Muschelsuchen das ganze Jahr über gebräunt ist; und der bärtige Sohn der Witwe Covode, der sich auf die Theologie stürzte, um seiner Einberufung zu entgehen; und der Junge von den Bisbees, der sich, kaum dass er aus Vietnam zurück war, einen Bart wachsen ließ und seinen Wagen in allen Farben des Regenbogens bemalte; und der Mann von dem neuen Paar, das seit September in dem Haus der Whitmans an der Strandstraße wohnt. Er trägt eine dicke Brille über seinem kleinen Nuschelmund, aber seine Frau scheint eine ziemlich Flotte zu sein.

Und sie erblickten einen Stern,
Der funkelte im Osten fern
Und gab der Erde helles Licht,
Erlosch selbst auch bei Tage nicht.

Ihr kleiner Weihnachtsfummel macht was her, rot mit weißen Punkten, eines von diesen total kurzen Kleidchen – so kurz, dass sie es sich beim Hinsetzen mit den Händen unter den Hintern ziehen muss, sonst würde es nicht mitkommen. Ein munteres Fräulein mit langen Beinen, die schimmern wie Eis auf einem zugefrorenen Teich. Über ihrem Becher Punsch mit Zimt lächelt sie nervös, fragt sich wohl, warum sie überhaupt hier ist, in diesem staubigen, zugigen Gemeindehaus. Wir müssen ihr wie Gespenster vorkommen, wir Oldtimer aus Tarbox. Und unseren Mr. Burley hat sie nie singen gehört. Aber sie merkt, dass in diesem Jahr etwas fehlt, dass etwas nicht so läuft, wie es soll, dass es hohl klingt. Hester Hartner pfuscht in jeden Akkord falsche Töne hinein: Arthritis – Arthritis und Gleichgültigkeit.

> Marias große Freude,
> Zu unser aller Lohn,
> Das war das holde Jesuskind,
> Ihr allerliebster Sohn.

Das alte Klavier, ein Pickering, ist die meiste Zeit des Jahres abgeschlossen; es steht unter dem Flächennutzungsplan der Stadt, und obendrauf türmen sich die Rollen mit den Grundstücksplänen, die wegen irgendwelcher Grundbuchänderungen eingereicht worden sind. Dieses Rathaus sollte seltsamerweise eigentlich eine unitarische Kirche werden, so um 1830, aber er kam hier in der Gegend nicht so richtig an, der Unitarismus; die Seeluft ist ihm nicht bekommen. Für mystische Schatten braucht es große Bäume oder wenigstens einen See, in dem man sein Spiegelbild betrachten kann, wie es sie oben in Concord gibt. Also kaufte die Stadt den Rohbau und zog zwischen den Balkonen der Empore quer durch den Kirchenraum eine Decke ein: Büros und Gerichtssaal unten und oben ein paar zusätzliche Büros und dieser Saal. Man sieht noch die dorischen Pfeiler an den Wänden, ihre oberen Hälften. Früher wurde er mehr genutzt als heute. Zweimal im Jahr gab es die Tarboxer Theatertage und außerdem politische Kundgebungen mit Transparenten und Strohhüten und Tamburins, auch andere Veranstaltungen zu allen möglichen Anlässen und die Bürgerversammlungen, bevor wir repräsentativ wurden. Aber jetzt schaffen es nicht mal die Stechpalmen, die die Damen vom Gutshof überall angebracht haben, diesem Saal ein bisschen Heiterkeit zu verleihen und den Geruch von Staub und Moder zu vertreiben, von Spinnweben, die so hoch hängen, dass man nicht an sie herankommt, von Rattennestern in den Heizungsschächten und, wenn man in der Nähe des Klaviers steht, die säuerlichen Ausdünstungen der Blaupausen. Außerdem hat sich Hester in letzter Zeit angewöhnt, Eukalyptusbonbons zu lutschen.

Dich wollen wir ehren ohn' Unterlass,
O lux beata Trinitas.

Die kleine Frau in dem gepunkteten Kleid lacht jetzt: Vielleicht tut der Punsch seine Wirkung, vielleicht gewöhnt sie sich auch langsam an unseren Anblick. Fremde Leute sehen nur eine Zeitlang hässlich aus, bis man anfängt, ihre struppigen, affenartigen Züge mit ein bisschen Geschichte zu füllen, bis man aufhört, ihre Gesichter zu sehen, und stattdessen ihr Leben sieht. Wie auch immer, es tut uns gut, dass wir die Kleine hier sehen, dass wir auch junge Leute beim Weihnachtssingen haben. Wir brauchen frisches Blut.

In dieser Jahreszeit hat alle Welt viel Freud,
und Nachbarn kommen ins Haus.
Man sitzt bei dem Feuer, dem Herzenserfreuer,
und tauscht die freundlichsten Grüße aus.
Und jeglicher Zwist nun vergessen ist,
lasst fahren die Sorgen und Klagen.
Stimmt ein in das Lied, singt frohgemut mit,
den kalten Winter zu verjagen.

Im Grunde ist das hier eine Frauensache, eine Gelegenheit, im dunkelsten Monat ein paar Sachen zu bügeln, die Männern gefallen, und mal aus dem

Haus zu kommen. Diese alten Feste hat man bestimmt nicht willkürlich über den Kalender verteilt. Erntezeit und Saatzeit, Saatzeit und Erntezeit, die Ellbogen des Jahres. Auch daran haben die Frauen ihren Spaß; sie haben fast immer ihren Spaß, wenn es zur Sache geht, nach meiner begrenzten Erfahrung. Die Witwe Covode, mit Rouge und Purpur angepinselt wie früher die Nutten auf dem Scollay Square in Boston, obwohl sie doch allenfalls noch darauf hoffen kann, dass bei ihrem Begräbnis die Sonne scheint und der Boden nicht gefroren ist. Mrs. Hortense, breit wie ein Scheunentor, aber die Hände tun so, als gehörten sie einer Herzogin. Im Halsausschnitt von Mamie Nevins prangt ein Mistelzweig. Die vermissen alle Mr. Burley. Er war nie verheiratet und machte bei diesen Anlässen den Kavalier für alle. Er gab auch den Schuss in den Punsch, aber dieses Jahr lassen sie es den jungen Covode machen. Vielleicht ist das der Grund, warum sich unser Pünktchen nicht beruhigen kann und beim Singen die ganze Zeit kichert wie eine Gartensäge.

Adeste, fideles,
Laeti triumphantes:
Venite, venite
In Bethlehem.

Immer wieder dieser alte Streit, ob es mit »v« oder als »wenite« gesungen werden soll und ob das »th« hart oder weich ist. Die höhere Bildung bringt uns auseinander. Früher nahmen die Leute sie sogar richtig übel – Burley zum Beispiel, der mit seiner Bildung nicht in die Großstadt ging, nie hier rauskam. Exeter, Dartmouth, ein Jahr an der Sorbonne und nachher dreißig Jahre Tarbox. Mit fünfzig war er dick und reizbar. Und arrogant obendrein. Beim letzten Singen sagte er Hester zwei- oder dreimal, sie solle einen Zahn zulegen. »Presto, Hester, nicht andante!« Nie geheiratet und nie richtig gearbeitet. Die Strumpfwarenwirkerei Burley, die sein Großvater gegründet hatte, wurde zugemacht und die Maschinen unter der Hand verkauft, bevor Burley erwachsen war. Stattdessen richtete er sich ein Laboratorium ein und war dann immer kurz davor, irgendwas Vollkommenes aus der Tasche zu zaubern: den vollkommenen Synthetikersatz für Leder, das vollkommen harmlose Insektenvernichtungsmittel, die sich selbst in Kompost verwandelnde Bierdose. Manche sagten, zuletzt habe er nach einer Methode gesucht, um aus Blei Gold zu machen. Aber das war wohl nur Bosheit. Alles, was hoch ist, zieht Blitze auf sich, und alles, was einen Namen hat, Bosheit. Als es dann passierte, schenkten ihm die Zeitungen in Boston dreißig Zeilen und ein zehn

Jahre altes Foto dazu. »Nach langer Krankheit.«
Das war keine lange Krankheit, das war Zyankali,
am Freitag nach Thanksgiving.

> Die Stechpalme bekommt ihren Dorn,
> Der tut uns manches Leid.
> Maria bekam ihren holden Spross
> An Weihnachten zur Morgenzeit.

Es heißt, das Zyankali habe ihm die Kehle zerfressen, schlimmer als eine Lötlampe. Gut, dass man solche Einzelheiten weiß, aber das Rätsel erklären sie nicht. Warum? Gesundheit, Geld, Hobbys und diese Stimme. Dass diese Stimme jetzt fehlt, macht hier ein großes Loch. Ohne seine Führung traut sich kein Mann mehr an die tiefen Passagen; wir trällern bloß noch die Melodie bei den Frauen mit. Als wäre die Decke, die sie hier eingezogen haben, plötzlich wieder weg und wir hingen in der Luft, auf halber Höhe in dem alten Kirchenraum. Schuldbewusst sehen wir uns um und vermissen Burleys Stimme. Das, was fehlt, ist inzwischen anscheinend mehr als das, was noch da ist. Wir fühlen uns beleidigt, geschnitten. Die Toten wenden sich von uns ab. Je älter man wird, desto mehr von ihnen zeigen einem die kalte Schulter. Burley war wirklich ein Rauhbein letztes Jahr, als er Hester wegen ihres Tempos anfuhr. Einmal langte er sogar zu ihr rüber, dunkelrot im Gesicht vor Ungeduld, und schlug ihr auf die Hände, die immer noch nach der richtigen Tonart suchten.

> Steht auf und backt das Weihnachtsbrot:
> Christen, steht auf! Die Welt ist kahl,
> Ein dunkles Not- und Sorgental,
> Doch Weihnachten kommt am Morgen.

Warum bloß? Warum machen wir das? Kommen hier Jahr für Jahr zusammen, so regelmäßig wie die Sonnenwende, und singen diese alten Sachen, die einem das Herz brächen, wenn man auf die Wörter achtete. Stille, Dunkelheit, Jesus, Engel. Besser, man singt, als dass man zuhört, scheint mir.

Muriel Spark
Weihnachtsfuge

Als junges Schulmädchen war Cynthia eine Naturliebhaberin gewesen; so hätte sie sich damals selbst bezeichnet. Sie unternahm einsame Spaziergänge an Flussufern, liebte es, den Regen auf ihrem Gesicht zu spüren, sich über alte Gemäuer zu beugen und in dunkle Teiche zu starren. Sie war verträumt, schrieb Naturgedichte. Das gehörte in den siebziger Jahren des 20. Jahrhunderts zur typischen Kultur der sogenannten Home Counties rund um London, und als sie England verließ und zu ihrer nur wenig älteren Cousine Moira nach Sydney ging, ließ sie bis auf die Erinnerungen all das hinter sich. Moira betrieb eine kunterbunte Boutique mit junger Mode, Handtaschen, handgefertigten Pantoffeln, Keramik, Sitzkissen, verziertem Briefpapier und vielerlei anderem Kunsthandwerk. Moira heiratete einen erfolgreichen Anwalt und zog nach Adelaide. Das schöne Sydney kam Cynthia auf einmal leer vor. Zwar hatte sie einen Freund. Aber auch dieser kam ihr plötzlich leer vor. Mit vierundzwanzig wollte sie ein neues Leben. Das alte Leben hatte sie eigentlich nie so recht gekannt.

So viele Freunde hatten sie für Weihnachten zu sich eingeladen, dass sie gar nicht mehr wusste, wie viele. Freundliche Gesichter, die lächelnd sagten: »Ohne Moira wirst du dich einsam fühlen... Was hast du Weihnachten vor?« Georgie (ihr sogenannter Freund): »Hör mal, du musst zu uns kommen. Wir würden uns sehr freuen, wenn du Weihnachten zu uns kämst. Mein kleiner Bruder und meine kleine Schwester...«

Cynthia fühlte sich schrecklich leer. »Nun ja, ich fahre zurück nach England.« »So bald schon? Vor Weihnachten?«

Sie packte ihre Sachen und verschenkte alles, was sie nicht behalten wollte. Sie hatte einen einfachen Flug von Sydney nach London gebucht, genau an Weihnachten. Sie würde den ersten Weihnachtstag im Flugzeug verbringen. Ständig musste sie an die Schönheit und die blühende Lebensart denken, die sie hinter sich ließ, an das Meer, die Strände, die Läden, die Berge, aber nur so, wie man sich über ein altes Gemäuer beugt und träumt. England war ihr Bestimmungsort und ihre wahre Bestimmung. In England hatte sie noch nie ein richtiges Erwachsenenleben geführt. Georgie brachte sie zum Flughafen. Auch er hatte ein neues Leben vor sich, die blauen Hügel und die wunderbaren Farben von Brisbane, Queensland, wo sein einziger Onkel eine Schaffarm besaß und seine Hilfe brauchte. Einer anderen, dachte Cynthia, wird er nicht leer vorkommen. Keine Spur. Aber mir kommt er leer vor.

In England würde sie nicht allein sein. Ihre Eltern – geschieden – waren Anfang der Fünfzig. Ihr Bruder – noch unverheiratet – arbeitete als Buchhalter in der City. Eine Tante war kürzlich verstorben; Cynthia war die Testamentsvollstreckerin. In England würde sie nicht allein sein und auch nicht unschlüssig darüber, was sie tun sollte.

Das Flugzeug war fast leer.

»An Weihnachten fliegt niemand«, sagte die Stewardess, die die ersten Getränke servierte. »Oder nur sehr wenig Leute. Vor Weihnachten gibt's immer einen Ansturm, und vom zweiten Weihnachtstag an bis Neujahr sind die Flugzeuge immer voll. Danach normalisiert sich alles langsam wieder.« Sie sprach zu einem jungen Mann, der eine Bemerkung über die vielen leeren Sitzplätze gemacht hatte. »Ich verbringe Weihnachten im Flugzeug, weil ich nicht wusste, wohin sonst mit mir. Ich dachte mir, es könnte lustig werden.«

»Es wird lustig«, versprach die hübsche Flugbegleiterin. »Für Spaß werden wir schon sorgen.«

Der junge Mann schien erfreut. Er saß ein paar Reihen vor Cynthia. Er sah sich um, erblickte Cynthia und lächelte. Im Lauf der nächsten Stunde ließ er diese kleine Welt über den Wolken wissen, dass er Lehrer war und von einem Austauschprogramm zurückkehrte.

Die Maschine war am ersten Weihnachtstag um drei Uhr nachmittags von Sydney abgeflogen. Bis nach Bangkok, dem Zwischenstopp zum Auftanken, waren es mehr als neun Stunden.

Auf zwei freien Sitzplätzen ganz vorne in der Kabine fläzte sich ein Ehepaar mittleren Alters, das ganz in seine Lektüre vertieft war: Er las eine Nummer des *Time Magazine*, sie eine zerfledderte Taschenbuchausgabe von Agatha Christies *Das fehlende Glied in der Kette*.

Unterwegs zu den Toiletten kam ein dünner, hochgewachsener Mann mit Brille an dem Paar vorbei. Auf dem Rückweg blieb er stehen, deutete auf das Taschenbuch und sagte: »Agatha Christie! Sie lesen Agatha Christie. Das ist eine Serienmörderin. In der Schattenseite Ihrer Seele sind Sie selbst eine Serienmörderin.« Der Mann strahlte triumphierend und steuerte auf einen Sitzplatz hinter dem Paar zu.

Als ein Steward auftauchte, riefen die beiden ihn wie aus einem Mund herbei. »Wer ist dieser Mann?«

– »Haben Sie gehört, was er gesagt hat? Er hat gesagt, ich sei eine Serienmörderin.«

»Entschuldigen Sie, Sir, gibt es ein Problem?«, wollte der Steward von dem Mann mit der Brille wissen.

»Ich habe nur eine Bemerkung gemacht«, erwiderte der Mann.

Der Steward verschwand nach vorn und kehrte mit einem Uniformierten zurück, einem Kopiloten, der ein Blatt Papier, offenbar eine Passagierliste, in der Hand hielt. Er warf einen Blick auf die Sitzplatznummer des bebrillten Missetäters, dann auf diesen selbst: »Professor Sigmund Schatt?« – »Sygmund mit Ypsilon«, präzisierte der Professor. »Es ist alles in Ordnung. Ich habe nur eine fachliche Bemerkung gemacht.«

»Bitte behalten Sie die in Zukunft für sich.«

»Ich lasse mich nicht mundtot machen«, sagte Sygmund Schatt. »Da können Sie noch so sehr gegen mich intrigieren und kabalieren.«

Der Kopilot ging zu dem Paar, beugte sich zu ihnen und flüsterte ihnen beruhigend etwas zu.

»Sie werden!«, sagte Schatt.

Der Kopilot kam den Gang entlang auf Cynthia zu. Er setzte sich neben sie.

»Ein Spinner ersten Grades. In Flugzeugen immer ein bisschen beunruhigend. Aber vielleicht ist er harmlos. Wollen wir's hoffen. Fühlen Sie sich einsam?«

Cynthia musterte den Mann in Uniform. Er war gut aussehend und recht jung, jung genug. »Ein bisschen«, sagte sie.

»Die First Class ist leer«, sagte er. »Möchten Sie nach vorn kommen?«

»Ich will nicht –«

»Kommen Sie mit«, sagte er. »Wie heißen Sie?«

»Cynthia. Und Sie?«

»Tom. Ich bin einer der Piloten. Heute sind wir zu dritt, bis jetzt zumindest. In Bangkok kommt noch einer dazu.«

»Dann kann ich mich ja sicher fühlen.«

In Bangkok gingen alle anderen von Bord, um sich anderthalb Stunden die Beine zu vertreten; die Passagiere wanderten in den Abteilungen des Duty-free-Shops umher und kauften Geschenke »aus Bangkok«, unnütze Dinge wie Puppen und Seidenkrawatten. Sie tranken Kaffee und andere Getränke, aßen Kekse und anderes Gebäck. Tom und Cynthia blieben allein zurück. In einer wunderschön eingerichteten Kabine mit richtigen Vorhängen an den Fenstern – unrealistische gelbe Blumen auf weißem Hintergrund – liebten sie sich. Danach erzählten sie einander von sich und liebten sich ein zweites Mal.

»Weihnachten«, sagte er. »Diesen Weihnachtstag werde ich nie vergessen.«

»Ich auch nicht«, sagte sie.

Sie hatten noch eine halbe Stunde Zeit, bevor die Besatzung und die anderen Fluggäste zurückkommen würden. Sie sahen, wie einer der Tankwagen, der die Maschine aufgetankt hatte, davonrollte.

In der Toilette mit den Duftwässerchen und Zahnbürsten ließ sich Cynthia genüsslich Zeit. Sie machte sich frisch und hübsch und kämmte ihren gutgeschnittenen schwarzen Pagenkopf. Als sie wieder in die Kabine trat, kehrte er gerade von irgendwoher zurück. Er sah jung aus. Lächelnd überreichte er ihr ein Päckchen. »Ein Weihnachtsgeschenk.« Das Päckchen enthielt einen Satz Krippenfiguren aus Gips, »made in China«. Eine kniende Jungfrau, der heilige Joseph, das Jesuskind und ein Schuhmacher mit seiner Werkbank, ein Holzfäller, ein nicht weiter identifizierbarer Mönch, zwei Hirten und zwei Engel.

Cynthia stellte sie auf dem Tisch vor sich auf.

»Glaubst du daran?«, fragte sie.

»Nun, ich glaube an Weihnachten.«

»Ja, ich auch. Es bedeutet ein neues Leben. Aber ich kann mir nicht vorstellen, dass eine Mutter und ein Vater wirklich vor der Krippe knien und ihr Kind anbeten, du etwa?«

»Nein, das ist symbolisch zu verstehen.«

»Die sind richtig hübsch«, sagte sie und berührte ihre Geschenke. »Echt sind sie, nicht aus Plastik.«

»Komm, lass uns feiern«, sagte er. Er verschwand und kehrte mit einer Flasche Champagner zurück.

»Wie teuer...«

»Keine Sorge. In der First Class fließt der Champagner nur so.«

»Hast du später Dienst?«

»Nein«, antwortete er, »ich stempele morgen ein.«

Sie liebten sich ein drittes Mal, hoch über den Wolken.

Danach ging Cynthia zu ihrer früheren Sitzreihe zurück. Professor Sygmund Schatt stritt sich gerade mit einer Stewardess wegen seiner Mahlzeit, die er anscheinend im Voraus bestellt hatte und die seinen Ansprüchen aus irgendeinem Grund nicht genügte. Cynthia setzte sich auf ihren alten Sitzplatz, entnahm der Tasche vor ihr eine Postkarte und schrieb an ihre Cousine Moira. »In zehntausend Meter Höhe lasse ich es mir gutgehen. Habe ein neues Leben begonnen. Tausend Küsse, Cynthia.« Dann hatte sie das Gefühl, dass dieser Sitzplatz Teil ihres alten Lebens war, und ging wieder in die First.

In der Nacht kam Tom und setzte sich zu ihr.

»Du hast nicht viel gegessen«, sagte er.

»Woher weißt du das?«

»Es ist mir aufgefallen.«

»Mir war nicht nach Weihnachtsessen zumute«, sagte sie.

»Magst du jetzt etwas essen?«

»Ein Truthahnsandwich. Ich geh mal hin und frag die Stewardess.«

»Überlass das mir.«

Tom erzählte ihr, er befinde sich in der letzen Phase einer Scheidung. Zweifellos sei es für seine Frau schwer gewesen, dass er so oft beruflich unterwegs sei. Aber sie hätte irgendein Studium anfangen können. Sie wolle einfach nichts lernen, Lernen sei ihr verhasst.

Und er sei einsam. Er machte ihr einen Heiratsantrag, und sie war nicht im Mindesten überrascht. Aber sie sagte: »Ach, Tom, du kennst mich doch gar nicht.«

»Ich glaub schon.«

»Wir kennen einander doch gar nicht.«

»Nun, ich finde, wir sollten einander kennenlernen.«

Sie sagte, sie werde es sich überlegen. Sie versprach, ihre Pläne auf Eis zu legen und eine Weile bei ihm in London zu bleiben, in seiner Wochnung in Camden Town.

»In drei Tagen habe ich frei – Ende der Woche«, sagte er.

»Mein Gott, ist er wirklich in Ordnung, kann ich mich auf ihn verlassen?«, fragte sie sich. »Bin ich bei ihm sicher aufgehoben? Wer ist er überhaupt?« Aber sie war schon hin und weg.

Gegen vier Uhr morgens wachte sie auf und fand ihn an ihrer Seite. Er sagte: »Heute ist der zweite Weihnachtstag. Du bist ein wunderbares Mädchen.«

Das hatte sie sich schon immer gedacht, aber bislang war sie Männern gegenüber immer sehr schüchtern gewesen. In Australien hatte sie zwei kurze Liebesaffären gehabt, keine von beiden besonders denkwürdig. Ganz allein mit Tom im First-Class-Abteil hoch über den Wolken – das war Wirklichkeit, etwas, woran sie sich erinnern würde, der Anfang eines neuen Lebens.

»Ich geb dir den Schlüssel zur Wohnung«, sagte er. »Fahr am besten gleich hin. Niemand wird dich stören. Ich teile sie mit meinem jüngeren Bruder. Aber der ist etwa sechs Wochen weg. Genauer gesagt, er sitzt im Gefängnis. Er ist in ein Handgemenge mit Fußballfans geraten, und jetzt sitzt er wegen schwerer Körperverletzung und Landfriedensbruch. Dabei war die Körperverletzung gar nicht so schwer. Er war nur zur falschen Zeit am falschen Ort. Wie auch immer, die Wohnung ist mindestens sechs Wochen lang frei.«

Trotz der frühen Morgenstunde – zehn nach fünf – wartete am Flughafen eine ziemlich große Menschenmenge auf die Ankunft der Maschine. Nachdem Cynthia ihr Gepäck an sich genommen hatte, schob sie ihren Kofferkuli zum Ausgang. Sie rechnete überhaupt nicht damit, dass irgendjemand sie abholen würde.

Aber da standen sie: ihr Vater und seine Frau Elaine; ihre Mutter mit ihrem Mann Bill; hinter ihnen drängten sich am Absperrgitter ihr Bruder und seine Freundin, die angeheiratete Cousine ihrer Cousine Moira und ein paar andere Männer und Frauen, die sie nicht identifizieren konnte, begleitet von einigen Kindern zwischen zehn und vierzehn Jahren. Genau genommen waren alle Angehörigen ihrer Familie, bekannte und unbekannte, gekommen, um Cynthia in Empfang zu nehmen. Woher wussten sie ihre Ankunftszeit? Sie hatte doch nur versprochen, anzurufen, sobald sie in England wäre. »Deine Cousine Moira«, erklärte ihr Vater, »hat uns deine Flugverbindung genannt. Wir wollten, dass du nach Hause kommst, das weißt du doch.« Zuerst fuhr sie zum Haus ihrer Mutter. Es war der zweite Weihnachtstag, aber man hatte das

Weihnachtsfest für ihre Ankunft aufgespart. Sämtliche Weihnachtsrituale wurden sorgsam befolgt. Der Baum und die Geschenke – Dutzende von Geschenken für Cynthia. Zum Weihnachtsessen kamen ihr Bruder mit seiner Freundin sowie einige Cousins und Cousinen.

Als sie daran gingen, die Geschenke aufzumachen, förderte Cynthia aus ihrem Gepäck einige Päckchen zutage, die sie für diesen Anlass aus Australien mitgebracht hatte, darunter auch eine für ihren Bruder bestimmte Weihnachtskrippe aus Gips, »made in China«.

»Wie hübsch«, sagte ihr Bruder. »Eine der schönsten, die ich je gesehen habe, und nicht aus Plastik.«

»Ich hab sie in Moiras Boutique gekauft«, sagte Cynthia. »Sie hat immer ganz besondere Sachen.«

Sie erzählte ausführlich von Australien und seinen Wundern. Dann, beim Tee, kamen sie auf das Testament der Tante zu sprechen, deren Nachlassverwalterin Cynthia war. Als Testamentsvollstreckerin fühlte Cynthia sich pudelwohl und ganz in ihrem Element, obwohl sie normalerweise verträumt war und überhaupt keinen Rechtsverstand besaß, denn das Vertrauen ihrer Tante in sie schmeichelte ihr. Ihr Amt als Testamentsvollstreckerin stattete sie innerhalb der Familie mit Autorität aus. Sie verabredete nun, Neujahr bei ihrem Vater und seiner zweiten Sippe zu verbringen.

Ihr Bruder hatte die Krippenfiguren auf einem Tisch aufgestellt. »Ich weiß nicht«, sagte sie, »warum die Mutter und der Vater neben dem Kind knien; es kommt mir so unwirklich vor.« Was die anderen auf diese Bemerkung antworteten, wenn überhaupt, hörte sie nicht. Sie spürte nur, wie sich seltsame Erinnerungen in ihr regten. In Camden Town gab es anscheinend eine Wohnung, aber sie hatte keine Ahnung, wie die Adresse lautete.

»Die Maschine ist in Bangkok zwischengelandet«, erzählte sie den anderen.

»Bist du von Bord gegangen?«

»Ja, aber man darf den Flughafen nicht verlassen, wie ihr wisst. Es gab eine Kaffeebar und einen hübschen Laden.«

Erst später, als sie allein in ihrem Zimmer war und ihren Koffer auspackte, rief sie bei der Fluggesellschaft an.

»Nein«, sagte eine Frauenstimme, »ich glaube nicht, dass wir in den Kabinen der First Class Vorhänge mit gelben Blumen haben. Da muss ich nachfragen. Gibt es einen besonderen Grund...?«

»Da war ein Kopilot namens Tom. Könnten Sie mir bitte seinen vollständigen Namen sagen? Ich habe eine dringende Nachricht für ihn.«

»Was für ein Flug, sagten Sie?«

Cynthia nannte ihr nicht nur den Flug, sondern auch ihren Namen und ihre ursprüngliche Sitzplatznummer in der Business Class.

Nach einer langen Pause meldete sich die Stimme wieder. »Ja, Sie sind einer der Fluggäste.«

»Das weiß ich«, sagte Cynthia.

»Leider darf ich Ihnen keine Auskünfte über unsere Piloten erteilen. Aber in dieser Maschine gab es keinen Piloten namens Tom… Thomas, nein. Die Flugbegleiter in der Business Class hießen Bob, Andrew, Sheila und Lilian.«

»Keinen Piloten namens Tom? Um die fünfunddreißig, großgewachsen, braunes Haar. Ich bin ihm begegnet. Er wohnt in Camden Town.« Cynthia umklammerte den Hörer. Sie sah sich in der Wirklichkeit des Zimmers um.

»Die Piloten sind alle Australier; das darf ich Ihnen noch verraten, mehr aber nicht. Tut mir leid. Es ist unser Personal.«

»Es war ein denkwürdiger Flug. An Weihnachten. Den werde ich nie vergessen«, sagte Cynthia.

»Danke. Das freut uns«, sagte die Stimme. Sie schien Tausende Kilometer entfernt.

Gert Heidenreich
Leiser konnte Gott nicht

Ich bin all das, was man jedem Esel nachsagt: fleißig, klug und neugierig. Freilich bin ich nicht irgendein Esel, sondern eben jener. Jener gewisse neben dem Ochsen. An der Krippe, in der nicht mehr unser Futter lag, sondern, wie man weiß, das vielversprechende Bündelchen Mensch. Hätte man mir damals gesagt, dass ich bald darauf seine Mutter samt ihm bis nach Ägypten tragen müsste und noch später den halbgaren jungen Mann nach Jerusalem, ich hätte es mir im Stall zu Bethlehem überlegt, ob ich dieser Familie helfen sollte, eine Weltreligion zu gründen. Mit all den Eseln, die durch die biblische Geschichte laufen, bin ja immer ich gemeint. Wir werden ziemlich alt. Ich bin ein sehr alter Esel.

Aber zum Anfang. Es war kalt. Es regnete, der Wind blies, und man musste froh sein, seine Eselshaut in einem Bretterverschlag trockenhalten zu dürfen. Nur darum hab ich mich mit dem Ochsen neben mir abgefunden. Üblicherweise verachten wir Esel die Rinder aus unterschiedlichen Gründen, vor allem aber, weil ihre Ohren zu klein sind. Eine Frage der Intellektualität, sonst würden lesende Menschen den Erinnerungsknick an einer Buchseite Ochsenohr nennen – es heißt aber Eselsohr.

Doch zurück. Wir ahnten beide nichts, als in jener denkwürdigen, eisigen Nacht der alte Mann mit seiner jungen Frau in den Stall kam, unser Stroh wegzog und daraus ein Bett zu schütten versuchte. Dann ging das Gejammer los. Gesehen habe ich nichts, es war stockfinster, nur gehört, wie die junge Frau sich quälte und der Alte hilflos vor sich hin murmelte, dann das Krähen des Neugeborenen, die Mutter sagte: »Joseph, ein Sohn«, der Alte sagte: »Gut, Maria«, dann war es still, bis auf das Schmatzen des Kindes, den schweren Atem der Frau und das Schnarchen des alten Mannes, der gleich nach der anstrengenden Geburt eingeschlafen sein muss, wie übrigens auch der Ochse neben mir. Ein Rind ohne jedes Sentiment. Träumte vermutlich davon, viel weiter östlich zu leben und dort heilig zu werden. Ein Esel wird niemals heilig. Mit uns kann man alles machen, bedenken Sie nur, was Lukian und Apuleius uns angedichtet haben, kein Tierschutzverein ist je dagegen aufgetreten, unsereins muss froh sein, wenn der Sack an unserer Stelle geschlagen wird. Aber zurück nach Bethlehem.

Es war also Nacht und kalt. Der Alte, den die

junge Frau Joseph genannt hatte, röchelte beim Einatmen und pfiff beim Ausatmen, Maria schlummerte vielleicht, und das Würmchen war still, als ob es schon wüsste, dass es in eine fremde, unheimliche Welt geschlüpft war. Das wird, dachte ich jetzt, eine ruhige Nacht werden. Und eben wollte ich mich neben dem Ochsen ins Stroh legen, da sah ich das Licht. Viel zu früh. Mitten in der Nacht ist es hell geworden, taghell! Durch die Ritzen zwischen den Brettern fielen Strahlen in die Hütte, dann riss das Dach auf und hob sich, vom Himmel senkte sich eine Lichtsäule herab, blendend, dass ich die Augen schließen musste und darum nicht genau erkennen konnte, was sich da im Innern des Lichts auf und ab bewegte.

Die Tür brach nach außen auf, und eine Flut aus Licht schwamm von den Hügeln herab, wir alle waren wach und schrien aus vollen Kehlen, Joseph, Maria, Ochs, ich und sogar das Wickelbübchen, denn diese Helligkeit war schrecklicher als das Dunkel zuvor. Dann hörte ich die Hirten draußen rufen, die Schafe blökten, es war ein grässliches Durcheinander, und niemand behielt die Nerven – außer dem Kind. Das hatte sich von der allgemeinen Hysterie ab- und der mütterlichen Brust zugewandt, stieß dieselbe mit seinen Fäustchen und nuckelte unter kleinen Kopfstößen wie ein Zicklein.

Jetzt kamen zum Licht auch noch Posaunentöne, stellen Sie sich vor, auf freiem Felde in der Nacht Posaunen! Die Hirten warfen sich auf die Erde, die Schafe sprangen davon und flüchteten in schattige Mulden, Joseph hielt sich die Ohren zu, der Ochse neben mir röhrte, dass ich dachte, er müsse jeden Augenblick sterben. Ich hatte freilich, als das Licht einbrach, sofort auch an Blasinstrumente gedacht. Es gibt seit Urzeiten eine Dramaturgie des Göttlichen, die man als Esel natürlich kennt. Und zu dieser Dramaturgie gehören Bläser. Es war ein Getöse, unfassbar, später würde man es lieblich nennen, es war aber eigentlich eine Art Alarm. Leiser konnte Gott nicht.

Doch dies enttäuschte nur meine Erwartung einer stillen Nacht. Erst was dann kam, war wirklich erschreckend.

Alles Erdverhaftete nämlich, auch ich, wurde mit einem Mal leicht. Nun mögen schwerleibige Menschen und Tiere es für ein Glück halten, ihres Gewichtes enthoben zu sein. Aber ich, Haut und Knochen, war entsetzt, als ich den Druck in meinen Hufen schwinden fühlte. Mein Kopf, den ich seiner Gedankenfülle wegen immer gesenkt hielt, hob sich zu waghalsig optimistischem Aufbruch, mein Schwanz stellte sich senkrecht, neben mir stieg der Ochs bereits mit himmelwärts gerichteten

Ohren und schweigend in der Lichtsäule empor, während Maria mit dem Säugling an der Brust sich in der Hocke und mit angewinkelten Beinen vom Boden abhob und, ohne um ihr Gleichgewicht auch nur im Geringsten bemüht zu sein, durch das offene Dach schwebte, gefolgt von ihrem zappelnden Gatten, dem sich der schneller steigende Mantel wie eine Blüte um den Kopf aufgestellt hatte.

Ich war in dem wie vom Sturm aufgewirbelten Stroh das langsamste Lebewesen auf dieser Reise zu den Sternen, und fassungslos sah ich die beinüber in der Luft treibenden Hirten und Schafe gen Himmel trudeln, wir alle im gleißenden Licht mitten in der uns am Horizont umschließenden tiefschwarzen Nacht.

Weiter oben wurde es kalt. Wir näherten uns, langsamer steigend, den Sternen und sanken allmählich, nach ängstlich erwartetem Scheitelpunkt in der Höhe, zurück zur Erde von Bethlehem, sanft mit dem sehr langsam schwindenden Licht zu Boden, bis endlich Tier und Mensch zum Ursprung heimgekehrt und sogar das Dach über der Hütte sich wieder geschlossen hatte.

Auf dem Boden zog sich die Lichtflut zu ihrem Ursprung zurück, als ob sie rasend vertrocknete, und die Hirten lagerten sich vor der Tür. Die Schafe kehrten wieder, der Ochs fiel, kaum im Stall, wieder in Schlaf, ich stand wie betäubt neben der Krippe, in die ein Rest Licht sich gerettet hatte. Die Säule der Helligkeit mit ihrem inneren Geflatter entschwand nach oben. Doch der Neugeborene wollte vom Leuchten nicht lassen.

Mir glitten die Lider über die Augen. Was für eine Nacht aber auch. Man denkt an nichts Böses, und auf einmal steht man in der Kulisse der Geschichte. Gerade als ich einschlafen wollte, gingen draußen die Gebete los. Hirten sind, wenn es um ihre Lämmer und den Glauben geht, hartnäckige Menschen. Wie sie beteten! Wie sie auf Knie und Antlitz fielen vor dem Säugling! Der leuchtete mit den Sternen um die Wette! Wie die armen Männer draußen statt um ihre versprungenen Schafe um die eigene Seele besorgt waren und mit ihren Gesichtern durch den Sand schürften!

Zum zweiten Mal geweckt, betrachtete ich das Frischgeborene mit Ärger und Interesse. Die überlegene Ruhe im Gesicht gefiel mir nicht. Das, dachte ich, wird in der hektischen Zeit, in der wir leben, nicht gut ausgehen. Man wird das Bürschchen für hochmütig halten. Und Licht hin oder her, sein alter Vater wird ihn kaum erziehen, die Mutter zu stolz auf ihn sein, und am Ende wird er wie so viele behaupten, ein Göttersohn zu sein. Er bemühte sich jetzt schon auszusehen, als ob er alles wisse.

Ich war seinerzeit in der Hütte der Einzige, der wusste, was aufkam. Der Einzige, der hätte warnen können. Aber Esel, die warnen, gelten bei den Menschen als Störenfriede und werden geprügelt; die aber schweigen, gelten als weise. Ich habe mich für die Weisheit entschieden. Wenn man die Tragödie betrachtet, die seither im Namen jenes nächtlichen Lichtes über die Menschheit gekommen ist – und all die anderen Tragödien im Namen anderer Erleuchtungen –, dann hätte ich wohl damals protestieren müssen, wie Esel zu protestieren pflegen, wenn sie eine schludrige Philosophie als Heilslehre ausgegeben sehen: »I. A.« Was nichts anderes heißt als »Ille Asinus – Jener Esel«, womit wir Tragtiere unsere Verachtung gegenüber Menschen zum Ausdruck bringen, die nicht zu Ende denken.

Ich wusste in jener Nacht schon, dass dieses Lichtspiel mit einer weiteren Verwirrung bereinigt werden würde, einer zweiten und dann ungebremsten Himmelfahrt – eine der üblichen Religionslösungen, wenn ihre Stifter beim Erzählen nicht mehr recht weiterwissen und sich flugs darauf besinnen, dass im Bereich der Hoffnung das Unwahrscheinlichste am glaubwürdigsten ist. Glauben Sie mir, Esel waren immer gefeit dagegen. Alle Lasttiere. Wir waren ebenso wenig Christen wie Hinduisten oder Muslime oder Buddhisten, wir hatten auch mit

Erlösungsclubs wie der Kommunistischen Partei nichts im Sinn. Lasttiere haben dafür zu gute Ohren. Und einen zu geprüften Rücken. Fragen Sie mal Dromedare, was die von Weltbildern halten...

Der junge Mann, der aus dem Säugling jener unruhigen Nacht wurde, fand, wie wir wissen, ein mühsames und qualvolles Ende. Bevor er sich als Taube erwies, sollte der Junge nach dem Willen seines Vaters die Folter kennenlernen, weil ihm das helfe, nach dem Tod ein besserer Mensch zu werden. Dieser Vater, der seinen zweiten Abrahamtest, diesmal mit sich selbst und erfolgreich, durchgeführt hat, ist vermutlich derselbe, der uns, Joseph, Ochs, Maria, das Kindchen und mich, seinerzeit um den Schlaf gebracht hat. Die Inszenierung war nicht schlecht und hat sich bis heute weltweit als Lightandsoundshow erhalten.

Manchmal sehne ich mich nach dem Ochsen, der seinerzeit neben mir stand und offenbar nicht viel mitbekam. Ich weiß noch, dass er, als das Spektakel losging, nur ein Auge geöffnet hat, und das auch nur kurz. Und dass er dann, als alles zu schweben anfing, ungerührt durch die Luft gondelte, als ob er gewusst hätte, dass alles nur ein Traum war. Alles. Nur dass niemand von uns sagen konnte, wer damals wen geträumt hat – Maria ihren Sohn, Joseph seine junge Frau, der Ochs mich und ich den Ochsen. Wir alle aber jene Nacht, die später in die bethlehemitische Zeitrechnung einging – als Nullpunkt.

Gert Heidenreich

Ich war nicht da
Ein Krippenmonolog

Mir ist zu Ohren gekommen, der Esel habe sich seinerseits über die Krippe und die Heilige Nacht geäußert und dabei eine aufgeblasene, ganz und gar märchenhafte Geschichte von Licht mitten in der Nacht, Engeln, Posaunen und was dergleichen Event-Zutaten mehr sind, verbreitet, eine Lesart, in der ich, wie man mir zutrug, keine sonderlich rühmenswerte Rolle spiele und klarheraus als Dummkopf dargestellt werde, dessen geistige Trägheit seiner körperlichen durchaus ebenbürtig sei.

Nun. Was ein Esel sagt, tangiert einen Ochsen natürlich nicht im Mindesten. *Asinus blasinus,* sagt man unter uns Rindern. Man muss uns bloß ansehen: Der vollendeten Physiognomie des Stierhaupts hat der Esel nur eine verschlagene Visage entgegenzusetzen, und neben dem satten Brustton meines Gebrülls ist sein schrilles Geschrei vom Quietschen einer verrosteten Eisentür nicht zu unterscheiden!

Die Variation seiner Gattung ist ärmlich wie sein Fell, es gibt Zwergesel und Hausesel und Wildesel, braune, graue, weiße, das ist im Prinzip alles. Ich hingegen – man höre doch einmal den Klang meiner Vielfalt: *Galloway, Charolais, Jochberger Hummeln, Chianina, Angus, Blonde d'Aquitaine, Ennstaler Bergschnecke, Lincoln Red* – und das ist nur ein winziger Ausschnitt aus der kaum überschaubaren Vielfalt meines augenschönen Bestandes. Es hat schließlich Gründe, nichtwahr, warum Zeus sich nicht in Gestalt eines Esels der Europa genähert hat! Wo wären wir heute! Das zur Frage der Ästhetik.

Nun zur Frage der Glaubwürdigkeit. Zweifelsfrei gab es an der Krippe weder Ochs noch Esel. Es gab Schafe, ja. Und Ziegen. Lukas erwähnt sie. Doch keiner der Evangelisten versteigt sich, ganz gleich, wie sehr er vom Hörensagen gezehrt hat, zu der aberwitzigen Behauptung, wir hätten das Kindlein mit unserem Atem gewärmt oder gar mit unseren Mäulern das herabgerutschte Deckchen wieder über den Kleinen gezogen. Er hatte kein Deckchen! Einzig der apokryphe *Pseudomatthäus*, nichtwahr, und hier sagt der Name schon alles, quetscht uns in den engen Stall.

Dass der Esel sich diese Behauptung zunutze macht, um an meiner Seite in die Religionsgeschichte einzutreten, wundert mich gar nicht. Verärgert haben mich mittelalterliche Exegeten, die ihn als Symbol des Heidentums, mich als Symbol des Israelitenglaubens an der Wiege des Christentums sehen. Ja du lieber Gott! Haben denn die Menschen nichts Wichtigeres zu tun, als eine lügenhafte Erfindung mittels Hermeneutik zur Erlösung der Menschheit hochzudeuten?

Ich will mich nicht aufregen. Doch wenn ich schon herhalten soll, dann bitte mythengerecht! Wer denn außer mir trug die minoische Doppelaxt zwischen den Hörnern? Der Esel etwa? Und über wessen Rücken sprangen die kretischen Athleten? Etwa den eines Esels? Wer wurde im alten Reich Oberägyptens mumifiziert und im Steinsarg bestattet? Esel ja nun nicht! Wie kommt man dazu, mich legendenmäßig neben ein derart unbedeutendes Nutztier ans Bettchen eines Neugeborenen zu plazieren, von dem seinerzeit noch nicht einmal klar war, dass sein Gottvater ihn einst zum Zwecke der Auferstehung am Kreuz sterben lassen würde?

Verstehen Sie mich nicht falsch: Ich habe nichts gegen kleine Kinder. Dass sie keine Paarhufer sind, dafür können sie ja nichts. Mir geht es um die Glaubwürdigkeit. Wenn der Mensch seine Religion nur dadurch erhalten kann, dass er bereits ihren Ursprung fälscht, dann bitte ich wenigstens um angemessene Ikonographie! Mir zur Seite einen Löwen, beispielsweise. Aber da sind natürlich die papistischen Krippendiener schnell mit weiteren Lügen bei der Hand! Angeblich habe ein Engel vor Jesu Geburt alle Tiere zusammengerufen – um zu prüfen, wer dem Kindlein im Stall helfen könne. Warum es nach Engelmeinung der Hilfe bedurfte, bleibt rätselhaft. Jedenfalls wurde der Löwe abgelehnt, weil zu gefährlich, der Fuchs, weil zu verschlagen, der Pfau, weil zu eitel, und so fort. Schließlich standen nur noch der Esel und ich da, und wir hatten dem Engel nichts als Demut und Geduld anzubieten. Ich soll gesagt haben: »Wir könnten ja mit unseren Schwänzen die Fliegen verscheuchen, vielleicht.« Das fand der Engel außerordentlich beeindruckend.

Fliegen verscheuchen! Sagen Sie selbst: Hat je eine Religion einen so hanebüchenen Unsinn über die Welt verbreitet? Und zwar derart hartnäckig, dass nun in jeder Krippe von New York bis Tokio, von Hammerfest bis Sydney ich neben einem Esel zu stehen verpflichtet bin! Wenn ich wenigstens solo dort das Paarhufertum zu vertreten hätte! Und meinetwegen in sämtlichen Weltreligionen, meinetwegen ein Ochse ans Kindbett aller Religionsstifter! Mehr Krippenplätze für Ochsen! All das würde ich mitmachen, weil ich bereit wäre, diese frisch geworfenen Menschen-Würmlein mit meiner beeindruckenden Gestalt zu schmücken. Aber doch nicht in Gemeinschaft mit einem Esel! Irgendwie muss sich das doch durchsetzen lassen, dass ich neben einer Kuh stehe oder einem Bison, ich denke dabei an eine Ochs-an-der-Krippe-Massenbewegung, zur Not auch an einen Krippen-Rinder-Streik! Wissen Sie, wie viele Rinder wir auf der Welt sind? Über fünfhundert Millionen! Hütet euch, ihr Weihnachtschristen! Wenn sich alle Rinder wehren, werden sich die Krippen leeren! Von wegen Demut. In jedem Ochsen steckt ein Stier, ich meine im Herzen. Ja, ja, jetzt kichern sie wieder, die Hodenträger, die männlichen Männer, ausgerechnet die Kleriker, die haben's nötig, über mich zu hüsteln wegen... Sie wissen schon. Aber dem ist nicht so! Nur die Ungebildeten halten mich für einen Eunuchen und Kapaun. Nur die, die nicht wissen, was das Wort Ochse bedeutet... Tja. Da fragen Sie sich nun, da stehen Sie nun blöd da wie der Ochs vor der Scheuertür. Ich weiß es natürlich. Es kommt aus dem Althochdeutschen. Als man noch eindeutig war. Und da heißt es *Ohso*. Und das bedeutet – kommen Sie mal näher, ich kann das nicht so rausbrüllen –, *Ohso* heißt *Samenspritzer*. Ach so, *Ohso!*, sagen Sie jetzt, als hätten Sie das immer schon gewusst! Aber nichts haben Sie gewusst. Gar nichts. Sie Esel!

Nachweis

Vicki Baum (24. Januar 1888, Wien – 29. August 1960, Hollywood)
Der Weihnachtskarpfen. Aus dem Amerikanischen von Karin Graf. Aus: Vicki Baum, *Der Weihnachtskarpfen.* Copyright © 1993 by Kiepenheuer & Witsch, Köln
Ray Bradbury (*22. August 1920, Waukegan, Illinois)
Der Wunsch. Aus dem Amerikanischen von Christa Schuenke. Aus: Ray Bradbury, *Das Weihnachtsgeschenk und andere Weihnachtsgeschichten.* Copyright © 2008 by Diogenes Verlag, Zürich
Andrea Camilleri (*6. September 1925, Porto Empedocle/Sizilien)
Und das Rentier nahm den Weihnachtsmann auf die Hörner. Aus dem Italienischen von Christiane v. Bechtolsheim. Aus: *Neuigkeiten aus dem Paradies.* Copyright © 2005 Verlagsgruppe Lübbe, Bergisch Gladbach
Luciano De Crescenzo (*18. August 1928, Neapel)
Krippenliebhaber und Baumliebhaber (Titel vom Herausgeber). Aus dem Italienischen von Linde Birk. Aus: *Also sprach Bellavista.* Copyright © 1986 by Diogenes Verlag, Zürich
Lord Dunsany (24. Juli 1878, London – 25. Oktober 1957, Dublin)
Das doppelte Weihnachtsessen. Aus dem Englischen von Anne Rademacher. Copyright © by the Estate of Lord

Dunsany. Mit freundlicher Genehmigung von Curtis Brown Group, Ltd., London, und Agence Hoffman, München. Aus: *Der kleine Weihnachtsbegleiter.* Copyright © 1995, 2007 Piper Verlag, München

Michel Faber (*13. April 1960, Den Haag)
Weihnachten in der Silver Street. Aus dem Englischen von Eike Schönfeld. Aus: Michel Faber, *Sugars Gabe.* Copyright © 2006 by Claassen Verlag in der Ullstein Buchverlage GmbH, Berlin

Robert Gernhardt (13. Dezember 1937, Reval, Estland – 30. Juni 2006, Frankfurt am Main)
Die Falle. Aus: Robert Gernhardt, *Die Falle.* Eine Weihnachtsgeschichte. Copyright © 1993 by Robert Gernhardt. Alle Rechte vorbehalten S. Fischer Verlag GmbH, Frankfurt am Main

Frank Goosen (*31. Mai 1966, Bochum)
Jobs. Aus: *Alles Lametta.* Autoren feiern das Fest der Liebe. Herausgegeben von Susann Rehlein. Copyright © Frank Goosen. Abdruck mit freundlicher Genehmigung

Jaroslav Hašek (30. April 1883, Prag – 3. Januar 1923, Lipnice)
Ein Weihnachtsabend im Waisenhaus. Aus dem Tschechischen von Grete Ebner-Eschenhaym. Aus: Jaroslav Hašek, *Der Menschenhändler von Amsterdam.* Copyright © 1965 by Insel Verlag, Frankfurt am Main

Gert Heidenreich (*30. März 1944 in Eberswalde)
Leiser konnte Gott nicht und *Ich war nicht da.* Copyright © by Gert Heidenreich. Abdruck mit freundlicher Genehmigung des Autors

Ernest Hemingway (21. Juli 1899, Oak Park, Illinois – 2. Juli 1961, Ketchum, Idaho)
Weihnachten in Paris. Ins Deutsche übertragen von Werner Schmitz, herausgegeben von William White. Aus: Ernest Hemingway, *Reportagen 1920–1924.* Copyright © 1990 by

Rowohlt Taschenbuch Verlag GmbH, Reinbek bei Hamburg

O. Henry (eigentlich William Sidney Porter, 11. September 1862, Greensboro /North Carolina – 5. Juni 1910, New York)
Die Weihnachtsansprache. Aus dem Amerikanischen von Karin Rupé. Aus: O. Henry, *Hinter der grünen Tür.* Copyright © 1955 für die deutsche Übersetzung List Verlag Ullstein Buchverlage GmbH, Berlin

Jana Hensel (*1976, Leipzig)
Die hässlichen Jahre. Aus: Jana Hensel, *Zonenkinder.* Copyright © 2002 by Rowohlt Verlag GmbH, Reinbek bei Hamburg

John Irving (*2. März 1942 in Exeter, New Hampshire)
Weihnachtsüberraschung (Titel vom Herausgeber). Aus dem Amerikanischen von Hans Hermann. Auszug aus: John Irving, *Das Hotel New Hampshire.* Copyright © 1981 by Garp Enterprises, Ltd. Copyright © 1982 by Diogenes Verlag, Zürich

Nancy Mitford (28. November 1904, London – 30. Juni 1973, Versailles)
Tante Melitas Weihnachtsparty. Aus dem Englischen von Hans-Christian Oeser. Copyright © 2008 Reproduced by permission of PFD (www.pfd.co.uk)

Ingrid Noll (*29. September 1935 in Shanghai)
Weihnachten im Schlosshotel. Aus: *O du schreckliche...* Kriminelle Weihnachtsgeschichten. Copyright © 2007 by Diogenes Verlag, Zürich

Sean O'Faolain (*22. Februar 1900, Cork – 20. April 1991, Dublin)
Ein feines Pärchen (*Two of a kind* aus *I Remember, I Remember.* Copyright © 1961 by Little Brown). Aus dem Englischen von Elisabeth Schnack. Aus: Sean O'Faolain, *Lügner und Liebhaber.* Copyright © 1980 by Diogenes

Verlag, Zürich. Abdruck mit freundlicher Genehmigung der Agentur Paul und Peter Fritz AG, Zürich

Joseph Roth (2. September 1894, Brody bei Lemberg – 27. Mai 1939, Paris)
Heimkehr (Titel vom Herausgeber). Auszug aus: Joseph Roth, *Die Kapuzinergruft*. Copyright © 1949, 1972, 1994, 1999 Verlag Kiepenheuer & Witsch, Köln

David Sedaris (*26. Dezember 1956, Johnson City / New York)
Frohe Weihnachten allen Bekannten und Verwandten!!! Aus dem Amerikanischen von Harry Rowohlt. Aus: David Sedaris, *Holidays on Ice*. Copyright © 1977 by David Sedaris. Copyright © 1999 by Wilhelm Heyne Verlag, München in der Verlagsgruppe Random House GmbH

Muriel Spark (1. Februar 1918, Edinburgh – 13. April 2006, Florenz)
Weihnachtsfuge. Aus dem Englischen von Hans-Christian Oeser. Copyright © 2000 by Muriel Spark. Permission by Mohrbooks AG, Zürich

Roland Topor (7. Januar 1938, Paris – 16. April 1997 ebenda)
Fest- und Feiertage. Aus dem Französischen von Ursula Vogel. Aus: Roland Topor, *Der schönste Busen der Welt*. Copyright © 1987 by Diogenes Verlag, Zürich

John Updike (18. März 1932, Reading / Pennsylvania – 27. Januar 2009, Beverly / Massachusetts)
Das Weihnachtssingen. Aus dem Deutschen übertragen von Reinhard Kaiser. Aus: John Updike, *In einer Bar in Charlotte Amalie*. Frühe Erzählungen 3. Copyright © 2008 by Rowohlt Verlag GmbH, Reinbek bei Hamburg

John Waters (*22. April 1946, Baltimore)
Warum ich Weihnachten liebe (Why I love Christmas). Aus dem Amerikanischen von Armin Kaiser. Aus: John Waters, *Abartig. Meine Obsessionen* (Crackpot. The Obsessions).

Copyright © 1989 für die deutschsprachige Übersetzung Ullstein Buchverlage GmbH, Berlin. Abdruck mit freundlicher Genehmigung von: Scribner, a Division of Simon & Schuster, Inc. Copyright © 1986 by John Waters. All rights reserved

Evelyn Waugh (28. Oktober 1903, London – 10. April 1966, Taunton)
Miss Bella gibt eine Gesellschaft. Aus dem Englischen von Elisabeth Schnack. Aus: Evelyn Waugh, *Charles Ryders Tage vor Brideshead.* Diogenes Verlag, Zürich 1985. Reproduced with permission of the Wylie Agency (UK) Ltd., London on behalf of Copyright © Evelyn Waugh, 1932

*Bitte beachten Sie
auch die folgenden Seiten*

Hinterhältige Weihnachten im Diogenes Verlag

Früher war nicht nur mehr Lametta, sondern irgendwie türmten sich auch höhere Stapel von Geschenken unter dem Weihnachtsbaum…

Früher war mehr Lametta
Hinterhältige Weihnachtsgeschichten
Herausgegeben von Daniel Keel und Daniel Kampa

Endlich macht Weihnachten wieder Spaß: die hinterhältigsten Weihnachtsgeschichten der besten Erzähler. Mit Loriots *Adventsgedicht* als Zugabe.

»Loriot, Doris Dörrie, Ingrid Noll – sie alle haben nicht nur Gutes vom Fest zu erzählen. In amüsanter Weise darf sich hier jeder Weihnachtsmuffel verstanden fühlen.« *Cosmopolitan, München*

Ausgewählte Geschichten auch als
Diogenes Hörbuch erschienen, gelesen von
Uta Hallant, Anna König und Martin Suter

Früher war noch mehr Lametta
Hinterhältige Weihnachtsgeschichten
Herausgegeben von Daniel Kampa

Zum Glück gibt es dieses Jahr zum Feste wieder nur das Beste – an hinterhältigen Weihnachtsgeschichten: von Doris Dörrie, Alice Munro, Loriot, Helmut Qualtinger, Muriel Spark, David Sedaris, Raymond Carver, Jonathan Franzen, Italo Calvino, Siegfried Lenz, Martin Suter, Reiner Zimnik und nicht zuletzt John Updike und Roland Topor.

»Ein Riesenspaß, nicht nur zum Fest.«
Rostocker Sonntag

Ausgewählte Geschichten auch als Diogenes Hörbuch
erschienen, gelesen von Anna König, Hans Korte,
Martin Suter und Cordula Trantow

Früher war noch viel mehr Lametta
Hinterhältige Weihnachtsgeschichten
Herausgegeben von Daniel Kampa

»Schon seit Beginn der Woche achtundvierzig steht auf dem Empfangspult ein Adventsgebinde, das die Rezeptionistin möglicherweise selbst gesteckt hat... Schläfli will es nicht wissen! Zu Beginn der Woche neunundvierzig spiegelt sich dann auch prompt die erste Kerze so festlich in den erwartungsvollen Augen der Rezeptionistin, dass Schläfli nicht umhin kann, eine Bemerkung zu machen. ›Ah, jede Kerze anders‹, murmelt er und rettet sich in den Lift. Mein Gott, auch noch jede Kerze anders!, denkt er angewidert. Für den Rest der Woche gelingt es ihm dann aber einigermaßen, die Anzeichen auf die Woche zwoundfünfzig zu ignorieren.« Aber auch Martin Suters Held Schläfli muss schließlich kapitulieren, denn alle Jahre wieder... ist kein Entrinnen. Zum Glück gibt es für alle Weihnachtsmuffel wieder neue hinterhältige Weihnachtsgeschichten von Friedrich Dürrenmatt bis Doris Dörrie.

Ausgewählte Geschichten auch als
Diogenes Hörbuch erschienen, gelesen von
Claus Biederstaedt und Anna König

Früher war mehr Bescherung
Hinterhältige Weihnachtsgeschichten
Herausgegeben von Daniel Kampa

»Es gibt tatsächlich Menschen, die Weihnachtsfeste veranstalten. Ist das komisch!«, hat sich schon Gustave Flaubert gewundert. Was würde er wohl vom heutigen Geschenkwahn halten, der uns jedes Jahr in Trab hält. Kompletter Irrsinn! (Es sei denn, man kauft Bücher und unterstützt so Buchhandel und Verlage.) *Früher war mehr Bescherung* ist mehr als ein neuer Band mit garantiert hinterhältigen Weihnachtsgeschichten... Es ist schlicht das perfekte Geschenk für alle, die nichts wollen oder schon alles haben.

Früher war Weihnachten später
Hinterhältige Weihnachtsgeschichten
Ausgewählt von Daniel Kampa

»Wie man aus verlässlichen Kreisen hört, herrscht in der Hölle ständig Weihnachten«, bemerkte einmal Helmut Qualtinger. Heute muss man nicht mehr in der Hölle landen, um mit fast ewiger Weihnacht gequält zu werden. Die Blätter an den Bäumen sind noch nicht einmal gelb, geschweige denn welk, und schon hängt die Weihnachtsbeleuchtung in den Ästen. Immer früher stapeln sich die Schokoladen-Nikoläuse an den Kassen, beschallen elendig vertraute Weihnachtsmelodien die Fußgängerzonen und Supermarktgänge.
Früher war Weihnachten später versammelt herrlich hinterhältige Weihnachtsgeschichten als Gegenmittel zum immer länger währenden Weihnachtsterror – mit bissigen, witzigen und spannenden Geschichten von T. C. Boyle, Martin Suter, David Sedaris, Andrej Kurkow oder Daniel Glattauer – und einer speziell für diesen Band geschriebenen Weihnachtsgeschichte von Ingrid Noll.

»Die besinnlichen Tage zwischen Weihnachten und Neujahr haben schon manchen um die Besinnung gebracht.« *Joachim Ringelnatz*

Weißer Weihnachtszauber
Nostalgische Weihnachtsgeschichten
Ausgewählt von Daniel Kampa

Früher war Weihnachten schöner: besinnlicher, stiller, einfacher und doch reicher. Reich etwa an alten, nunmehr längst vergessenen Bräuchen: Erst wenn am Weihnachtsabend ein silberner Lichtstreif das Christkind ankündigte, wussten die Kinder, dass die Bescherung nahte. Pfefferkuchen, Bratäpfel oder Nüsse warteten auf dem Gabentisch auf einem weißen Tuch, denn die Sitte, einen Christbaum in die gute Stube zu stellen und mit brennenden Wachslichtchen zu schmücken, verbreitete sich erst langsam im 19. Jahrhundert. Jeder Arme hatte Anrecht auf eine Mahlzeit oder eine Gabe, und auf dem Lande bekamen sogar Geflügel und Vieh einige Stücke Backwerk ab. Um Mitternacht dann die Christmette, zu der man mit dem Schlitten fuhr oder zu Fuß im schwachen Laternenschein durch den hohen Schnee stapfte.

Weißer Weihnachtszauber versammelt klassische Weihnachtsschilderungen von Theodor Fontane, Wilhelm Raabe, Theodor Storm, Selma Lagerlöf und Thomas Mann. Ein nostalgisches Weihnachtsbuch, das die Magie des schönsten Festes des Jahres stimmungsvoll heraufbeschwört.

»Der erste Schnee erregte schon liebliche Ahnungen, die bald verstärkt wurden, wenn es im Hause nach Pfeffernüssen, Makronen und Kaffeekuchen zu riechen begann, wenn an den langen Abenden sich das wohlige Gefühl der Zusammengehörigkeit verbreitete.« *Ludwig Thoma*

Weihnachts-Detektive

Weihnachten mit Sherlock Holmes,
Pater Brown, Kommissar Maigret,
Albert Campion, Miss Marple, Hercule Poirot
und Nero Wolfe
Herausgegeben von Daniel Kampa

Sherlock Holmes muss herausfinden, wer den blauen Karfunkel der Gräfin Morcar im Kropf einer Weihnachtsgans versteckt hat, während Hercule Poirot in seinem Weihnachtspudding auf einen roten Rubin stößt. Pater Brown soll drei afrikanische Diamanten, Sternschnuppen genannt, wiederfinden, und bringt nebenbei einen talentierten Verbrecher vom bösen Pfad ab. Wenn Kommissar Maigret versucht, Weihnachten zu feiern wie andere Leute, dann kommt es meistens anders... Schon beim Frühstück wird er von einer neugierigen Nachbarin gestört, die behauptet, der kleinen, kranken Colette Martin sei an Heiligabend der Weihnachtsmann erschienen. Und Meisterdetektiv Albert Campion erhält folgenden Brief: »Liebster Albert, bitte komm Weihnachten zu uns. Es verspricht tödlich zu werden.« Diese Einladung lockt Campion in ein verschneites Landhaus. Doch warum flieht der Weihnachtsmann bei seinem Anblick? Miss Marple durchschaut sofort, dass ein »stattlicher, gutaussehender Mann von sehr herzlichem Wesen und bei allen recht beliebt«, der hinausgeht, um Weihnachtsgeschenke zu kaufen, in Wahrheit beabsichtigt, seine Frau umzubringen. Und Nero Wolfe, der sich keinen Deut um Weihnachten schert, sondern nur um seine geliebten Orchideen, hat während einer Weihnachtsparty einen Mordfall aufzuklären.

Ausgewählte Geschichten auch als
Diogenes Hörbuch erschienen, gelesen von
Jochen Striebeck und Tommi Piper

Früher war mehr Herz

Hinterhältige Liebesgeschichten
Ausgewählt von Daniel Kampa

Liebe ist die schönste Krankheit der Welt. Wären da nicht die Symptome, die häufig gnadenlos kompliziert, tragisch und komisch zugleich sind. Über die Liebe, die große und die kleine, die auf den ersten Blick (wo ein zweiter Blick gutgetan hätte) und die unmögliche, über das ewige Auf und Ab der Gefühle, über l'amour fou, Katastrophen beim ersten Mal, fatale Fehler beim ersten Date, Schwierigkeiten bei der Liebe im Büro, Eifersucht als Hochseilakt, Beziehungs-Hygiene schreiben hinterhältig Philippe Djian, Martin Suter, Ingrid Noll, Doris Dörrie, Leon de Winter, Donna Leon, Elke Heidenreich, T.C. Boyle, Amélie Nothomb und viele andere. Wie heißt es schon bei Plautus: »Wer sich verliebt, verfällt einem schlimmeren Schicksal als jemand, der aus dem Fenster springt.«

»Liebe: Auch so ein Problem, das Marx nicht gelöst hat.« *Jean Anouilh*

»Lieben heißt leiden. Um Leiden zu vermeiden, darf man nicht lieben. Aber dann leidet man, weil man nicht liebt.« *Woody Allen*

»Liebe ist der Zustand, wo der Mensch die Dinge am meisten so sieht, wie sie nicht sind.«
Friedrich Nietzsche

Auch als Diogenes Hörbuch erschienen,
gelesen von Claus Biederstaedt,
Hannelore Hoger und Ursula Illert